憑かれた女

目次

1　マーシャルの帰国

八月の後半、マーシャル・ストークスはニューヨークへ渡った。婚約者であるミス・ロウメントの兄が死んだので、その屋敷を畳みに行ったのである。滞在日数は二週間を超えた。ロイド保険会社に勤めている忙しい身体だったので、それだけの時間はもったいなかったが、ほかにどうしようもなかった。ミス・ロウメントはアメリカにつてがなく、同居している未亡人の伯母以外には親類もいなかったうえに、この二人のいずれかが海の向こうに出かけて行って蔵書を調べたり、弁護士と会ったり、保険金の申請をしたりするのはまったく考えられないことだった。必要な実務の経験が二人ともなかったからである。こうしてマーシャルがこの仕事を引き受ける破目になったのだった。結局、全部の用件を片づけることはできなかったが、一応は処理が済み、ミス・ロウメントの代理人として評判の高い法律事務所を選んで、いっさいの業務を委託した。故人の屋敷は四万ドルの値打ちがあるのだ。

九月中旬、ロンドンに帰ると、ミス・ロウメントたちはブライトンに出かけていた。伯母のミセス・ムーアの気分がすぐれなかったものと見える。イズベルが置いて行った香水つきの小さなメモを読むと、ぜひあなたもブライトンに来てくださいと書かれてあった。すぐにはロンドンを離れられなかったが、二日後の金曜の午後、急に仕事を打ち切って週末休暇をとり、自分で車を運転して、すばらしい天気を楽しみながらブライトンに向かった。気分が昂揚し、プラムのような青い花々の咲き乱れるサセックスの田園が豊かに光り輝いて九月の霧の中から現われるのを眺めているうちに、こんなに美しいものは見たことがないと思えてきた。陽は燦然と輝き、からっとしたそよ風が気分を爽快にした。

その日の晩、イズベルやその伯母とホテル・ゴンディのラウンジで食事をともにした。そのホテルに二人は投宿していたのである。二人とも、マーシャル当人ほどは他人の注意を惹かなかった。マーシャルのしなやかで大柄な逞しい体軀が夜会服とよく似合い、長い船旅でまだ日焼けしている血色のよい顔は、いかにも人の良さそうな感じだが重厚で、じっとしているために妙に目立ち、大きくて赤いけれども下品な感じはしない手そのものが、マーシャルをほかの男たちからくっきりと際立たせていた。イズベルは、嬉しそうにちらっとマーシャルを眺めては目を伏せて、なんの理由もなしに笑みをうかべていた。ほとんどマーシャルが喋り、用件はあとまわしにし、アメリカで経験したことを話してイズベルたちを楽しませた。最新の俗語をふんだんに交《まじ》えて語ったので、それだけ話に精彩が出た。伯母と姪の二人はアメリカのことをよく知ってはいたが、そこは如才なく、なにも知らないような顔をして神妙に聞きいっていた。

兄の喪に服してイズベルは黒いドレスを着ていた。ドレスは現在の流行に従ってロウ・カットで、かなりふっくらした胸が少しあらわになっていたが、背中のほうがもっと大胆に出ていた。イズベルは十人並みでも美人でもなく、一目見ただけでも、ありきたりの魅力を備えた二十五歳の娘なのだとわかるような普通の女だった。顔はどちらかと言うと幅が広く、目鼻立ちは大きいが繊細で、ひたいは出っぱっておらず、膚は厚くて色つやがなく、あまりお白粉を使うので不自然なほど青白く見えた。おっとりとした表情が内心の感情や笑みのために崩れることは稀だったが、たまに表情が崩れると、まるで仮面が剝がれたようになった。黒灰色の大きな目はたいがいやや退屈してぼんやりしているように見えたが、ときおり、その目を細めて繊細な鋭いまなざしで射ぬくように見ることもあった。髪は細くて長かったが、鼠色だった。背はやや低めで、ヒップが大きく、現代的な美人の標準から言うと落第だったが、全体に気品があり、着ているものも上品で、身のこなしも優美だったうえに、手と足がとりわけ小さくて貴族的な感じだった。宝石類はほとんどつけていなかった。気どるのがいやなのだろう。

イズベルはどの友達に対しても優位に立っていて、とりわけ近しい二、三の友人に敬愛されていた。そればかりか、どういう人たちと同席した場合でも、つとめて人の気にいるように振舞うことがないにもかかわらず、会がお開きになる頃にはいつもイズベルの人柄が万座の人に感じられ、男や女たちの関心の的になっているのだった。気どりもせず、恥ずかしがりもしないで、いつも静かで、いくらか倦怠感をにじみださせているイズベルは、沈黙そのもののもつ力で人びとを魅了した。その沈黙が愚鈍さとは縁のないものであることは火を見るより明らかだった。イズベルはこれまですでに三人の求婚を断わっていた。そこへマーシャルという男が登場して来たのだ。妙なことだが、求婚者は三人ともずっと年上だった。

イズベルには、坐っているあいだたえず無意識に身づくろいをするという奇妙な癖があった。ひっきりなしに髪に手をあてたり、スカートのよれを直したり、ウェストバンドにさわってみたり、ネックレスや腕環の位置を変えたりするのだ。これは気どりではなく、神経が苛々しやすいためで、そのせいでじっとしていられないのだった。伯母が再三この癖を注意し、おまえが勝手気ままだからそうなるのだよとたしなめると、イズベルはそんなことありませんわと言って、五分もたたないうちにまた同じしぐさをするのだった。面白いのは、異性だと、イズベルがこういうふうに身につけているものをいじくるのを見るのが好きだという人がおおぜいいることである。本人もこのことに気づいていて、いくらかうんざりしていた。

その夜の会食のもうひとりの出席者ミセス・ムーアは六十を過ぎたばかりで、先にも紹介したとおり未亡人だった。細ぼそと株屋をやっていたそのご主人は、ゴム景気《ブーム》の際に一躍、財を成し、一九一一年に亡くなると、その資産がごっそりミセス・ムーアの手にころがりこんだ。それ以後、ミセス・ムーアは抜け目なく投資をして財を増やし、今では大金持と言っていい身分になっていた。やはり同じ頃に死んだイズベルの父はミセス・ムーアの弟だったのである。父は男やもめで、子供はイズベルのほかには男の子がひとりしかなかったが、その息子も近年にニューヨークで逝ってしまった。父の死んだ当時十六歳だったイズベルは遺言状の指定どおりアン・ムーアの庇護を受けることになり、ただちに——本人はあまり気乗りがしなかったが——学校をやめさせられ、こうして伯母と姪の二人は大なり小なり流浪の生活をともにするようになり、全世界を股にかけてホテルを転々とする暮しをずっと続けてきた。それは自由気ままな人生で、イズベルはこういう暮しがすこぶる好きになっていた。いずれにしろ、イズベル自身には自分を養うだけのお金がなかったので、ある意味ではイズベルは伯母の気まぐれに頼って生きていかなくてはならなかったわけだ。もうひとつだけ補足しておくことがある。個人的な人間関係で相手を牛じっているのはイズベルのほうであり、伯母はこれを許していたばかりか、当り前だと思ってさえいるらしかった。

ミセス・ムーアは背が低く、いつもすっくと胸を張っていて威厳があり、身のこなしがいくぶんこわばっていた。黄色い大理石のような顔には、たえず峻厳な、恐れを知らぬ表情がうかび、それがほぐれて笑顔になることは稀だった。すべての点で自制が利いていて、健康状態は大むね良好だった。着こなし方やドレスのことはなにも知らなかったので、イズベルが衣類を選び、いつどのように着ればよいのかは女中が教えていた。なにを隠そう、ミセス・ムーアは男に生まれていればよかった女の変り者なのである。だいたい、趣味からして男性的で、知っていることも主に男が知りたがるようなことだった。たとえば、最も有利にお金を投資する仕方とか、土地の売買のやり方とか、住み心地のよい住宅を設計する方法といったことによく通じていたが、男たちをおだてたり、なんでもないことについて気のきいたお喋りをしたり、よその女の家庭のこまごました問題に興味を抱いたり、上流社会の人たちと自分とを一体視したりすることはできなかった。いかなる権威にも屈服せず、どんな人の前でも臆することなく心のうちをさらけだすことに誇りを感じていた。その当然の結果として、友人たちはミセス・ムーアの実力を高く買っていながらも、少なからず怖れをなしていて、自分たちの仲間とは考えてくれなかった。当人にも、自分が孤独だということがしみじみわかるときがあり、そういう際には、音楽に慰めを求めた。古典《クラシック》ならなんでも好きで、特にベートーヴェンを崇拝していたが、ミセス・ムーアの音楽史はブラームスをもって終っていた。一度もピアノの蓋を開かずに何週間も過ごしてきたかと思うと、急に、情熱的と言っていいほどの欲求にとり憑かれてピアノの前に坐り、それこそ何時間も弾きつづけることがあるのだった。演奏ぶりは大胆で、テンポがゆるく、かなり荒っぽかったが深い感情がこもっていた。

伯母と姪は、心のうちをおもてに出すことは控えていたが、おたがいにたいそう好き合っていた。けれども、気質的には、二人は正反対だったので、しょっちゅう喧嘩が絶えなかったのも必然の成行きだった。喧嘩のたびに伯母はきわめて強い言葉で心のうちをぶちまけるのが普通だったが、それに対してイズベルのほうはむすっとして陰にこもり、ほとんど口をきかず、気がなごむまで時間がかかった。

さて、会食が終ると三人は二階にあるミセス・ムーアの部屋へ行った。給仕がコーヒーとシャルトリューズ・ワインを運んで来た。部屋の設備は立派で、あちこちに芸術的に活けられている青菊が独特の雰囲気をかもしだしていた。イズベルが一心に愛情をこめて花瓶に活けたのだ。その夜は肌寒く、煖炉に小さな火が燃えていた。三人は椅子を前にずらして、煖炉の前で半分の円座を成した。イズベルがその真ん中に坐り、ものうげに手を伸ばしてマントルピースの上の箱から煙草を二本とって一本をマーシャルに渡し、一本は自分用にとっておいた。ミセス・ムーアはめったに喫煙しなかった。

五、六分ほど、用件を話し合った。マーシャルはニューヨークで済ませてきたいろいろな手続きのことや、まだしなくてはならない残務のことを要領よく正確に話した。

「とにかく」とミセス・ムーアが言った――「主な難関は突破したようね、お金だってちゃんとイズベルの手に入るんでしょ？」

「ええ、大丈夫ですよ、現物が手に入るまで数カ月待たなくちゃならないでしょうけど——ほかには問題はありません」

イズベルはちびちびコーヒーを啜り、じっと考えこむようにして火に見いった。

「手に入ったら使い道があるんでしょ、イズベル」

「それが、実を言うともっと感傷的なことなのよ、伯母様。当り前だけど、無一文でマーシャルのところへ行きたくはないんです」

ほかの二人は異口同音に異議を申し立てた。

「そんなに大きな声を出さないでもいいでしょうに」静かにイズベルは言った。「そりゃあ、手ぶらで嫁ぐ人も多いのはわかってますけど、それだからと言って、みんなの真似をしていれば気が済むわけじゃないのよ。なんと言っても、結婚した女は夫の脛を嚙じる寄生虫でなくちゃいけないっていう法はないはずだわ。夫にたかっていれば、夫の私有物みたいなものになってしまうのが落ちだし、そればかりか、もっとひどいことに……」

「わかったよ。おまえにはお金がある、それで結構、なにも騒ぎ立てることはないだろ」

「イズベルの言うとおりですよ」とマーシャル。「イズベルの言い分には冷静な常識がたっぷり含まれています。若い女性は自分が独り立ちした人間なのだと感じたいんですよ。ぼくはあんまり想像力の豊かなほうじゃないけれども、それくらいのことはわかります――男のもっているお金だけのために、気乗りがしなくても男と仲良くしなくちゃならないというのはたまらないことなんですからね」

「わたしは自分の態度よりもむしろあなたの態度のことを考えていたんだけど」とイズベルが言った。

「いや、そんな必要はないですよ。あなたにお金があるかどうかということでぼくの態度が変わるはずはありませんからね。どうしてあんなことを言ったんです」

「あなたのおっしゃっている意味とは違うのよ」とイズベル。「もちろん、あなたがわたしを牛じるだろうとか、そんな不人情なことを言っているんじゃないんです。わたしにお金がなかったら、無意識のうちにわたしに対するあなたの態度が変わってしまう――どうしてもそうならざるを得ないのだっていうことをわたしは言っているだけなの。男である以上、財布の紐を自分が握っていれば、いやでもわたしに対して優しくなり、なんでも大目に見るようになるものなのよ。そんなの、とても耐えられない、一生の屈辱だわ。わたしに対して親切にしてくれたのか、それともわたしの貧困状態に対して親切にしただけなのか、わからなくなってしまうんですもの」

「莫迦なことを言わないでくださいよ！」マーシャルは強い語調で言った。「結婚生活ではそんなことはありえないいんだ」

「愛を求めるいっぽうで、かわいそうだからという理由で食べさせて貰うなんて、わたしには耐えられないのよ」その声は冷静で、穏やかで、悪びれたところがまったくなかった。

「若い女の子っていうのはみんな同じなんだね」とミセス・ムーアがつっけんどんに言った。「〈愛〉っていう言葉が頭にこびりついているんだろうけど、結婚した女ならば十人中九人までは、たまには同情というご馳走を出されると心から感謝するものなんだよ。同情の伴わない愛がどういうものなのか、わたしたち女はだれでも知っているのさ」

「それはどういうものなの」

「まったく不人情な自己中心主義なんだよ、そういうものをおまえが必死に求めているのだとしたら、それはおまえ自身にとってよくないことなのさ」

「でも、やっぱりわたしが求めているのはそれなのかもしれない。どの女にも必ず酷な一面がある、そうでしょ。わたしだって、愛情という点で一番高い値段をつけてくれる人に自分を売るかもしれないわ……マーシャル、せいぜい気をつけるに越したことはないのよ」

「わたしたちが二人ともおまえという人間をよく知っているからいいようなものの、そうじゃなかったら誤解されるよ」イズベルの伯母は素っ気なくこう言った。

「そうかしら、本当にわたしという人間がわかっているのかしら」イズベルはレースの花飾りをまさぐりながら言った。

「問題なのは、それだけの人間なのかどうかっていうことさ。そりゃあ、若い男性には女の子はすごく謎めいて見えるかもしれないけど、年をとった女には、ちっとも謎めいてなどいないんだよ。近頃のおまえときたら、すっかりロシア文学にのめりこんじゃっているんだから」

姪は心にもあらずといったふうに笑った。「若い女がみんなそんなに似たり寄ったりだとしたら、ご先祖様から受け継いできた素質はどうなってしまうのかしら」

「いくらおまえだって、ほかの人よりおおぜいのご先祖様がいるとは言えないはずだよ。なんでまたこんなふうに自分を謎めかしく見せようとするんだい、おまえ」

マーシャルは二人の口論をそろそろ打ち切ってもよいなと思った。このやりとりは不愉快なものとなりそうな気配だった。

「話は違うけど」とマーシャルは急いで言った。「もうお住まいを決めましたか、ムーアさん」

「いいえ、まだですよ。なぜなの？」

「サセックスではどうでしょうか」

イズベルは伯母が答える前に先手を打って、親しげな笑顔をマーシャルに向け、これまで自由に喋ってきた自分が彼に与えた芳しくない印象を訂正しようと心を砕いている様子で、こう言った。

「手ごろな家があったの？　サセックスのどの辺なのかしら」

「ステイニングの近くですよ」

「ワージングから行けるところね、そうでしょ？」

「車でなら、どこからでも行けますよ。ブライトンからも遠くないし」

「詳しく教えて頂戴。どんな家なの」

「わたしにも喋らせたっていいだろう、イズベル！」苛立った様子で伯母が言った。「大きな屋敷なのかね、マーシャル。どこで聞いて来たんです」

「エリザベス時代の荘園でしてね。二百エーカーの土地がついているんです、ほとんど森林ですけどね。大広間は十三世紀に造られたんですよ。アメリカから帰る途中でその家主と会ったんです」

「お値段はどうなの」

「家主は即座に値段のことは答えてくれませんでしたよ。第一、あんまり売る気がないんです。奥さんがサンフランシスコで亡くなったばかりだったので、そこにつけこんで、アメリカに定住するつもりなのかと訊いてみたわけなんです。そこまではまだ決めてないようでしたが、早くこちらから値段をつけて、買いたい意向を示せば、向こうも売る気になるんじゃないかっていう気がしましたね、もちろん、あなたに買う気があればの話ですけど」

「まあ、おかわいそうに！　少なくとも、奥さんを亡くして悲しんでおられるとしたらね……お若い方なの、年を召した方なの？」

「五十八だと言ってましたよ。バーミンガムで真鍮業をやっている商人で、ジャッジという名前です。まさか、ご存知じゃないでしょうね」

「どうかしら、ねえ、イズベル？」

「知らない方だわ」

「ちゃんとした人でしてね。八年前から奥さんとランヒル・コートに住んでいたそうですから、素姓はしっかりしているはずです」

「ランヒル・コートって、住んでいるお宅の名前なの？」

「そうです。ランヒル・コート館。由緒の古い館でしてね、当人の話では、オールド・サクソン語の〈ルーン・ヒル〉という言葉に由来しているんだそうです。ルーンというのは、巨人や小人《こびと》どもをよせつけないでおくために石に刻まれた呪い文字のことなんですよ。こんな話は面白くないでしょうが、聞くところによると、そのお屋敷は近代式なんだそうです。電灯だとか、そういった近代設備を整えるのに手数を惜しまなかったということでしてね。どうです、お買いになる気がありますか」

ミセス・ムーアは坐ったままもじもじした。迷っている証拠だ。イズベルはいかにも女性らしく濛々と煙草の煙を吐きだした。

「エリザベス時代の荘園ね」とイズベルは感慨深げに言った。「なんだかスリルがあるみたい。家つきの亡霊でもいるのかしら」

「いて貰いたいんですか」

「いずれにしろ、おまえはそのお屋敷に長く住むわけじゃないんだからね」伯母の語調はとげとげしかった。「あんたたち二人がわたしの陰でこっそり将来の計画を変更しているんだったら話は別だけど」

「わたしたち、こそこそ共謀したりなどしていないわ——気にしてくださるのはありがたいけど。今でも式は四月に挙げる予定なのよ」

「それなら、わたしにまかせてくれたっていいじゃない、これはわたしの家のことなんですからね。マーシャル、いつそのお屋敷を見に行けるの」

「いつだって構わないと思いますよ。ジャッジさんのロンドンでの住所をお知りになりたいですか」

「ええ、ぜひ」

マーシャルは紙きれに住所を書いて渡した。

イズベルはいわくありげにマーシャルを見やった。「マーシャル、一緒に見に行かない?」

「実を言うと、そこまでは考えていなかったんだけど、もちろん、来てほしいと言うのなら……」

「そうして貰いたいですわ」とミセス・ムーア。「何日ならご都合がいいかしら」

「参ったな」ちょっと迷ってから……「どうせこうして三人が一緒にいるんですから、あしたの朝だって悪くないでしょ。ぼくが運転して、車で連れて行ってあげましょう。田舎の景色はまったくすばらしいですよ」

ミセス・ムーアは手にしていた紙きれを見た。「でも、ジャッジさんはロンドンにいらっしゃっているんでしょ？　これからあすの朝までにそのお屋敷を見学する許可が得られるかしら」

「実を言うと、このポケットにもう許可書が入っているんですよ」

「おやまあ、それならどうしてわざわざジャッジさんと連絡をとるように勧めたの？」

「そうよ、どうしてなの」イズベルも眉をひそめて尋ねた。

「この許可書は個人的なものでしてね、ぼくだけを対象にしているんです。まさかお二人が一緒についてくるとは思わなかったので」

イズベルはいかにも怪訝な面持でマーシャルを見つめた。「というと、ひとりっきりで、わたしたちを連れないで行くつもりだったの？」

「ま、そういうことです。そのことをわざとお知らせしなかったのは、これが大なり小なりぼくとジャッジさんの内密な取り決めだったからなんですよ。でも、包み隠さずにお話しすれば、要するにジャッジさんはその屋敷の中のある部屋に対するぼくの個人的な意見を訊きたかったということなんでして……」

「先を続けてよ。どういう意見が訊きたいのかしら。模様変えでもしたいと言うの？」

「改造ということじゃないんだよ、ぼくにわかっている限りではね……イズベル、済まないけど、これはさっきも言ったとおり内密のことなんでね。いったん約束してしまった以上は、このことについて自由に喋るわけにはもちろんいかないんだ、いくら喋りたいと思ってもね……だけど、お二人のお伴ができればぼくも嬉しいですよ」

イズベルは掌でゆっくりとスカートを撫で、その織り目をまさぐった。

「それにしても、ずいぶん妙な話だこと。つまりあなたはジャッジさんとのその謎めいた約束のことをわたしたちに隠そうとしたのね」

「約束を守ろうとしただけですよ」

「砕いて言えば、わたしたちよりも、見も知らぬ赤の他人に重きを置いていたというわけでしょ？その部屋のことなど、どうでもいいし、ジャッジさんがその部屋をどうするつもりなのかもわたしの知ったことではないけど、それにしてもやっぱり気になるわ……」

「でもね、イズベル……」

「どうしてそんな約束をしたの。気がかりだわ。こうなったら、あなたがなにを隠しているか、わかったもんじゃないわ」

ミセス・ムーアはじろっと姪をにらんだ。「イズベルったら、莫迦なことを言うんじゃないよ。マーシャルさんがいったん約束した以上、それを破れと言うのは、言うほうが無理だよ。マーシャルさんのおっしゃるとおりなんだよ、イズベル、そりゃあ、おまえとしてはちょっとすねて見せたいところだろうけどね。マーシャルさん、遠慮なくおっしゃってください――わたしたちがついて行っても構わないのか、それともおひとりで行きたいのか」

「ついて来てくだされば嬉しいですよ……午前十時半の出発でよろしいですか」

「結構ですわ。じゃ、それで決まったのね。お二人とも下へ行っていいわよ。わたしは本を読みたいの。マーシャルさん、またあしたお会いしましょ……お休みなさい！……途中で給仕を呼んでくださいね。茶碗などを片づけて貰いたいの」

ミセス・ムーアは棒のようにまっすぐ背中を伸ばして坐ったまま、給仕が来て部屋を片づけて帰るのを待った。さっきは本を読みたいと言ったのだが、そう言ったとたんに気が変わって、ピアノを弾きたくなっていたのだった。なんでもない、つまらないことでいじいじ誤解して言い争いをすると、いつも口の中にいやなあと味がのこって、それを消すには、純粋で高尚な理想主義の別世界へ入るより方法がなかったのである。

もっと若い他の二人は、イズベルが少し先に立ってゆっくり一階へおりた。

「玉突き《ビリヤード》をやれるかどうか見に行ってみようか」とマーシャルがいささかしゅんとした声で言った。

「いいわよ」

応接室の前を通ると、そのドアが大きく開け放たれ、室内はがらんとしていた。

「ここに入りましょうよ」とイズベルが言った。

二人が中に入ると、イズベルはドアを締めた。二人とも立ったままだった。

「ひとつお訊きしたいんだけど」とイズベルは頬を赤く染めて言った。「あなたはわたしに隠し立てをするつもりなの？　それを知りたいのよ」

「イズベル、参ったな——」

「どっちなの」その語調は静かだったが、脅威を感じさせる厳しさがあった。マーシャルは、これから自分がこの平静で危険な態度の黒衣の女性に告げる二言三言で自分の将来全体が左右されることになりそうだと感じた。

そこで、答える前に思案した。

「もちろん、隠すとか隠さないとか——そういう言い方をするのなら、ぼくはきみになにも隠すつもりはない。そりゃ、たしかにジャッジさんに約束をしてしまったけど、今から考えてみると、あんな約束をしてはいけなかったのかもしれない。個人的な秘密のために結婚の意味が台なしになってしまうということぐらいは、ぼくにだってわかっているんだよ」

「それならいいの、このことはもう話さないことにしましょ。それを聞いて、わたしもほっとしたわ。この問題で意見が分れるようだったら、先が案じられますものね、そうでしょ?……でも、ジャッジさんとの約束の内容、どういうことなの。あなたになにをして貰いたがっているのかしら。ぜんぜん知らない人なんでしょ?」

「うん、まったくの他人だ」

「それなら教えてよ。だれにも口外しないから」

「わかっているよ。いずれにしろ、これは国家機密じゃないんだから話したって構わないだろう。実を言うと、ジャッジさんはランヒル・コート館のその部屋で不思議な経験をしたことがあるんだ——少なくとも自分ではそう思っている。それは最上階にある屋根裏部屋で、東の間《イースト・ルーム》という美しい名前がついている。八年前、その館に引っ越した直後に不思議なことが起こって、それ以来、気になっていたらしいんだ。なぜだかわからないけど、ぼくには常識が人なみに備わっているとジャッジさんは思ってくれていて、それで、その謎を解くのにぼくの助けを借りたいと言いだしたわけなんだよ。ぼくもうっかり気を許して承知してしまったんだ――ただそれだけの話さ」

「でも、まだわからないわ。なぜあなたが？　なぜジャッジさんはあなたに目をつけたの」

「それはぼくにもわからないな。アメリカから帰る船の上で、ふと親しく話をかわしたのがきっかけだったんだ。四次元のことだとか、そういった問題を話し合ったんだよ」

「ジャッジさんの不思議な経験て、どういうことなの」

「一種の幻覚だとぼくは思っている。一週間ぶっつづけに毎朝、その部屋の壁面から階段が出現したと言うんだ。しかも、それを見ただけでなく、実際に昇りもしてみたんだけど、階段の上であったことはなにひとつ憶えていないと言うんだ」

「なんて変わった空想なんでしょ！」

「しまいに奥さんがこのことに気づき――といっても、もちろん、奥さんの目にはなにも見えなかったんだけれど――ジャッジさんも空恐ろしくなって、その部屋を締めきってしまい、その日からきょうまでだれひとり足を踏みいれていないと言うんだ。奥さんが亡くなったので、もう秘密にしておく必要はないとジャッジさんは思っているらしいな」

「ジャッジさんて、気ちがいみたい？」

「いや、そんな感じはまったくしないね。むしろ逆だ」

「で、あなたは本当にその部屋を調べてあげるって約束したの?」

「いいかい、仕方がなかったんだよ。まさか面と向かってあんたは気ちがいだなんて言えないだろ? ほかにどうしようもなかったんだ……ま、いずれにしろ、ドライヴをする口実にはなるってわけだよ」

「それじゃ、ジャッジさんにいやな思いをさせたくないばっかりに引き受けたのね?」

「そういうことにしておこう」

「マーシャル、あなたっていい人なのね。……教えてくださったのも嬉しいし……あなたのことはないんでも知っておかなくちゃならないのよ。わかるでしょ、この気持?」

「もちろん、わかるとも」

言い分を通してしまうとイズベルはすばやく両腕でマーシャルを抱き、唇を上にあげてキスを求めた。二人とも声をたてて笑った……が、マーシャルの気持はやはりおちつかなかった。そこは愛の営みに適した場所ではなかったので、身体を離すと、思案しながら彼はお白粉を塗った相手の顔をしげしげと見た。イズベルの目はどこまでもおちついていて、謎をたたえていた。

「二人だけでいるあいだに訊いておきたいんだけど、イズベル、さっきのはどういう意味だったんだね、愛で一番高い値をつけてくれた人に自分を売るというあの言葉だよ。本気で言ったのかい、それとも、ぼくをかついで言ったのかい」

「ほんとなのよ、わたしは愛がほしいの」静かな口調で言う。

「そりゃあ、もちろんそうだろうさ。だけど問題なのは、きみが愛というものをスプーンですくうジャムみたいなものだと考えているらしいことなんだ。人物そのものから独立して存在している愛なんてないんだよ。ところがきみには、愛を甘いものにしてくれさえする相手なら人物などどうでもいいみたいじゃないか」

「言い争うのはよしましょ。あなたをじらすために言ったんじゃないのよ。わたしがほしいのは甘い優しさじゃないの」

「それじゃ、なんなんだ」

イズベルはしばらく黙っていた。身体を少しそむけ、細長い白い指でおくれ毛を撫でた。

「わたしにもわからないわ。……愛はもっと強いものでなくちゃ……というのはね、淡々とした愛情だけで満足する女もいるだろうし、シロップみたいに濃厚な感傷しか求めない女もいて、要は本人の性格次第なのだけど、わたしの性格はきっと悲劇的なんだわ……」

「そうじゃないことを望むね、ぼくとしては」狐につままれたような表情でマーシャルは立っていた。「……ひとつだけ答えてくれ、イズベル、まさかきみはぼくとの婚約が……単調だと思っているんじゃあるまいね」

「そんなことないわ」

「たしかかい」

「たしかだわ。でも、ずいぶん変わった質問をなさるのね」

黙って人をからかっているようなイズベルの微笑を見つめているうちにマーシャルは燃えてきた。

「きっときみは心の奥底で、ぼくに対してなんでも好きなことを言ったりしたりできるのだと思っているんだろう、だからこそ、そんなに人をさげすんだ態度をとっているんだ。こんなことを言うのはきざだけど、いいかい、イズベル、ぼく自身はなにも努力をしないでほかの女の人にうやまわれるよりもむしろ一生涯、きみに誉められるために骨を折りつづけたいね」

「それだけがお望みなら、いつでも誉めてあげるわ」

マーシャルは頬を紅潮させ、一歩踏みだして相手に迫った。イズベルが相変わらずあの微笑をうかべて待っていると、ドアの握りが大きな音をたてて回った。だれかが外で回したのだ。二人は悪いことをしていた子供のように身体を離した。

「玉突きをやれるかどうか見に行きましょうか」とイズベルはよそ行きの声で言いながら、首をめぐらして、入って来た二人の婦人をちらと見た。

マーシャルは合槌を打ち、すぐに二人はその部屋を出た。

2　ランヒル・コート館へ

土曜の朝、食後にマーシャルは車でホテルへ乗りつけた。煙草をふかしながらしばらくぶらぶらしていると、ホテルの入口からイズベルたちが出て来た。イズベルは洒落た格子縞の新しい旅行用アルスター・コートを着ていて、小さな黒い繻子の帽子にはヴェールがついていた。顔にはお白粉が塗られ、かなり濃厚に香水をつけていた。小柄だが人を圧するミセス・ムーアは質素なうちにも威厳のある服装で、イズベルよりもひときわ目立った。

イズベルは新車のまわりを歩いて、品定めをした。マーシャルがこれを買ったのは二カ月前のことだったが、現物が届けられたのは、アメリカから帰ってからだった。

「どっちかと言うと女性向きの感じだけど」とマーシャルは弁解した――「走り具合はすごいんですよ」

伯母と姪はご機嫌うるわしかった。絶好のドライヴ日和だったうえに、もちろん目的が目的だったので、ますます面白い旅行となった。暑く、風がなく、薄靄がかかっていて――典型的な九月の天候だった。雲ひとつない空から陽が照りつけ、海は霧のよう。休日客たちが遊歩道に群がり、どこかの横町で手回しオルガンが流行曲を奏で、だれもかれもが健康そうで、のんびりしているようだった。

「お昼には帰れるかしら」と年かさのミセス・ムーアが尋ねた。

「できるだけ飛ばしましょう。片道十五マイルのはずですから」

「それじゃ早く出かけましょうよ、時間がもったいないわ」

伯母のあとから後部座席に乗りこむときイズベルはマーシャルの腕に軽く触れ、親しみのこもった笑顔を向けた。かなりきわどかった前夜の話し合いのことは忘れられ、二人とも婚約がまったくすばらしいものに感じられた。ハンドルの前に坐りこむと、保険会社員マーシャルの顔の色が一段と濃くなった。

一行は出発した。車の動きがなめらかなのをイズベルは喜んだ。その馬力と、揺れの少なさ、騒音のなさはたいしたものだった。生まれつき感覚的なイズベルは、気楽なことならなんでも好きで、豪勢な旅行を満喫した。ミセス・ムーアのほうは、厚くパッドの詰まったクッションが許してくれる範囲内で真っすぐ背を伸ばして坐り、けわしい目つきでじろじろ群衆を眺めていたが、ホーヴに近づくと人ごみはだんだん消えていった。

一行の道はポートスレードとショアハムを通って、アドゥール峡谷を遡った。陽ざしが強まり、それと気づかぬうちに朝靄がかすれ、三人を乗せた車は日なたから日陰へ、日陰から日なたへと出たり入ったりした。走っているために起こる風で三人はたえずあおられていた。出発したときのあの昂揚がイズベルから消え、彼女はひたいに皺をよせ、夢を見ているような目つきになって、もの思わしげで、なんとなく心配そうだった。自然に接するといつでもイズベルはこうなるのだ。街路や商店や人ごみなど、人間が活動しているところにいさえすれば自分を忘れられるのだが、自然環境の中に入ると、自分の心と向き合わされてしまって、自分の人生のむなしさ、目的のなさがありありと目の前にうかびあがってくるのだった。……伯母のほうは、たえず移り変わる風景をきびしいまなざしで眺めていた。あの樹立ち、あの原っぱ、あの牧草地、とりわけ遠くに見えるあの草に蔽われた白亜の砂丘——それはミセス・ムーアにとって神聖だった。イズベルはそういう伯母の気持を尊重して、話しかけるのを遠慮した。

　まもなくブランバーを通ってステイニングについた。そこでマーシャルは速度を落として道を訊き、一マイルほど先のY字路を左に入るようにと教えられた。その地点からランヒル・コート館まで北西にざっと三マイルの道のりだということだったが、途中の道は入り組んでいた。

　有名な砂丘群が左側に見え、頂上に黒ぐろと樹が茂っているチャンクトンベリー・リングがあたりを圧していた。陽は烈しく照りつけ、蠅が車に群がった。迷路のような裏道に入るとすぐ速度を落としていたからだ。通行人とはほとんど出会わず、正しい道を辿るのは難しかったので、やっと目的地の番人小屋のある門のところまで来たときには、もう正午に近かった。

門の先は、うねりくねった庭内路が館まで続いていたが、まだ館は見えなかった。庭内路の両側に、ご多分に洩れずシャクナゲやモチの樹などが植えこまれ、左側には斜面を成して向こうへ盛りあがっている荘園があり、純良種ブナの樹がそこかしこに生えていて、右側には、本格的な森が見えていたが、その広さはどのくらいなのか、見当もつかなかった。苔むした大昔の赤煉瓦の塀が敷地をかこんでいて、番人小屋の横を通りぬけている小径の向こう側に牧草地があったが、そのうちに背の高い楡《にれ》の樹が一列茂って、視野を遮る役目を見事に果していた。とにかく、ひっそりとした魅惑的な場所だった。空気は独特の甘さを含んですがすがしく、それでいながら芳香をたっぷり漂わせていた。

マーシャルが車をおりようとしていると、小屋の中から中年の女が出て来た。服と毛のよじれを直しているその女は、エプロンをぬいだばかりらしかった。

マーシャルはジャッジから渡された許可書を取りだした。女はそれを受けとると、行に沿って親指を横に走らせ、唇を動かしながら黙読した。背が高く、骨太で、血色のいい、いかにも召使い頭らしい女だった。庶民階級的な美人ではあったが、皮肉っぽそうな目つきで、髪の毛は濃く、黄色だった。

ためつすがめつ署名を調べると、女はマーシャルのほうに向き直った。

「家の中をいつごらんになりたいのですか」

「よろしかったら今、見たいんですけど」

女はマーシャルの上着のボタンを見つめた。「今だと、ちょっと具合が悪いんでしてね。しばらく前にアメリカの殿方に家の鍵をお渡ししておいたんですけど、その方がまだいらっしゃるんです。お待ち戴けますか」

「館を公開しているとは知りませんでしたね」

「いいえ、公開しているわけじゃないんです。あなたと同じように許可書を持っていらしたんですよ」

「ジャッジさんがアメリカで知り合った方だな、きっと……それなら、ミセス……」

「ミセス・プライデイです」

「プライデイさん、わたしとしてはいっこうに構わないと思いますけど。その方とわたしたちが邪魔をしあうことはないんですから。とにかく、開館している以上は入ってもよろしいんでしょ?」

「そりゃ、構いませんけど、中を案内して貰いたいのではありませんか」

「ええ、できたらお願いします」

「まず主人を見つけないことにはこの小屋を離れられないんです。主人は敷地内のどこかで働いておりますの。ここの庭師頭をしているんです。ご婦人がたは中に入ってお待ちになったらどうでしょうか」

「実を言うと――プライデイさん、ちょっと時間に追われているものですから、門をあけてくだされば、先に館まで行って見学を始めています。あなたはご都合つき次第、来てくだされば結構です」

「どうぞお好きなようになさってください」目に見えないほどかすかに肩をすくめてミセス・プライデイは言った。そして、あまり敏捷ではない動作で門の閂をはずして大きく開いた。その間にマーシャルは車に戻り、一分後にはゆっくり門を通りぬけて庭内路に入った。

低速で進んで三百ヤードほど先の最初の角を曲がると、やっと館が見えてきた。台地の上に建っている館を中心として、いかにも涼しげな濃緑の芝生が斜面を成して四方にさがり、ひろがっていた。二人が向かっている館の正面は南東に向いていた。エリザベス時代様式の大きな建物だったが、その外面は――たぶんジャッジの差し金で――現代風に改装されていたので、見た目にはまるで近代建築のようだった。破風がたくさんついている不規則な屋根は新しい赤い瓦で明るく照りはえ、一階の赤煉瓦の表面の目地には最近漆喰が塗られたばかりで、二階と三階には目もくらむほど真っ白な化粧漆喰が施されていた。

館の正面は長く、格子窓が二列並んでいて、芝生のてっぺんにある砂利のテラスを見晴らす形になっていた。高さ三十フィートほどの小さな真四角の袖が館の左端から突きでていたが、これは造りがまったく違うらしかった。十三世紀、エドワード一世の御代に建てられたという有名な大広間がこの袖の中にあるのだ。鋭く尖ったその屋根は緑色のスレートで蔽われ、広い両開きの扉が濃緑色のペンキときれいに磨きあげられた真鍮の鋲のせいで燦然ときらめいていた。

ミセス・ムーアは館をしげしげと眺めながら、これほどの様式美を備えた美しい館ならば、その所有者になっても上流社会の人たちに見くだされることはあるまい、と考えた。

「ここなら住み心地がいいんじゃないかね、イズベル」

姪は苦笑いをした。「荒野の真っ只中に閉じこもる決心をもう固めてしまっている伯母様ならばね」

「後生だから、その話はもう持ちださないでおくれ」年かさの伯母は言った。「郊外住宅地は我慢ならないし、街中《まちなか》のマンションは牢屋だし、おまえが行ってしまえば、ホテル暮しだってとっても無理だし――いずれにしろ、ここなら広い場所と独立した生活をもてるんだからね」

イズベルは返事をしないでそっぽを向いた。

緑色の扉のある大広間のポーチの前で車は停まった。ちょうど正午で、陽が真上から強烈に照りつけていたが、すがすがしいそよ風が顔に心地よかった。館はかなりの高台に建っていて、遥か彼方の土地の一部までが見渡せた。アドゥール峡谷、その両側に砂丘群、峡谷の口にあたるところにショアハムの海。

マーシャルは足で地面をとんとんと踏んだ。「今ぼくたちが立っているところが、大昔そのままのラン・ヒルにちがいない」

「へえ、この丘《ヒル》には由緒があるの？」とイズベル。

「どこの場所にも由緒はあるんだ。古代のサクソン人もここをラン・ヒルと呼んでいたということそのものがぼくには面白いんだよ」

「自分がサクソンの血を引いているからでしょう。わたしはケルト人なのよ」

「そんなこと、これとは関係ないよ」

「それに、〈サクソン人〉というのはとても漠然とした言葉だわ。サクソン人にも農耕族あり、海賊ありで、いろいろなんですもの。もしあなたが言っているのが海賊サクソン人のことなのなら、同情するわ。気に食わない人たちを皆殺しにしてしまうのはさぞ気持のいいことでしょうよ」

マーシャルは笑った。「きみって人の性格は測り知れないな」

「少なくとも、可能性を秘めているわ」

ミセス・ムーアはじりじりしてきた。「イズベル、ここへ来た目的はなんなの――おまえの性格論議をするため、それとも館を見学するため――どっち？」

イズベルは無言で顔をしかめ、肩の上にたれてくるヴェールをまた押し戻した。車のブレーキをかけると、マーシャルは玄関広間のドアの前まで歩いて行って、その握りを動かしてみた。ドアは音もなくするすると開いた。女たちは肩掛けをとってマーシャルのあとから中に入った。

小さなロビーを通りぬけると大広間に出た。古くて、天井が高く、薄暗いために、大昔の礼拝堂のようだった。高さは二階分あり、すべてが木造だった。角ばった樫づくりの天井には太い梁《はり》が通り、壁には腰板が張られ、床は磨きたてられた樫の木で、渋い色合のペルシャ絨毯《じゆうたん》がわずかに数枚、敷いてあるだけだった。奥の壁面には、端から端まで長々と歩廊《ギャラリー》がついていた。天井と床との中ほどにあるそのギャラリーまで広い階段が伸びており、その奥行のない段々には厚いカーペットが敷かれ、階段は大広間の右側の出口になっていた。ギャラリーの下に戸口が二つあって、館の奥に通じている。ひとつの壁面の中央に大きな古い煖炉があり、それとは反対側の壁面のすぐ前に近代的な暖房設備があった。ロビーに通じる戸口の上にある縦長の三枚の窓にはダイヤ型のガラスが嵌めこまれ、色ガラスと透明ガラスが交互していた。ガラスの色は濃紺と真紅で、それを通ってさしこむ光にあたると、どんな品物でも美しく、くすんで見えた。……木の造作は手入れが行き届き、磨かれたばかりのようだった。どの調度品もしみひとつなく光り、申し分ない状態にあった。ジャッジがこの館をすっかり修復し、装飾を一新したのだろう。だが、全体の雰囲気はなんとなくもの足りなかった。なぜか、不調和な感じなのだ……

マーシャルはおぼつかなげにぐるりと見まわした。

「ちょっと現代化しすぎた感じじゃないかな。こういう館はもっと博物館らしくなくちゃいけないんだ」

「そんなことありませんよ」とミセス・ムーア。「これはラウンジなんですからね」

「それはわかってますけど、この部屋をラウンジに使おうと思う人がいますかね。たとえば、ここでぼくがパイプを吸ったり、新聞を読んだりできますか。どうしてあけすけにここを人に見せるための部屋にしないのか、それが解《げ》せませんね」

「でも、そんなことできるわけがないでしょ。あなたがぼやいているのはなんのことなのか、さっぱりわからないわ」

「少しは頭を働かせてよ、伯母様!」苛々してイズベルが言った。「あんまりきちんとしすぎているって言っているのよ、この人は。何世紀も前の部屋だったら、少しは塵や埃が積もっているほうが自然なのよ。わたしはマーシャルの意見に賛成するわ。この部屋の家具ときたら、まったく処置なしだし」

「どこがいけないんだい」

「まるで骨董品屋の店先みたいじゃない！　様式も時代もばらばらなんだから……ジャッジさんの趣味はよっぽどどうかしているのよ、奥さんの趣味だったのかもしれないけど。でも、たぶん奥さんは歎いていたんでしょうね。どうもジャッジさんていう人は骨董品商人の言いなりになるようなタイプだったんじゃないかしら。商人が変人であることは当り前なんだから仕方がないけど」

「おまえときたらマーシャルさんに自分をひけらかしているんだね」ミセス・ムーアは素っ気なく言った。「これだけはたしかなことなんだよ――ジャッジさんはとても道徳心の高い人なのさ。こういう清潔さと几帳面さは自尊心の強い性格からしか出てこないものなんだよ」

「石鹼と水が道徳心の中味ならばね」イズベルがやり返す。

時間がもったいなかったので、すぐに三人はギャラリーの下にある左側の戸口を通った。その先は食堂だった。天井の低い細長い部屋で、やはり陰気くさく、大広間に対して直角に伸びていた。真昼の陽光が厳かな明るさで部屋全体をひたしていたが、あらゆるものの上に過去が手をつけていて、たとえ二、三カ月間でもここで食事をするのかと思うとイズベルは心が沈み、しゅんとして、無口になってしまった。

「感心してるんじゃないの？」とマーシャルは小声で訊いた。

「なんだかおそろしく気味が悪いのよ」

「わかるね、その気持。神経にこたえると思っているんだろう?」

「うまく言いあらわせないわ。もちろん、幽霊でも出そうな感じなんだけど、わたしが言いたいのはそのことじゃないのよ……全体の雰囲気がわたしには悲劇的に感じられるの。ここに住んだら、たえずだれかかなにかがわたしをつまずかせようと待ち構えているような気がするんじゃないかしら。これはきっと不幸な宿命を背負った家なんだわ」

「それなら、はっきり伯母さんにそう言ったほうがいいな。最後の決定権はきみが握っているんだろう?」

「ちがうわ、そう早まらないで」

三人は調理室に入った。しみひとつなく、モダンで、最新設備が施されていた。なにを見てもミセス・ムーアは喜んだ。

「お金に糸目をつけずに整備したんだね」と感心する。「これまでのところ、この家はあらゆる点で申し分ないものだとわたしは思うね。マーシャルさん、ここを紹介してくれたことを嬉しく思いますよ。ほかの部屋もこのくらい便利だったら……」

「とにかく、この部屋については意見が一致したわけだわ」とイズベル。「この館に住む破目になったら、わたしはたいがいこの調理室で過ごすわ」

きついまなざしで伯母は姪を見た。「ここ以外の部屋は気に入らないと言うのかい」

「わたしはこの家にぞっこん惚れこんでいるわけじゃないのよ」

「どこが気に入らないんだね」

「たとえば、さっきのあの大広間——あそこに長い時間入っていたら、この家が建てられてからいったいいくつ棺桶が地下室に運ばれたんだろうって考えるようになるにきまっているわ」

「莫迦なことを！　どこにいたって人は死ぬのさ」

イズベルは一分ほど黙っていたが、それからこう言った。「あの人、年よりだったのかしら、若かったのかしら」

「だれのことだい」

「ジャッジさんの亡くなった奥さんよ」

「いったいどうしてまた若かったのかもしれないなんて思うんだね」

「若かったんじゃないかって気がするのよ。その奥さんをこの家と結びつけて考えることがどうしてもできないの。……ジャッジさんは再婚するのかしらね、マーシャル？」

「船で女の人を避けていたところから察すると、しないんじゃないかね」

ミセス・ムーアは腕時計をちらっと見た。

「もうすぐ十二時半だわ、それなのにまだ二階も三階も見てないのよ。立ちどまったりしてはいられないわ」

三人は大広間に戻り、すぐさま主階段を昇りはじめた。これまでのところ、アメリカ人見学者の姿も見えず、足音も聞こえず、家の中は死んだように静まり返っていて、ミセス・プライデイもなかなか姿を現わさなかった。……大広間の一部を成すギャラリーは窓からさしこむ光で明るく、黄金色の陽光と、手摺が投げる黒い影と、濃紺と真紅のガラスのせいで妖しく荘厳な色彩の変化《へんげ》が生じ、空気全体に大昔の匂いがこもっていた。階段を昇りつめたところでしばらく立ちどまった三人はギャラリーの手摺ごしに大広間を上から覗きこんだ。

今度も最初に実務の才能を発揮したのはミセス・ムーアだった。すばやく彼女は周囲の〝立地条件〟を調べた。左側を見ると、ギャラリーは大広間の外側の壁面まで達していて、うしろには、こちらに面して二つのドアがあり、そのひとつは階段を昇りつめたところにあり、半開きになっているもうひとつのドアは、ずっと左よりのところにあった。右側を見ると、ギャラリーから上に伸びている二つ目の階段があり、その上の踊り場が暗くて長い廊下となって前に伸び、両側に部屋があった。その行きどまりは、暗いのと急に廊下が曲がっているために見えなかった。

イズベルが床の間《アルコーヴ》の中に立っている石膏のニンフ像を指さした。

「きっとミス・ジャッジが置いたんだわ」ひたいをこすりながら言う。「奥さんは小娘みたいに若かったのよ、そうにちがいないわ」

伯母は横目で姪を見やった。「どうしてそんなことがわかるんだね」

「そんな気がするのよ。プライデイさんが来たら、訊いてみましょ。ジャッジさんはとっても感じやすい初老の男性で、若い女に傾倒する癖があるのよ。この言葉を憶えておいてね」

「今いるところは人様のお屋敷なんだっていうことを忘れないでほしいね」

ミセス・ムーアがこう言いおわらないうちに三人は妙な物音にぎくりとした。音は左側の半開きになっているほうのドアから聞こえてきた。力いっぱいにピアノのキーを一回だけ叩いて出したようなその和音。三人は思わず目を見かわした。

「アメリカさんだよ」とマーシャル。

ミセス・ムーアは顔をしかめた。「わたしたちの入ってくる音が聞こえなかったなんておかしいじゃない」

またひとつ、続いて二つ三つ、と和音が響いてきた。

「演奏を始めるつもりなんだわ」イズベルが言った。

「行って調べてみましょうかね」とマーシャルは言ったが、ミセス・ムーアが手をあげて制した。

演奏がすでに始まっていたのだ。

オーケストラの演奏会によくかよっていたご婦人がたは、その曲がベートーヴェンのイ長調交響曲第一楽章の序奏部であることにすぐ気づいたが、アメリカ人は（もしピアノを弾いているのがアメリカ人だったならばの話だが）この大曲の断章を演奏しようとしているのではなく、むしろ試し弾きしているのだということがまもなくわかった。タッチは重々しく、力がこめられていたが、ひとつひとつの音をゆっくり弾《はじ》きだし、勝手にテンポを変え、途中で長い間を置いているので、深く考えこみながら弾いているのだという印象だった。

ミセス・ムーアは怪訝そうだったが、イズベルのほうは、初めはびっくりしたが、興味をそそられ、姿の見えない演奏者がこの曲を楽しむためにではなく、なにか別の理由で弾いているのだなと直観した。しかし、その理由がなんであるかは見当もつかなかった。弾いているのがプロの作曲家で、グランド・ピアノがあったのをこれ幸いとばかりに利用して、心の中でまだはっきりした形をとっていない新曲を練っているのだろうか。それとも、この館の雰囲気に感動して一曲弾きたい気分になったのだろうか。

イ長調交響曲ならよく知っていたが、こんな演奏でそれを聞くのは初めてだった。まるで今にも幕があがって新しい驚異の世界が現われようとしているかのような、心をかき乱す導入部の興奮……まったくそれはすばらしく……このうえなく美しかった……と、数分後にあの有名な一節、強大な上昇音階が始まり、たちまちイズベルは巨大な階段が上へ上へと伸びてゆく幻を見た……が、それが終ると、急に死の静けさが訪れた。だしぬけに音楽が終ったのだ……

イズベルは目を左右に動かして伯母たちを見た。マーシャルはほかの二人に背を向けてギャラリーの手摺によりかかり、次々に欠伸を噛み殺しており、伯母は気もそぞろに顔をしかめて半開きのドアを見つめている。ピアノを弾いていた人は演奏を再開する気配がなく、そのまま二分間が経過したが、それでも死のような静けさは破られなかった。マーシャルは背を伸ばし、そわそわしてきたが、ミセス・ムーアが手をあげて、じっとしていなさいと合図した。イズベルは黙々と髪の毛を指でいじった。

そのまま待っていると、音楽が流れでてきた部屋のドアがすっかり開き、演奏していた人が敷居の上に立っているのが見えた。火をつけたばかりの煙草を悠々とくゆらしている。

3

三階の廊下で

見知らぬ男はグレイのフラノの夏服を着て、ふちの広いパナマ帽を手からさげていた。三人に気がついている様子はなかった。

ミセス・ムーアが踵で軽く床を叩くと、男はすぐあたりを見まわしたが、その動作はおちつきはらっていた。背は低いほうで身体つきががっしりしており、年は五十前後、赤らんだ丸顔からひたいがドームのように張りだしていて、首は短く太く、赤かった。精力的なインテリといった感じで、長時間の精神労働にも耐えられそうだった。頭のてっぺんまで禿げていたが、生えている毛は赤砂色で、やはり同じ色の短いとがり髭を蓄えていた。やや大きくて平らな薄い青灰色の目には、なにかを見つめていながらまったく別のことを考えているために生じるあの奇妙な、〝坐った〟感じがあった。

「アメリカの方なんですか」遠くからミセス・ムーアが声をかけた。男は三人のほうに寄って来てから返事をした。

「たしかに国籍はアメリカですよ」だみ声だったが、耳ざわりではなかった。ほとんど訛りがないのだ。

「あなたがここにいらっしゃることは聞いていたんですけど、まさか音楽を聞かせて戴けるとは思いませんでしたわ」

男は礼を失さない声で笑った。「聴いている人がいるのをうっかり忘れてしまったことをお詫びしなくちゃなりますまい、奥さん。皆さんがここに入ってくる足音は聞いたんですが、この家のどこかへ消えておしまいになったので、すっかり失念してしまったというわけです」

ミセス・ムーアは、男のポケットに分厚いスケッチブックが押しこまれているのをちらと見て、当て推量を述べてみた。

「芸術家っていうのはぼんやりしているものだと相場が決まってますからね」

「わたしはたしかに画家なんですけど、それを人様に対する失礼の口実に使うつもりはありませんよ」

「それならあなたは過去の中にひたりきっておられたんですわ。お国にはこういう面白い過去の遺物があまりないんでしょう?」

「少しはありますよ。アメリカだって年の功を積んでいるんですからね。ですけど、この家には特別な意味で興味があるんです。妻の曽祖父が以前この家の持主でしてね——そういうのをイギリスではなんと呼んでいましたっけ……ええと、そう、郷士でしたね」

イズベルは黒灰色のゆるがぬ目で男の顔を見据えた。「でも、なぜ空き屋でベートーヴェンをお弾きになっていたんですの」

柔らかく金属的な独特の声に注意を惹かれたらしく、男はイズベルのほうに探るような一瞥をくれた。

「構想を練っていたところなんです」ちょっとためらってから、口数少なくこう言った。

「どういう構想なんですか——もしお差し支えなかったら教えてください」

男はさらに驚いたようだった。「そんなことをお知りになりたいんですか……この家に入っていると、いくつかのアイディアがうかんできましてね、しかもそれは、はっきりさせるのにどうしてもああいう音楽の〝伴奏〟が必要だったんです」

「ジャッジさんとは個人的に知り合っておられるんですか」

「ちがいます」

イズベルは考えにふけるようにじっと相手を見つめて、話を続けたいらしかったが、このとき、下の大広間でもの音がした。手摺ごしに覗いてみると、ロビーからミセス・プライデイが入ってくるところだった。

「もう帰らなくてはなりませんので」とアメリカ人は言った。

だれも引きとめる者はなく、婦人たちは笑顔を見せ、マーシャルは帽子を持ちあげた。画家はおごそかに一礼して、帽子をかぶると向きを変えて階段をおりた。

大広間におりると、ちょっとミセス・プライディの横で立ちどまり、硬貨を一枚握らせて出てゆき、扉が締まった。

「あの方のお名前は？」とミセス・ムーアは三人のところにやって来た管理人のプライディさんに尋ねた。

「シャーラップさんと申します、奥さん」

「まあ！……プライディさん、一階はもうすっかり見おわって、ほかのところを案内して戴こうと待っていたところなんですよ。まずお訊きしたいんですけど、あそこにある二つのドアはどこに通じるんですか」

「応接間と、元は書斎だったのをジャッジさんが玉突き室に改造なさった部屋ですわ。新しい書斎は廊下のはずれにあります。二階の居間はそれだけです」

「それではまず応接間から見せて戴きましょう」

時を移さずミセス・プライディは、シャーラップさんがピアノを弾いていた部屋に三人を案内した。それは食堂の真上にあって、同じ造りだった。つまり、館の横手と裏側を見晴らす窓がついていたのである。亡くなった奥さんの〝聖域〟だったにちがいなく、こまごまとした女性的な装飾品や小物が所せましと置いてあるので、ここに男が暮していたはずがなかった。それほど風変わりで浮わついたところがあり、いたって無趣味だったが、それでもとても気分のよい部屋。そこにあるどんな品物の陰からも過去がおぼろに立ち昇り、それを隠そうと躍気の努力が行なわれているのに、みずからヴェールを剝いで昔の面影をはっきり打ちだそうとしているようだった。……イズベルの心臓を冷たいものが貫いたが、同時に笑いだしたい気持も生じた。

「この部屋を使っていた女の人の趣味ときたら！」とイズベルは言った。「その趣味がどんなに変なものだったのか、ご本人にはわからなかったのかしら。おいくつだったんですか、プライデイさん」

「どなたのことなんですか」

「お亡くなりになったミセス・ジャッジですわ」

「三十七です」

「ご主人より二十も年下なのね。伯母様、やっぱり当っていたでしょ？……お二人は仕合せでしたの？」

「仕合せでないのが当り前だというのは間違っているんですよ。若い旦那様がいちばん優しいとは限らないんですから」

「どんな方でしたの」

「小柄で、ほっそりしていて、金髪でした。綺麗な方で、穏やかな喋り方をなさり、口もとが弱々しかったのに、歯に衣をきせずにずけずけものを言う方でしたわ」

ミセス・ムーアは当惑の表情だったが、イズベルは執拗に質問を続けた。

「よくお二人で過ごすことがあったんですか」

「それはどっちとも言えませんわ。奥さんは社交好きだったのに、旦那様のほうは他人と一緒にいるよりはひとりでいるのがお好きでした。何時間も読書に没頭なさることがあるし、そのあと、田舎道を遠くまで散歩するのがお好きなんです。考古学クラブの会員でしてね、見学旅行などによくお出かけになるんです」

「奥さんも一緒に?」

管理人はにっこりした。「会員の皆さんを奥さんは毛嫌いしておいででしたわ。ひどい悪口をおっしゃったりして」

「かわいそうな奥さん!」

「ここに勤めはじめてからどのくらいになるんです」ミセス・ムーアが訊いた。

「十八年です、奥さん。十八年前にプライデイと結婚しましてね。主人は生まれてからずっとここで暮してきたんです。主人の父も祖父もそうでした。プライデイ家の人たちは、おおぜいの方がたがここへやって来てまた去ってゆくのを見たのです」

「面白いお話ですこと！　ミスター・ジャッジはアメリカから帰られてからここへお見えになりましたの？」

「まだいらしてません。手紙を戴いただけです」

四人は玉突き室を通りぬけた。イズベルはちょっとのあいだマーシャルと二人きりになるために、さりげなくぐずぐずしてあとにのこった。

「あの部屋はどこなの」

「この上の階だよ。〈東の間《イースト・ルーム》〉と呼ばれていることは話しておいたはずだけど」

「だんだん面白くなってきたわ。この家にはたしかに独特の雰囲気があるわ。それが気持のいい雰囲気なのかどうかはまだなんとも言えないけど」

マーシャルはイズベルの腕を指で押した。「ここがきみのお気に召すことを心から望むね。なぜって、伯母さんが腰をおちつけないかぎり、ぼくたちの結婚は実現しそうもないからな」

イズベルは愛情のこもったまなざしを返したが、なにも言わなかった。このあいだにミセス・ムーアは管理人のあとについて廊下に出、じれったそうに二人を待った。時間を無駄にしないで四人は二階にある寝室を見てまわった。大きな寝室もある反面、なかには箱に毛が生えた程度の小部屋もあったが、どの部屋の設備も近代式、衛生的で、お金がかかっていた。ランヒル・コート館に一泊する人はだれでも豪華な寝室をあてにすることができるというわけだった。窓からの眺めもすばらしかったが、重苦しい大昔の雰囲気がここでもあらゆるものの中にしみこんでいて、イズベルの心には、またあの不快な疑惑が頭をもたげた。

「こういうところに長く住んでいたら、頭がおかしくなったとしても不思議じゃないわね」とマーシャルに耳打ちした。「わたしだってここに泊った最初の晩からいろいろな幻が見えてくるんじゃないかしら……とにかく、ジャッジさんは気が狂っているにちがいないわ——あなたはどう思う」

「そうかもしれないな。会って自分の目で判断してみたらどうだね」

「ええ、いいわね、マーシャル」

「会う手筈を整えられるかどうかやってみよう」

「ぜひそうして頂戴。幻覚の問題は別として、並みはずれた人にちがいないと思うわ」

この頃にはほかの二人は書斎に入っていたので、イズベルたちも急いでそこに入った。と、すぐにミセス・ムーアがイズベルを部屋の片隅に連れて行った。

「肝腎のところはもう全部見おえたわけだけど、どうしようかね」

「わたしはこんなところには住めないと思うけど、とにかくあわてて決めることはないわ。わたしがどんなに妙な気持になっているか、伯母様には見当もつかないでしょうね。今はここが大嫌いだったかと思うと、その一分後には——この気持、うまく言いあらわせないわ。全体にどことなく不気味なところがあるんだけど、でも、それは普通の〈幽霊屋敷〉の不気味さとは違うの……なにかが生きていて支配しているみたいなのよ……あんなにあっさりとシャーラップさんと別れなければよかったわ。あの人ならこの謎になにか光明を投げかけてくれたはずですもの」

「おまえは神経がひどく狂っているんだよ、そうである以上、こういう家がおまえに向いているかどうか考えものだね。だけど、おまえの言うとおり、あわてて決める必要もないわけだし……とにかく三階を見たら帰りましょ」

もう一時になろうとしていた。

三階の踊り場の屋根は低く、傾斜しており、南東に面した破風づくりの窓から踊り場に光がさしこんでいた。階段を昇りつめたところの正面に召使い部屋が二室あり、右側には廊下が館の向こうはずれまで伸び、その全長にわたって天窓から光が入り、両側のここかしこにドアがあり、右側の部屋はどれも暗い物置で、反対側は召使いの寝室だった。その寝室の窓は館の裏手に面していた。廊下の行きどまりのところに、召使い用の階段が一階から伸びていた。

各室をちょっと覗きながら四人は廊下を通ってさっきの階段まで戻った。

「これで全部なの？」とミセス・ムーアが訊く。

「はい、そうです」

マーシャルは思案の態《てい》で顎をひねった。「イースト・ルームはどれなんですか」

「鍵がかかっているんですよ」

「ほう、鍵がね。ですけど、ジャッジさんは、開けるように指示しておくとおっしゃってくれたんですよ」

「わたしはなにも存じあげておりません。とにかく締めっきりになっているんです」

「それはあいにくだな。ま、とにかく、どこにあるのか、案内してください」

ミセス・ムーアはきついまなざしを向けたが、口はつぐんでいた。

「ずいぶん暗い廊下を通らなくてはならないんですけど、構いませんか。こちらです」

階段と平行して、階段を見晴らす格好で小さな廊下が通り、館の正面まで続いていた。この廊下は、突きあたりのところにある屋根窓《ドーマ》から採光していた。ミセス・プライデイは三人をそっちに案内した。傾斜屋根に頭がくっつきそうになったところで廊下は急角度で左に曲がり、トンネル状となった。マーシャルはマッチをこすりはじめた。

「ふひゅう、暗いな！」

「すぐ明るくなります」

二十歩ほど進むと、また曲がり角があり、低い段々を二段ほど昇ると、廊下の幅が広がって部屋のようになった。その部分の梁は大きな破風の内枠となっていて、高い破風の窓から陽の光が斜めにさしこんでいた。なにもかもがきれいに磨かれていたが、家具らしきものはひとつもなかった。

「この家を設計した人はよっぽどおかしな頭の人だったのね」笑顔でイズベルは感想を述べた。「ひとつっきりの部屋に行く通路にこんなに大変な手間をかけたって言うの？」

「そうなんですよ、お嬢さん」

夜のような廊下がまた始まっている暗闇の中に入って行く前に、一分間ほど立ちどまって窓からさしこむ光の中で息を継いだ。そうやって立ちどまっているうちに、イズベルの顔に怪訝な表情がうかんだ。なにかに聞き耳を立てているような面持ちだった。

「あれはなにかしら」小声で言う。

「あれって？」と伯母が訊く。

「音が聞こえない？」

一同は耳を澄ました。

「どんな音なんだい、イズベル」今度はマーシャルが訊いた。

「みんなにも聞こえるはずだけど！——ぶうんと震動するような低い音なの……電話を先方につないで貰っているあいだに聞こえてくる雑音みたい……」

だが、ほかの者にはその音は聞きとれなかった。

「そう言えば、廊下で音がするってジャッジさんも言っていたな」とマーシャル。「みんなに聞こえるわけじゃないそうだよ。遠雷の響きみたいじゃないのかい」

「そうよ、そんな感じ……聞こえたり、聞こえなくなったり……低いぶぅんという音……」

「それならやっぱり雷だよ、耳鳴りでなければね」

イズベルは当惑した笑い声をちょっと放った。「わたしだって音を聞けば、それがなんの音であるかぐらいわかるわ。電話をかけて先方が出てくるのを待っているときに聞こえる音そっくりなのよ。今にもだれかが喋りだしそうだわ」

「莫迦なことをお言いでないよ！」苛々した口調で伯母が言った。「ほんとに音がしているのなら、たぶん外を通っている電線の音なんだろ。……さ、行きましょ！」

「どうしてほかの人には聞こえないのか、不思議だわ。間違いなく音がしているんですもの」

「とにかく、ほかの人には聞こえないのさ――それでいいじゃないか。おまえはくるのかい、ここにいるのかい」

「だけど、すごく荘重な音なのよ。厚い壁をとおして聞こえてくるオーケストラの音みたい」

「問題なのはね、おまえがその音に酔って興奮するまで三人ともここで待っていなくちゃならないのかっていうことなんだよ」

「シャーラップさんが聞いたのもこの音だったのかしら。おそらくそうね。たしかにこの音はなにかを準備しているような感じを聞く人に抱かせるわ。胸がわくわくしてくるの……伯母さんたら、そんな目つきでにらみつけないで頂戴、わたしは獣《けもの》じゃないのよ、大丈夫、気はたしかだから」

「そうかもしれないけど、もし冗談でこんなことを言っているのなら、なぜわざわざお昼どきにこんな冗談を持ちだしたのか、わたしにはわからないね。いつまでわたしたちをここに引きとめておくつもりなんだい、さあ！」

やっとイズベルも奥へ進むことを承知したが、三階にあがっているあいだ、このときからずっと奇妙な表情がその目に宿りつづけた。

光のさしこまない廊下の第二段階を通りぬけるとまた破風部屋に出て、その先にも第三のトンネルがあったが、今度のは短かった。行きどまりに近づくと、天窓から入る光でうっすらと明るくなってきた。廊下のどんづまりは簡素な樫の木のドアだった。

「これがイースト・ルームなんですか」マーシャルが訊いた。

「はい、そうです」

ドアの握りを動かしてみたが、鍵がかかっていた。

「これじゃしようがないな!」

「どうして締めきってあるんです」とミセス・ムーア。

「ジャッジさんの言いつけだからです」

こう言ったミセス・プライデイは気が利かなかっただけなのか、それとも人を人とも思わない生意気な態度をとっていたのか、その表情からは読みとれなかった。だが、イズベルは思いきって別の質問を出してみた。

「この部屋には気味の悪い話でもあるんですか」

「なんですって?」

「なにか不気味なところがあるのかってお訊きしているんです」

管理人はエプロンで手を包みながらにっこりした。「幽霊が出るのかってお訊きになっているのでしたら——別にそういう噂は聞いたことがありませんけど」

「なにかしら普通でないところがあるという評判が立っているのかどうかってお訊きしているだけなんですけど」

「ひとつには、たいそう古い部屋だっていうことがありますね。プライデイの話では、このお屋敷でもここがずばぬけて古いところなんだそうですよ。こういう大昔の部屋についてなにも話が伝わっていないとしたら、そのほうがよっぽど不自然ですよ」

「どういう話なんですか」

「それなら主人にお訊きになるといいです。この家のことならなんでも話してくれますよ——といっても、あの人に喋らせることができればですけど。たいがいの人には無理なんです。ご主人様だってあの人からあんまり話を聞きだすことができないくらいなんですからね。プライデイ家の人たちは代々、百年以上もこの家に仕えてきたので、当然、主人もいろいろ知っているわけなんですが、主人はだれかれの見境もなしに喋ってしまうのをもったいながっているんです。一応お話しになってみたらどうです、お嬢さん、機嫌がよければ二つ三つ妙な話をしてくれるかもしれませんよ。とにかく、わたしはよく知らないんです、知ったふりもしたくありませんしね」

「このあたりは大広間よりも古いと言うんですか」とマーシャルが訊いた。

「主人が言うには、千五百年近くも昔に造られたそうです、ときどき補強工事が行なわれたり、ほかの部分と同じような外観にするために改装もされましたけどね」

「それは面白い話だね。ジャッジさんはそのことを知っているんだろうか」

だれも返事をしなかった。ミセス・ムーアはまた腕時計に目をやった。

「もう本当に帰らなくちゃ——お昼を食べそこなってしまうよ。どうしてもと言うのなら、またいつか機を改めてこの部屋を見に来たらいいんじゃないですか、マーシャルさん」

ほかにどうしようもなかったので、一同は今来た道を引き返した。廊下をぬけると、階段をおり、もう一度大広間に入ると、婦人たちはミセス・プライデイに礼を述べ、外に出ようとしたが、マーシャルはちょっとあとにのこって、お札を一枚ミセス・プライデイの手に握らせた。

プライデイご当人があけてくれた門を通って車は構外に出た。プライデイは小柄だが屈強な男で、年は五十五ぐらい、皺が寄っていたが、頬はケント産の林檎のようで、小さな黒色の目を油断なく光らせていた。イズベルは少なからぬ好奇心のまなこでこの男を眺めたが、言葉はひとこともかわさなかった。

「このつぎの週末にもういっぺん行くとしようか——あの部屋の鍵を貸して貰えたらね」その晩ホテルで、マーシャルはイズベルに尋ねた。

イズベルはじっとマーシャルの顔を窺った。「ええ、そうしましょ。ジャッジさんに手紙を書くとき、あの家を買うつもりが伯母にあることを匂わせておいたほうがいいと思うわ。どう書けばいいかはわかっているでしょ」

「でも、それは確定的なのかい」

「ええ、たしかだわ。伯母には自分の心がわからないとしても、そのかわり、わたしが伯母の心を知っているのよ。そうしてくださる?」

「そうなると、きみも数カ月はあそこに住む覚悟でいるってわけなのかい」

「ええ――どうせ短期間なんですもの、どっちにしても違いはないわ」

こう言って手を髪にあてたそのしぐさがいかにも冷淡でぼんやりしていたので、よっぽどこの件に退屈しているのだろうとマーシャルは思ったほどだった。

4　ウルフ塔の伝説

晴天は日曜日も続いた。ミセス・ムーアは朝のうち教会に出かけ、イズベルはいやがるマーシャルを引っぱりだして音楽を聞きに西埠頭遊歩場《ウエスト・ピアー》まで行った。マーシャルの帰国を祝って、この日初めてイズベルは喪服をぬぎ、明るい夏服を着、桜桃色の帽子をかぶった。青白い顔にはいつもどおりお白粉が塗られていた。散歩道をそぞろ歩いていると、両側のベンチに坐っている人たちがじろじろイズベルを眺めたので、彼女は苛立った。というのも、前の晩よく眠れなかったので、あまり社交的な気分になれなかったからだ。

音楽堂《パビリオン》の中で楽団が演奏をしていたが、窓があけ放たれていたので、外からでもよく聞こえた。たまたま空いていた二つのデッキチェアに二人は身を横たえた。ちょうど、無名のワルツ曲が終るところで、テンポがゆるくなっていた。

一分ほどするとイズベルはマーシャルを肱でこづいた。そして、いわくありげなまなざしでマーシャルの視線を彼の隣に坐っている人のほうに向けさせた。その人はシャーラップだった。

「話しかけてみようか」マーシャルは小声で訊いた。

「もちろんよ」

マーシャルはなにやら考えこんでいるふうに煙草をふかし、ワルツが終るまでなんのそぶりも示さなかったが、やがて笑顔をシャーラップのほうに向けた。

「けさはちょっと暑いですね、シャーラップさん」

赤髭を生やした大柄なアメリカ人はけばけばしいハンケチで火照ったひたいを拭いているところだった。声をかけられると、ハンケチをどけて、平静に手を振って見せた。ちらと目尻からイズベルの顔を見やったが、おたがいに知り合っている仲だというそぶりは見せなかった。

「わたしの名前をご存じなのですね?」

「あの管理人が教えてくれたんですよ。わたしはストークスと申します。こちらはミス・ロウメント」

シャーラップは立ちあがってお辞儀をした。

「ブライトンには長らくご滞在なんですか」とマーシャルが尋ねる。

「いいえ。あすの午前中にロンドンへ戻り、イタリアへ出かけます」

「それじゃ、ジャッジさんとはお会いにならないんですね。あの方とは面識がないとおっしゃっていたと思いますけど」

「ええ、会ったことがないんです。家内が旅行中にぜひあの館を見学しろと言ったので、手紙を出してみたところ、ご親切に見学許可書を送ってくださったんです。ジャッジさんとのつき合いはそれだけなんですよ」

「ジャッジさんはアメリカから帰られたばかりなんですよ、ご存じですか」

「ランヒル・コート館で聞きましたよ」

イズベルは席をとり替えさせてくれと小声でマーシャルに頼み、二人の男の中間に腰かけた。

「相変わらず音楽の探究をなさっているんですね、シャーラップさん」

シャーラップは声をたてて笑った。「そもそも音楽は孤独な人間のためにあるものでしてね」

「とおっしゃると、奥さんはご一緒じゃないんですのね」

「わたしを責めないでくださいよ、ミス・ロウメント。わたしのせいじゃないんですからね。本人がどうしてもいやだと言って聞かなかったんです。海がこわいんですよ」

「お仕事で旅をなさっているんですか、それとも休暇旅行ですの?」

「ただ画廊を見てまわっているだけなんです」

「どういう絵をお描きになるんですか」

「肖像画です」

「まあ、面白いわ！　でも、いけ好かない人たちからもお仕事を依頼されるんでしょうね」

「いけ好かないタイプの人などいやしませんよ、ミス・ロウメント。美術の観点からすれば、生きている人ならだれでも独特無比のユニークな個人でしてね、ほかでは見られない独自の風貌を備えているものなんです」

「そんなふうには考えてみたことがありませんでしたわ。そうなんでしょうね。でも、さぞ夢中になってしまうお仕事なのでしょうね！」

マーシャルが立ちあがった。

「失礼させて戴けたら、煙草を買いに行って来ます。イズベル、ここから動かないでいてくれたまえ、すぐに戻るから」

「ええ、早く帰って来て頂戴」こう言ってまたシャーラップのほうを向く。

「お仕事を依頼するのは女の人と男の方とではどちらが多いんですか」

「虚栄心ということになると男も女も同じですけれども、自分に関心があるのはやっぱり女性のほうじゃないんですか。正確な統計数値は用意してないので、お知らせできませんがね」

イズベルは笑った。軽い間奏曲が始まって、しばらくのあいだ二人の会話は中断された。イズベルはそわそわしてパラソルの先で埠頭《ピア》遊歩場の床をぼんやり叩きはじめた。曲が終りに近づくと、マーシャルが戻ってくるのではないかと右のほうにすばやく目をやってから、まるで打ち明け話でもするようにシャーラップのほうに身を傾けた。

「あのう――きのうごらんになったあの館のこと、どうお思いになります」

「まったく印象の深い古屋敷でしたね、ミス・ロウメント」

「それだけですの？」

シャーラップは身構えるようにして相手を見た。「要するに古屋敷だって家でしかありえないと思いますけどね」

「それなら、なぜあのピアノの前にお坐りになったんですか」

「ああ、あのことですか！」帽子をぬぎ、突きでた広いひたいをゆっくり撫でる。……「あのちょっとした演奏のせいですっかりあなたの想像力が刺戟されたというわけなんですね。あれについては、きのうなにもかも説明したはずですけど」

「それにしても、妙なお考えだったということはお認めになるでしょ？」

「だいたいわたしという人間が妙なのかもしれませんよ、ミス・ロウメント」

「おたがいに話をはぐらかすのはよしにしませんこと？　ストークスさんがまもなく戻って来ますわ。どうしても知りたいんです――あの家とどういう関係があったんですか、あの演奏」

シャーラップは答えるのをちょっとためらった。「ちょっとした感覚に襲われたんです」

「だと思いましたわ。どこでなんです、そういう感覚に襲われたのは？　三階のあの暗い廊下の破風部屋でだったんじゃありません？」

　しばし間があった。

「あなたもわたしも、どうやら同じ問題をかかえているようですね、ミス・ロウメント」

「というと、やっぱりあそこで？」

「いや、あそこではないんですけど、あの近くです。近頃では〈イースト・ルーム〉と呼ばれているあの部屋のドアの前でした。あの部屋はもとウルフの塔だったんですよ。あそこまで行ってごらんになったんですか」

「ええ。で、あなたがお聞きになった音は？」

「音ですって？　ああ、廊下で聞こえるあの音のことをおっしゃっているんですね。ちがうんですよ、ミス・ロウメント、音じゃなかったんです」

「では、なんだったんですか。なにがあったのか、聞かせてください」すかさずイズベルは頼んだ。

「別になにも起こったわけじゃないんですよ。わたしたちは感覚のことを話していたんじゃありませんか……わたしは芸術家です、ミス・ロウメント、芸術家というのは生きた神経の微妙なかたまりでしてね。一日のうちにそれこそ十回も二十回もわたしの心は不安におののくんですよ、なぜだか理由もわからないままにね。たぶんあの感覚は悪性の〈地震活動〉とでも言えばよいようなものだったんです、それだけのことですよ」

「こんなことをお尋ねしているのは詮索好きだからなのだとお思いかもしれませんけど、そうじゃないんです。伯母がランヒル・コート館を買うことになるかもしれないので、そうなったら、わたしはあそこに住まなくちゃならないんです。これでおわかりでしょう、わたしが興味を寄せるのもまったく無理からぬ当然のことなんです」

シャーラップは画家の目でイズベルを打ち眺めた。小刻みにふるえている鼻孔、神経質そうな口もと、黒灰色の目に宿る特異な表情、それがシャーラップを魅了したが、なぜ魅力的なのか納得がいかなかった。イズベルの性格には、その顔に現われてはいない重要な素質があり、それは、あのもの静かで気持のよい——だが金属的で外国調の——声の中にだけ含まれているものだった。

「たいしたことはお話しできませんよ」やっとシャーラップは口を開いたが、ここでまた押し黙ってしまった。

イズベルはいささかうしろめたそうに周囲に目を走らせた。「それでも、なにかお話しして戴けるような気がするんです。ちょっとその辺を歩いてみませんか。ここではとてもそんな話はできそうもありませんから」自信なさそうに声をたてて笑い——「なんだかずいぶんお芝居がかったことを言うようですけど、わたしの観点というか立場はおわかり戴けますわね?」

「ご一緒に散歩できれば光栄ですよ」とシャーラップは答えたものの、その声にはなんとなく渋々したところがあった。

「このお願い、とんでもないことだとお思いになっているんじゃないでしょうね。もしおいやなのでしたら……」

「とんでもありません、光栄に存じますよ、嬉しくもありますしね。ですけど、お話しして差しあげることがほんの少ししかないとおわかりになったら、がっかりなさるに決まっています……それに、あすの朝にはここを発つことになっておりますし――ストークスさんに申しあげたとおりね」

「何時の汽車で?」

「午前十一時です」

イザベルは思案した。マーシャルはそれより三時間早く上京することになっているのだ。

「ここで予定を決めましょう。あすの朝十時かっきりにこの埠頭《ピア》の回転ドアの外にいらして戴けないかしら。その時間なら、汽車に乗りおくれることはないでしょう?」

「結構ですよ。十時かっきりですね。参りましょう」

「あてにしてますから、よろしく」

「大丈夫、わたしは約束を守るたちですからね、ミス・ロウメント」アメリカ人はこう言った。

イズベルはなにかほかのことを言おうとしたが、目を転じると、マーシャルが近づいてくるのが見えた。マーシャルのいないあいだに、さっきまで彼の坐っていた椅子を年齢不明の青白いぶよぶよした婦人が占領してしまっていた。婦人の口はだらりと垂れていたが、目はぴかぴか光っていた。イズベルたちは椅子を横どりされたことにこれまで気づかなかったのだった。

シャーラップは立ちあがった。「失礼します。ストークスさん、わたしの席にどうぞ――お昼まで岸壁を散歩しますから」

翌朝、イズベルはマーシャルと早い朝食をとり、駅へ向かう彼を見送った。ブライトンには来週末に戻ってくる予定だったので、車と主だった所持品は置いて行ったのだった。

十時になるとイズベルは西埠頭《ウエスト・ピア》の入口へ出かけた。すでにそこで待っていたシャーラップがすぐ近づいて来て、ちょっと帽子を持ちあげ、口から葉巻を離した。

「ホーヴのほうへ歩きましょう」とイズベルは言った。「そのほうが人出が少ないですわ」

シャーラップは素っ気なく無言で合槌を打った。

「わざわざわたしのために来てくださって、痛みいります」とイズベルは本論にとりかかった。「なんと言っても、わたしたち赤の他人どうしなのですもの」

「いや、そうおっしゃらないでください。もうずっと前から知り合っていたような気がするんですよ……この葉巻、けむたくありませんか」

「ええ、どうぞお構いなく……」

「それはどうも。それでは、用件に移りましょう。時間は短いですからね、ミス・ロウメント。さてと、今こうしてここにわたしが来ているのは、土曜日にランヒル・コート館でわたしを襲ったあの感覚について説明するためでしたね。ほかにはなにもありませんでしたよね、そうでしょ？」

「ご迷惑じゃないんでしょうね」

「大丈夫、わたしはそう簡単に迷惑がるたちではありませんから……さてと、どこであの感覚に襲われたのかということはもうお話ししましたね。〈イースト・ルーム〉のドアの外です。実を言うと、〈イースト・ルーム〉を見学するのが今度の旅行のひとつの目的だったんですよ。ですから、あの部屋に固く鍵がかかっているのがわかったときには、自分で自分を蹴りつけたいような気持でした」

「その前にまずお訊きしたいんですけど――廊下を通っていたあいだにあの音をお聞きになったんじゃありませんの？　わたしと一緒に見学した人たちにはあれが聞こえなかったんです、だからこうしてお伺いしているんですけど」

「たしかに聞きましたよ、わたしも。遠くでコントラバスが鳴っているような音でしたね」

「ええ、ええ——そんなでしたわ。あの音がなんに似ているか、わたしにはわかりませんでしたけど、そう、ほんとにそんなふうでしたわ」

「説明しにくいことですけど、あれは〈イースト・ルーム〉からあの館のほかの部分へ伝わって行く流れのようなものだったんじゃないのかとわたしは思ってます」

「なにが原因で生じた流れなんですか」

「それはわかりません。でも、あなたが気になさっているのはそのことだったんですか」

「おそろしく不気味でしたのでね。今でもまだ耳にのこっているほどですわ」

「とにかく、その問題はこのくらいにして、わたしが経験したあのことをお話ししましょう。あれとこれとはそれほど遠く離れたところで起ったことじゃないんですからね。〈イースト・ルーム〉のドアの錠をナイフでこじあけようとしてみてから、その前に立っていると、急に匂いのようなものが漂ってきて、全身を包んだのです……ミス・ロウメント、笑って戴きたくありませんね。匂いというものには別におかしな点はないんですから。匂いだって最も強烈な感覚になる場合があるんですよ。視覚や音で人を殺すことはできませんが、匂いでなら人を殺せる場合もなきにしもあらずなのです、しかもそれは必ずしも不愉快な匂いである必要はない。ということは、感覚器官として鼻がいかに敏感な秀れたものであるかという証拠にほかなりません。わたしとしては、だれかが嗅覚芸術を発明してくれればいいがと思っているくらいなんです。……とにかく、あのときに感じた匂いはまったくうっとりとさせる態《てい》のものでした。春の日に森の奥へ入って行ったときのようで、松の樹や菫の花や、湿った豊かな焦茶色の土の匂い、そのほかそよ風が運んでくるあらゆるものの匂いにそっくりでした——ただなにもかもが二重に濾過されていて、言うなれば、そう、女の人が使う新種の香水の入った瓶からこぼれた液のような匂いだったんです……」

「それで?」

「その匂いを嗅いだのがどこだったか、それを想いだしてください、ミス・ロウメント。もう何世紀ものあいだ風がそよとも吹きこまなかった大昔の家の暗い埃まみれの廊下でだったんですよ。……ですからわたしは跳びあがってしまいそうになりましたよ。と、急にまた匂いは消えました。十秒ぐらいしか続かなかったと思いますね。ですけど、消えてしまうと、わたしはまるで幻を見た人のように顔形まで変わって立ちすくんでいました。消えてしまってから初めてそれがいかに重大なことであったかがわかったのです。まるであれは別世界から吹きよせる風のようでした。……あの家は生きているんですよ、ミス・ロウメント」

「お話はそれで全部なのですか」

「これだけです」

「ずいぶん不思議なことですわね。でも、まだわからないんです――なぜそれであの曲をお弾きになったのか」

「そりゃあ、ごもっともです。けど、とにかくそういう気になったのは事実なんです。自分にも説明できません。ピアノを弾こうという考えはもう消えてしまっていて、二度と感じることができないのです……オーケストラが演奏前の音合せをやっていて、今にもなにか大変なことが始まりそう――そんな気持でした。でも、このオーケストラの喩えはあくまでも喩えでしてね――大交響曲みたいなものならなんでも構わなかったんですけど、とにかくあの曲を選んだんですよ。なんとなくあの曲のほうがふさわしく思えたのにちがいありません」

イズベルはつぎの質問をするときつとめて無関心そうな声を出そうとしてみたが、うまくいかなかった――

「シャーラップさん、とても妙な質問だとお考えになるかもしれませんけど、あの曲を弾いた理由は、あの上昇音階の楽節から謎の大階段を連想なさったためではないのですか」

シャーラップは濛々と煙を吐きながら横目で相手を見やった。

「どうしてそういう連想が生じたはずだとお考えなのですか」

「そういう連想がなぜ生じるのか、それはわかりませんけど、とにかくそうだったんじゃないんですか」

「ちがいますね。どうもわたしの知らないことをご存じのようですな、ミス・ロウメント。どういう階段のことをおっしゃっているんですか」

「なんでもありませんわ。莫迦莫迦しい質問だったんです……そろそろ戻りましょうか」

二人は回れ右をした。

イズベルは話題をどう変えようかとそわそわ思案した。

「あの部屋には別の名前がついていたとおっしゃいましたわね。どういう名前なんですの」

「〈ウルフの塔〉と呼ばれていたんです。言い伝えによると、あの家を最初に建てたのがウルフだということでして、ウルフは南サクソン人が初上陸して来てからおよそ百年後に生きていた男で、それ以来、同じ敷地に四回か五回ほど家が建ったのですが、ウルフという名は今から二百年ほど前まで生きのこり、家内の祖先であるマイケル・バードンがそのことを文書に記《しる》しています。ランヒル・コート館の歴史は六世紀まで遡るんですよ」

「でも、なぜあの部屋に限ってウルフを記念する名前がつけられたのかしら」

「ああ、それはですね、伝説にだけのこっていて今ではなくなっている部屋があの館のあの部分の真上にあったと推定されているからなんです。それははっきりしています」

「伝説なんて聞いてませんわ。今ではなくなっている部屋というのはどういうことなんです」

「驚きましたね。英国に住む人なら男も女も子供でもランヒル・コート館の失われた部屋の話を知っているものとばかりわたしは思っていたんです。いいですか、ミス・ロウメント、ウルフが家を建てたとき、あの土地には一種の幽霊が出没していたんです。ラン丘《ヒル》は荒地《あれち》の高台で、トロールが住んでいました。トロールというのは、魔性をもつ陸《おか》の精だったようです。でも、ウルフは異教徒だったので、そんなものは気にしないで、そこに家を建てたのです。当時のあの地方の迷信などにとらわれない一徹者だったのでしょう。さて、ある晴れた日のこと、ウルフが消えてしまい、一緒に彼の家の一部も消えうせました。ウルフの塔にあった最上階の部屋が何室かトロールたちの手できれいに運び去られてしまったんです。たまたまそこは館の東はずれの部分で、トロールたちの楽しい狩り場にいちばん近かったわけなんです。とにかく、それっきりウルフの消息はぷっつり跡絶えたのですが、それから今までの十何世紀ものあいだ、失われた部屋を見たと言う人が跡を絶たない――というのがその伝説なのです」

二人は黙々と歩きつづけた。

「あなたとしてはわたしがあの家に住むことを勧めますか」唐突にイズベルはおぼつかない笑顔を見

せて尋ねた。

シャーラップは一分ほど煙草をふかしてから答えた。

「そういうご質問をする以上、なにか理由がおありなんでしょ？　お感じになっていることを話してください」

「告白というものはひどくぎごちないものでして、それに、あなたに笑われないともかぎりませんから……」

「笑ったりしませんよ」

「それなら、お話しいたしますわ。あの廊下であの妖しい音に聞き耳を立てていると、急に心のとても深いところにある琴線に触れられたような気がしたのです。それはまだ一度も触れられたことがなかった本当に深い琴線でした。言うなれば情熱《パッション》です。……いえ、パッションそのものでした。でも、それには歓喜の情のほかにもなにかがあって、わたしの心《ハート》が責め苦にさいなまれて病み衰えたように感じられ、自分が底なしの淵に沈んでゆくような恐ろしい絶望感に包まれました。でも、その間ずっと喜びも感じられたのです。それもかなり強く。……この感じはほんの束の間しか続きませんでしたが、とても忘れられそうにありません……」

「ええ、わかってます」とシャーラップ。

「それなら、あれはどういうことだったのか教えてください。わたしとしてはどうすればいいのでしょうか」

シャーラップは葉巻を投げ棄てた。

「なにもしてはいけません、ミス・ロウメント。質問もなさってはいけないんです。以上が、自分にも娘がある男の忠告です」

「あの館に住むなとおっしゃるんですか」

「そうです」手を烈しく振って言葉を強める。「すぐさま取り消しなさい。ああいう家に住むのはあなたのためになりません。ミス・ロウメント、あなたがどういう人間であるか、お教えしましょうか。芸術家なんですよ、あなたは――職業をもっていない芸術家。あなたは雷の捌け口のない避雷針みたいなものなんです。どんな嵐でも避けるに越したことはありません。わたしは伊達や酔狂で肖像画を描いているんじゃありません。肖像画家をやっていれば人がわかってくる。あなたの神経がむきだしになって見えてくるのです。……とにかく、忠告を求めておいでだったので、わたしはお望みどおり忠告を与えたまでです。けど、正直に言って、わたしがあなただったなら、あの館には住まないでしょうね。初めからそんなふうにお感じになっているのだとすれば、しばらくあとになったら、どんな感じに襲われるか――まったく危険なことです」

「ありがとうございました」静かにイズベルは言った。「ご忠告どおりにいたすつもりです。わたしっていう女は生まれつき神経がぴりぴりしているんです——妙なことに、友人たちはだれもそうだとは思っていないようなのですけど。世間の人の前では、むしろしっかりした女ということで通用しているんです。わたしが特別な感情をもつ女だと言ってくださったのはあなたが初めてですわ」

ふたたび埠頭の入口のところまでくると、シャーラップは別れを告げた。

イズベルの人柄から受けた印象があまりにも強烈だったので、発車する前の汽車の中でシャーラップは捉えにくいイズベルの顔形を貴重なスケッチブックに描きとどめておこうという気になった。だが、素描が仕上がると、シャーラップは頭を振って深い不満をあらわした。よく似てはいるのだが、あの声を絵の中にうかびあがらせることはできなかったのだ。

5　イズベル、自分を見る

金曜になると、夕方の汽車でまたマーシャルがやって来た。その週のあいだにジャッジから返事があり、家を手放す件はまだ考慮中だが、まもなくはっきり肚を決めるつもりだということだった。さしあたっては、買いとることを希望しているご婦人と面談しても意味はないけれども、そのご婦人に先買権を認めましょう、と記した手紙に〈イースト・ルーム〉の鍵が同封してあった。マーシャルは、この手紙の用件の部分だけをミセス・ムーアに伝えた。

相変わらず好天続きだったので、土曜日にマーシャルはサセックスとケントを通る長いドライヴにご婦人たちを誘った。夜は芝居見物をして一日を締め括った。

日曜の朝、食事の席でイズベルは午前《ひるまえ》にマーシャルとランヒル・コート館までドライヴしてくると伯母に伝えた。ミセス・ムーアは、教会がよいを欠かさない厳格な信者だったが、別に喜ばしそうな表情も不快の色も見せなかった。

「でも、今度は本当にお昼までに帰れるんでしょうね」

「ええ、大丈夫よ。マーシャルが頼まれている用をやるだけなんだから」

「おまえはあの家が気に入ってないんだから、気まぐれであの家に惚れこんだりしちゃいけないとくぎを刺しておく必要はないね。わたしの勘では、きっとジャッジさんはあれを手放さないだろうね」

「どうしてなんです」とマーシャル。

「奥さんを亡くして失意のどん底に沈んでいるああいう年とった男やもめのことなら多少は経験で知っているのさ。ああいう人はね、住みなれた古い家を売り払うよりも新しい奥さんを貰う可能性のほうがずっと強いのよ。あの年頃だと、人間というよりはむしろ習慣のかたまりみたいなものなんですからね」

「五十八と言えばそんなに年よりじゃありませんけど」

「世の中の新しい仕組みを受けいれるには年をとりすぎているけれど、新しい奥さんを貰う気がないほど年をとっているわけじゃないんだよ」とミセス・ムーアは一抹の軽蔑をこめて同じことを繰り返した。

姪のイズベルはマーマレードの皿に手を伸ばした。「あの人となら結婚してもいいと思う女の人がいるはずだわ。かなり裕福らしいんですもの」

「そりゃ、もちろんだよ――若い娘《こ》でもそう思うのがいるだろうね。あの人が面食いならば、腕ききの料理人《コック》を傭うよりも簡単に美人の奥さんが見つかるだろうさ。いいかね、断言してもいいけど、ここ一年以内に二番目のミセス・ジャッジがあの館にでんと腰を据えることになるだろうよ」

「ジャッジさんのことを伯母様は崇拝しているのだとばっかり思っていたんだけど」とイズベルは相手の気持に頓着しないでぬけぬけと言った。

「実務の面で徹底しているところは感心するけど、だからと言って、あの人のしでかしそうなことがわからなくなるほどわたしは目のきかないお人好しじゃないんだよ」

「言い換えると、伯母様にお預けを食わせて苛々させているあの人のやり方が気に食わないということなんでしょ。そう認めなさいよ、伯母様!」

「それは思い違いだよ。なにもあの人を非難しているんじゃないのさ。なかなか決心がつかないでいる理由はなんなのか、それを見つけてやっているだけなんだよ。いずれにしろあの人の家なんだから、どうしようとあの人の勝手なのさ」……こうは言ったものの、ミセス・ムーアがしびれを切らしていることは傍目にも明らかだった。

　十時ちょっと過ぎに若い二人はブライトンを出発し、今度は道順がよくわかっていたので、十一時を打つ頃にはランヒル・コート館についていた。番人小屋から出て来たのはミセス・プライデイではなく、今度はご主人のプライデイが門をあけてくれた。プライデイは二人を出迎えるためにわざわざ黒い服を着ていて、ニコチンのしみがついた木のパイプを吸っていた。人間の頭の形に彫ったパイプだった。マーシャルはジャッジから届いた手紙の、署名の部分だけをプライデイに見せ、小額の心づけを渡した。庭師頭のプライデイはたいして嬉しそうな顔もせずにチップをポケットに押しこんだ。

「館に入ってもいいかい」

「はい、どうぞ」

「今はお手すきかね」

そうだとプライデイは答えた。

「実を言うと、見たい部屋はひとつだけなんだよ。ほかの部屋はこの前に来たとき全部見たからね。〈イースト・ルーム〉がお目あてなんだ。この前は鍵がかかっていて入れなかったけど、今度は鍵を借りて来たんだよ」

庭師はずるっこしそうな目でちょっとマーシャルを見つめてから、探りを入れるように用心深くこう訊いた。「どうしてジャッジさんはあの部屋を公開する気になったんでしょうかね」

「公開しちゃいけない特別の理由でもあるのかい」

「八年も前から締めっきりになっていたんですよ、それだけでも充分な理由でしょうが」

「どうしてなの」とイズベルが食いさがった。

「見るようなものはなにもあそこにはないからですよ」

「それならわざわざ鍵をかけておく必要もないはずだけど」……とプライデイが返事をしないので、イズベルは質問を続けた。「あの部屋の本当の名前は〈ウルフの塔〉って言うんでしょ?」

「なんて言うんですって」

「〈ウルフの塔〉よ」

「聞いたことがありませんね。お祖父さんが生きていた頃には、みんなはあれを〈妖精《エルフ》の塔〉って呼んでましたけど」

「まあ! いったいどっちが本当なのかしら」

「その話は館に入ってからすればいい」とマーシャル――「きみがあの門の鍵をとって来て、中に入れてくれればね」

プライデイが番人小屋に入っているあいだにイズベルは目をつむり、ひたいに手をあてた。

「いやだわ、頭痛が始まりそうなの」

「陽にあたったせいかな。だとしたら、一刻も早く家の中に入るに越したことはない」

「陽ざしが強いせいよ、きっと」

すぐに庭師が鍵を手にして現われ、門をあけにかかった。マーシャルは車に戻り――イズベルはおりていなかった――二人が車に乗ったまま門を通りぬけると、門が締まり、プライデイを同乗させて一行は庭内路を進み、一分か二分で館の前についた。

プライデイが鍵で錠前をはずしているあいだ、戸口で待っているうちにイズベルはこめかみの動悸が耐えられないほどひどくなり、真っすぐに立っていることができなくなった。

「ひどいのか」とマーシャルが心配そうに訊く。

「ええ。早くあけてくれないかしら」

こう言ったちょうどそのとき、ドアがあけられたので、マーシャルはイズベルの身体を支えて、涼しい、玄関広間に入った。入るとすぐ彼女は坐りこんだ。二人の男はそのかたわらに立ったままだった。

「こうしていれば、だいぶ楽だけど、しばらくは動けそうもないわ……」少し間を置いてから、よもやま話でもするような口調でプライデイに「〈イースト・ルーム〉のことをなにも知らないわけなのね」と言った。

「〈知らないわけ〉ってことはないでしょ」とプライデイが別にむすっとした口調ではないけれども歯に衣をきせずにずばりと言った。「知らないなんて言ったおぼえはないんですからね」

「でも、見るようなものはなにもないっておっしゃったでしょ」

「あなたがほしがるようなものはなにもないんですよ、お嬢さん」

「わたしがほしがるものって、なんなの」

「あなたはここへピクニックをしにやって来たんでしょ。……このお屋敷は徒《あだ》おろそかに扱ってはならないんです。……見くびったら、噛みつかれますよ、それもこっぴどくね」

ほかの場所でだったら白痴の、たわごとと思えたであろうこの言葉も、場合が場合だったのでイズベルには脅迫の言辞みたいに聞こえた。荘厳と静寂に包まれた大昔の遺物にとりかこまれていたので、そう感じられたのだ。イズベルはそれだけで質問を打ち切ったが、マーシャルは、依然として平凡な常識を保っていたので、この問題をとりあげた。

「それはどういう意味なんだね、プライデイ」

「あなたみたいな殿方なら、この家のどこへ行っても構わないんです。なにも見えず、なにも聞こえませんから、別に害はないんです。ところが、女の人の神経となると話は別です。おかしな旅を始める人は、帰りたいと思っても帰れない場合があるわけでしてね……連れのご婦人は頭痛がするとおっしゃっている。それを口実にして、あの方をここで休ませておいて、あなたとわたしだけで上にあがって、ごらんになりたいものを見ればいいんじゃないですか」

「なんてことを言うんだ！……イズベル、きみもあがってみたいんだろ、え？」

「ええ、うずうずしているの。でも、身体が言うことを聞かないのよ。頭痛が治るどころかひどくなる一方なの」

「それじゃ、どうしようか――ぼくがきみについていてあげるか、それともぼくだけで上へ行って頼まれた仕事を済ませてくるか。十分もしないうちに戻れると思うんだけどね。どっちがいいと思う」

「わたしをここに置いて、見に行って来て。プライデイさんを連れて行って頂戴。ひとりきりになって静かになれば頭痛も治るかもしれないわ。お喋りをしていると、ひどくなるだけなの」

「なにかしてあげられればいいんだが！……ほうっておかれても本当に構わないのかい」

相手を安心させるような笑顔を弱々しく向けてイズベルは答えた。「よしてよ！　子供じゃないんですからね」

渋々とマーシャルはプライデイを伴って階段を昇ったが、土を掘る仕事ばかりしてきたプライデイは脚が硬くなっていたので、年下の保険会社員マーシャルと足なみを揃えることができず、おくれがちとなった。

イズベルは目をつむってはあける動作を繰り返していた。じっと坐っていて、あたりが静かで薄暗いために、神経が鎮まり、二分もたたないうちに頭の中が楽になった。大広間の中はなにもかもがこの前に来たときと同じだった。よく磨かれて黒ぐろとした威厳のある木づくりの壁面や床は、以前と同じように中世様式の窓からさしこむ金色、青色、紅色の光線で荘重に輝き、部屋全体がやはり死のような静けさに包まれていた。

だしぬけに、今わたしが見ているのは、そんなものがここにあるとはこれまで気づかなかったものなのだという気がしてきた。それはこの大広間の骨組の一部分で、前にも見ていたはずなのだが、見たとしても、心にとめなかったのにちがいない。大昔に造られた煖炉の横から、絨毯の敷いてない階段が上に伸びていたのだ！　奥にある部屋とは別に、もうひとつの階段がこの大広間についていたのである。その階段になにか妙なところがあるという気はしなかった。ごく平凡で、幻めいたところはなく、不思議なのは、これまで自分がまったく奇跡的としか言いようのない偶然の不注意でそれを見落していたということだけだった。

階段は斜め前方に真っすぐ伸び、壁面にあいた穴を通りぬけて上に出ていた。十段あまり段々《ステップ》が見えていたが、上のほうは見えなかった。あれを昇れば、これまで探ってみなかった場所に足を踏み入れることができるのだという考えがすぐさま、頭にひらめいた。新しい階段を発見した興奮で頭痛のことは忘れてしまった。立ちあがると、しばらく決心がつかず、大声をあげてマーシャルを呼ぼうかどうかと迷ったが、声を出しても届くはずはないし、マーシャルがおりて来てからこの見つけもののことを話してもおそくはないのだと判断して、自分ひとりでちょっと探険をしてみようと決めた。この階段がジャッジさんの見たという階段と同じものであるかもしれないという考えは一度も想いうかかばなかった。だいたい、その位置がジャッジさんのあの幻の階段とは違うところにあるようだったし、第一、いかにもどっしりとした実在感を帯びていて、さわることさえできるようだったので、とても超自然のものだとは思えなかった。大変だという気持はいささかもなく、ただ心底からびっくりして、好奇心をつのらせているだけだった。

慎重に、だが、いくらか脈搏を速めて一段ずつ階段を昇り、ときおり下を振り返って大広間を見おろした。こうして段々を昇っていること自体になにか神秘的なところがあるように感じられたが、それがなんであるかは自分にも説明できなかった。段は黒びかりのする木でできていて、チーク材に似ていた。昇り口からてっぺんまで全部で十七段あった。手摺はなかったが、両側がすぐ壁になっていた。

昇りつめると、そこは十五フィート平方ほどの小さな部屋で、家具はなく、上から光がさしこんでいたが、天窓は見えなかった。床も壁も、天井もみな、階段と同じ黒ずんだ良質の木材だった。どうやら控え室のようだったが、これと言って見るものはなく、腰をかけるところもなかったが、部屋の外に通じるドアが三つあった。三つの壁面の中央にそれぞれひとつずつ戸口があって、のこりの壁面の中央がさっきの階段の降《お》り口になっていた。どのドアも装飾のない簡素な木材で、原始時代の雰囲気をかもしだしていた。ドアは三つとも締まっていた。

イズベルは迷った。先へ進みたかったのだが、ぴたりと閉じられている三つの扉が脅威をつきつけているようだった。ミセス・プライデイがこれらの部屋をほかのと一緒に見せてはくれなかったことが想いだされた。いや、それとも、ミセス・プライデイは自分があとからやってくる前に三人がもう見てしまったのだと思ったのだろうか。それともまた、〈イースト・ルーム〉と同じようにあの三つの部屋にも鍵がかかっていて、やはり好ましくない謎が秘められているのか。……もちろん、その点ならばすぐに確かめることができるのだ……もしこれ以上先に行ってみる必要が本当にあるのなら。

これほど長いあいだイズベルが三つのドアの手前で立ちどまっていたのは、見慣れない筆跡で宛名が書いてある封筒を開く前にしばらくためつすがめつそれを眺めてみるのと同じ気持によるものだろうか。わたしが怖気づいているなどということはもちろん考えられない――とイズベルは自分に言い聞かせた――が、どうしてもドアの先を覗いてみる気になれないのだ。実を言うと、どのドアにもまったくまともでないところがあった。ほかのドアと違うのだ。ほかのドアと違っているだけならまだしも、三つが三つともそれぞれ違っているのだった。そこにこれらのドアが奇異な感じを抱かせる主な理由があるのだろう。イズベルの正面に見える真ん中のドアは堂々としていて高尚で、どことなく親密さをかもしだしていたが、右側のドアは――自分にもうまく説明できなかったけれど――まるでその先にある部屋に人がいて今にも急にさっと開くのではないかと思われるような、待ち受けている感じ、危険な感じを漂わせていた。左側のドアの先は通路らしい、というのがイズベルの受けた印象だった。……ひょっとすると、こういうふうに神経が敏感になっているのも、元をただせば、四面の壁の位置のせいなのかもしれなかった。

　数分のあいだ、前へ進むことも、うしろへ退くこともできなかった。そわそわして立ったまま、手袋をはめた指の先を噛みながら自分の弱さを心で笑っていた。大広間に引き返してマーシャルがおりてくるのを待ったほうがいいのではないか。いや、もう彼は戻っていて、イズベルはどうしたのかと心配しているかもしれない。……あの人もこの階段に気づかなかったなんて、まったく不思議なことだ。

　ひとりきりでドアをあけてみる勇気が出せなかったので、結局、マーシャルの加勢を求めに引き返すことに決めた。だが、気まぐれのことは考慮に入れなかった。てっぺんから二段目の段《ステップ》に足をかけていたとき、くるっと向きを変えて、跳びはねるような動作で部屋をつっきり、左側のドアの前まで行くと、挑みかかるようにさっとドアをあけひろげ、敷居の上に立ったのだった。びっくりした目でドアの奥を見つめる。

　部屋は、ドアの手前にある控え室よりもなお小さかった。建築材料はすべて同じ黒ずんだ木材で、家具はなかったが、壁に大きな卵型の鏡がかかっていて、ドアの真向かいの側には豊かな赤色の、長いカーテンがさがり、その陰に別のドアがあるらしかった。イズベルはためしに一歩、前に踏みだしてみた。ここにあるいくつかの部屋はなんのためにあり、館のどの部分に属していて、なぜ家具が備わっていないのだろうか、という疑問が頭を去らなかった。

ぼんやりと鏡の前まで歩いて行き、帽子のずれを直そうとした。……と、鏡になにか特別な仕掛がしてあるのか、自分が変わってしまったのか、いずれにしろ、いつもと違う自分が見え、その映像にぎくりとした。いつもより美しく見えたと言うよりも、自分の顔が別の性格を帯びていたのだった。鏡の中の顔の表情は深く、眉を険しくひそめているようだったのに、性的な甘美さに満ち溢れているせいでなにもかもが柔らかく魅惑たっぷりに見えた。その顔には、奥深いところにひそんでいる情熱があらわれていたが、それはまだ眠っている情熱だった。……見ているうちにイズベルはぞくぞくする興奮を感じ、これが自分なのだと考えるのはこわくさえあったが、それでもこの映像が嘘いつわりではないことがわかっていた。イズベルにはこういう悲劇的な性格がある。ほかの若い女、英国の若い女性とは違っていて、イズベルの魂は表面を泳がず、なにも見えない水面下深くを手さぐりで進むのだ。……が、なぜこの秘密をあの鏡はくっきりと映しだすことができるのだろうか。それに、性的魅力を湛えたあの風貌はなにを意味しているのか——まるでセックスを持て余している悩める女性といった顔つきだ。

長いあいだその映像を見つめていたが、その間、頭の向きも変えず、顔の筋肉ひとつ動かさなかった。じっと見つめるそのまなざしには、女らしいみみっちい虚栄はまったくなかった。自画自賛するのではなく、あくまでも自分というものを理解したかったのだ。これほど強固な、恐ろしいばかりの甘美さと強烈さを秘めた性格をもつ女には、異常であるばかりか、ひょっとしたら恐るべきものでさえある宿命を避けることはとてもできないのだと思われた。このうえなく奇妙な感動がひたひたとイズベルの頭に立ち昇ってきた。……

ずっと遠くから自分の名を呼んでいる男の声が聞こえてきた。途中に立ちはだかっている壁のせいでその声はこもっていたが、マーシャルの声であることは難なくわかった。マーシャルは館の最上階から声をかけているのだが、返事がないので、急いで大広間におりてくるところなのだろう。わたしも戻って行って、あの人と会わなくては、と思ったが、その前にまず、カーテンの奥を覗いてみることがどうしても必要だった。

急ぎ足でカーテンに近づくと、その重い赤色の布地を引きあけた。奥には戸口があったが、ドアはなく、そのすぐ先は木の下《くだ》り階段になっていた。イズベルはまだ少しは探索してみる時間があるのだとわが心を納得させた。

半分ほどおりると、大広間が見えてきた。……なにがなんだか、さっぱり訳がわからなかった。

階段の下までおりると、自分が煖炉の横に出て来たのだとわかった。つまり、この階段は、さっき昇った階段と同じなのだ。だが、どうしてそんなことがありうるのか、自問する時間の余裕はなかった。広間に出て、足が床に触れたとたんに、あたかも蠟燭の火が消えるように、今までのちょっとした階上探訪の記憶がことごとく心の中から拭い去られてしまったからだ。

この階段を昇りはじめたときのことは憶えていたし、同じ階段を今、自分はおりているところなのだということもはっきりとわかっていたが、その中間で起こったことはなにひとつ想いだせなかった。

もう一度、階段を振り返ってみると……それは消えていた！……このとき初めてジャッジさんの話が想いだされた。

このことはマーシャルには伏せておかなくてはいけない、と本能が告げていた。おちついてじっくり考えてみてからでなくては、うっかりあの人に打ち明けてはならないのだ。そもそも打ち明けるほうがいいのかどうかさえ、わからないくらいなのだ。あの人がこの話を聞いたら、よく解釈してくれるとはまず考えられないし、そんなはずはありえないと思われて気まずい結果になるのが落ちなのだから、なにも言わないでおくに越したことはないだろう。イズベルは坐りこんでマーシャルを待った。また頭痛がぶり返してきた。

　ほどなくマーシャルがプライデイを伴って広間に入って来た――が、階段をおりて来たのではなく、外から入って来たのだった。なんとなく気がそぞろといった感じで、イズベルの姿を見ると、ぱっと顔が紅潮した。

「一体全体、どこへ行っていたんだい、あんなに長いあいだ」

「あんなにって、どれくらいのあいだだったの。今、何時なの」

「十二時を過ぎているんだ。たっぷり二十分間はきみを捜していたんだぞ」

「まあ！……」

「どこにいたんだ」

　イズベルは無理に笑顔をこしらえ、すばやく思案した。

「ここにいなかったことは確かね、あなたの目に見えなかったんですもの……実を言うと、しばらく外に出ていたのよ」

　プライデイが疑わしげに見つめた。

「それにしたって、ぼくが呼んでいるのが聞こえたはずだけど」とマーシャル。

「マーシャルったら、その口のきき方はなんなの。いくらわたしだって、あなたの声が聞こえたら、ちゃんと返事をしたわよ。うとうとしかかっていたのかもしれないわ、よくはわからないけど。頭痛がひどかったので、目をつむって樹の下で坐っていたのよ。そんなにがみがみ言わなくたっていいと思うけど……あの部屋、ごらんになったの？」

「もちろん、見たさ。ほかのどの部屋とも変わりのない、ただの部屋だったよ」

「謎めいたところなどなかったのね」

「あんな話はなにもかも嘘っぱちだったのさ！……それより、きみはもう元気になったのかい、それとも、もうしばらく休んでいたいのかね」

ゆっくりとイズベルは立ちあがった。「行きましょ。そのほうがいいわ」

マーシャルは妙な目つきでイズベルを見やったが、口ではなにも言わなかった。三人は家を出た。マーシャルは車のところまで歩いて行ったが、イズベルはちょっと立ちどまり、ドアに鍵をかけているプライデイに話しかけた。

「これでもやっぱりわたしはあの部屋に行かなかったほうがよかったと言うの、プライデイさん」

プライデイは鍵をかけおえてから、目をあげて答えた。

「そりゃ、まあ、おっしゃるとおりかもしれませんがね――でも、わたしは前言を取り消したりはしませんよ。第一、ただでさえあなたが見てはいけないものまで見てしまったおそれなきにしもあらずなんですからね」

「まあ、なんてことを言うの！」笑い声でイズベルは言った。「わたしがなにを見たとお思いになっているの？」

「それはご自分が知っていることでしょ、わたしにはわかりませんよ。四十分前とはあなたの様子がすっかり変わっているのがわたしにはわかるんです」

「よく変わったのかしら、プライデイさん」

「わたしを相手に楽しんでいらっしゃるんですね、それはそれで構いませんけどね、でも、わたしは自分の知らないことを喋るような人間じゃないんでしてね、念には念を押して注意しておきますけど、このお屋敷はあなたのような若いご婦人向きではないんです。ごらんになりたいのなら、もっと古いお屋敷が英国にはいくらだってあるんですからね」

「おいでよ、イズベル！」車の中からマーシャルが待ち疲れて苛々した口調で声をかけた。「頭痛がしていると言うのに、そんなところで油を売っていちゃ駄目じゃないか」

言われたとおりにして車の席に着くと、顔から笑みが消え、顔色が曇って心配そうな表情になったため、思わずマーシャルはこう叫んだ。

「驚いたな！　げっそりしてるぞ、その顔つき！」

イズベルは返事をしなかったが、番人が小屋の前を通りぬけてしまうと、目立たないようなしぐさでハンドバッグから磨きあげられた銀の小さな鏡をとり出し、注意深く自分の顔を眺めた。どう見てもあまり魅力的な顔つきとは言えなかったが、それ以外には、どこも特別の変化を認めることはできなかった。

6　ジャッジ登場

火曜の午後のことだった。マーシャルはロンドンに戻っていて、急に天気が崩れ、朝早くから雨がひっきりなしに降りつづいていた。ミセス・ムーアは自室に閉じこもり、イズベルは、あまり気乗りはしなかったが、ひとりきりになったこの機会を利用して、溜っていた手紙を書く仕事をしていた。それは彼女としてはどうしても好きになれない仕事だったが、すでに、イズベル独特の大まかな筆跡で宛名の書かれ、封をされた簡潔な書状が五通あまりテーブルの上に積まれ、今は、ブランチ宛の手紙を書いているところだった。ブランチとロジャーが週末にゴンディ・ホテルに泊りに来たいと書いてよこしたことに対して、イズベルは喜びの情を文字で書きあらわしていたのである。ブランチというのはイズベルの学校友達で、一番の親友だった。イズベルをマーシャルに紹介してくれたのがブランチで（マーシャルは、ブランチの夫であるロジャーの弟だった）、その結果、ブランチは二人の婚約は自分がお膳立てしたものなのだと考えていた。もちろん、イズベルとしては違う見方をしていたが、それを口に出して言うことは控えていた。ブランチ以外の仲間には「イズベル」で通っていたイズベルも、ブランチ夫妻にとっては「ビリー」だった。夫妻はハムステッドに住んでいて、かなり裕福だった。

ドアにノックがして、ボーイがミセス・ムーアの来訪者の名刺を差しだした。その名前を読んでイズベルは心の中であっと驚きの声をあげた。ちょっと待っていてとボーイに言いおいて、すぐさま伯母の部屋へ行った。

「ジャッジさんがお見えになったわ」ドアの脇に立って、感情をこめずに告げた。

伯母は半ば身を起こしたが、また横になった。

「どこにいらっしゃるんだい」

「階下《した》だと思うけど。お会いになる?」

「まったく人迷惑だね! 自分の好き勝手なことをしていい権利があるんだと思っているみたいじゃないか。こんな時間に訪ねてくるなんて!……会いませんよ、わたしは」

「せめて、なんのご用なのかぐらいは確かめたほうがいいんじゃないかしら。わたしが会いに行ってみましょうか」

「おまえが? よしておくれよ。今、留守だから、用件はメモに書いて行ってくれって伝えさせればいい」

イズベルはたしなめるような笑顔を向け、「やっぱりわたしが階下へ行ってみたほうがよさそうだわ」と言った。

「いつもそれくらいの思いやりがおまえにあればいいんだけどね」

「こうするのが礼儀というものだわ。ジャッジさんはわざわざこのためにブライトンまで出向いて来たのかもしれないでしょ」

「好きなようにすればいい、ただ、わたしは知らないからね――なにかに縛られるのはご免だよ」

「莫迦なことを言わないでよ、わたしが伯母さんを縛るなんて、そんなこと、できっこないじゃありませんか？」

イズベルは出て行った。ミセス・ムーアは思案の態《てい》でしばらくドアを見つめていたが、目をこすると、やがてまた本を手にとった。

「どこにいらっしゃるの」とイズベルはボーイに尋ねた。

「ラウンジでお待ちです」

ボーイのあとについて階段をおりると、まだお茶の時間ではなかったので、ラウンジはほとんどが空きだった。ジャッジはドアの近くの背もたれのまっすぐな木の椅子にこわばった姿勢で坐っていた。着ている服こそ天候にふさわしく地味だったが、全体がいかにも手入れの行き届いた感じで、イズベルは、予想とは逆に、好ましい印象を受けた。言われていた年齢よりもかなり若く見え、背が低く、きりっとした痩身で、清潔そうだった。すこぶる善良で威厳のある裕福なイギリスの地方人といったところだ。きれいに剃ってある顔は血色が良くなかったが、逞しさと決断力に満ち溢れていた。長いあいだ男どもを相手に仕事をしてきたために生じた力強さなのだろう。目は灰色で、隙がなく、きょときょとしていなかった。眼鏡はかけていない。……ボーイは簡単に紹介を済ませて出て行った。

ジャッジは立ちあがって厳かにお辞儀をし、イズベルのほうから先に口をきるのを待った。

「ムーアさんはあいにく手がふさがっているんです。わたしは姪です、よろしく」

ジャッジはもう一度お辞儀をした。「お名前をお訊きしてもよろしいでしょうか」

「ミス・ロウメントと申します」

ジャッジはかなりまじまじとイズベルの風采を眺めた。着ていたものがゆったりした絹のジャンパーだったので、かなり豊満な乳房がくっきりと突きでていた。首筋はあらわで、アメシストを長くつらねた鎖が首から腰のところまでたれていて、立ち話をしているあいだずっと彼女はこの鎖をいじくっていた。

「ほかの用事でブライトンに来たんですが」とジャッジは気持のいい厳粛な声で説明した――「一石二鳥を狙いましてね、こうして伺ったのですが、当てがはずれたのは残念です。ことづけを伝えて戴けるでしょうか」

「もちろんですとも。喜んでお伝えします」

「ミセス・ムーアとわたくしがストークスさんを通じて間接的に連絡をとっていたことはあなたもご存じでしょ、わたくしの持家であるランヒル・コート館の売買の件についてです」

「ええ、知っておりますわ。伯母とは一緒に暮しておりますので」

「ああ、そうなのですか、それは知りませんでした。……ミス・ロウメント、伯母様をこんなに長く待たせてしまって申し訳ないと思っているんですが、やっと決心がついたんですよ。じっくり考えて、あらゆる角度から検討してみた結果、あの屋敷を処分するのは、少なくとも当座は好ましくないことだと判断したのです。このことは帰宅してからお手紙ではっきりお伝えしようと思っているのですが、差しあたって、ムーアさんにこの旨をなんとなく伝えておいて戴けないでしょうか」

イズベルの両頰の真ん中に急に赤みがさした。……ひとしきり、沈黙が続いた。

「ですけど、ずいぶん妙ですわね、そんなふうにお決めになるなんて」ほとんど聞きとれない声でやっとイズベルは言った。

「どういう点が妙なのですか」

イズベルは分別を失った。「ストークスさんの話では、あなたはあの家をお売りになりたがっていたということでしたのに」

「ストークスさんはそんなことを皆様に話す許可をわたくしから受けてはいなかったんですよ」ジャッジはしごく迷惑そうに答えた。「売りたいなどと言ったことは一度もありません。売買の話を持ちだしたのはストークスさんのほうでしてね、わたしは初めから乗り気ではないことをはっきりさせていたんです。約束違反ということは絶対にありませんわ」

「もちろん、約束違反だなどと申すつもりは毛頭ありませんわ」相手を宥めるように笑顔を向けた。「とにかく、坐ったほうが話しやすいんじゃないかしら」

ラウンジのちょっとひっこんだところに長椅子があったので、イズベルはそのほうに相手を連れて行った。ジャッジは別にさからわなかった。坐るとイズベルはスカートのよれを直し、そわそわとあたりを見まわした。どうやってあの話をまた持ちだせばいいものやら見当がつかないというふうだった。

「こんなことをお伺いしては失礼かもしれませんが、いったいなぜ——つまりそのう……」しどろもどろになって言葉が跡切れてしまった。

「なぜ売りたくないのか、とおっしゃりたいんですね。それはですね、わたくしの将来の住所がはっきりきまっていないからなんです。今のところはまだランヒル・コート館にもういっぺん住む理由はないんですけど、そのうちに住みたいと思うようになるかもしれません」

「ああ、そうなのですか、わかりましたわ」

また気まずい沈黙が続き、やがてイズベルが苦笑いをしてそれを破った。

「実業家と取引をなさることのほうが多いんでしょ、ジャッジさん」

「なぜまたそんなことを？」

「このたびのあなたの決定があんまりぶっきら棒だからですわ。まるで挑戦みたいなんですもの」

「挑戦ですって？」

「顔に平手打ちをくらったような気持なんです」

ジャッジは坐ったまま、もじもじした。「そりゃ、かなり唐突に決心をお伝えしてしまったかもしれませんけど、それも、あなたがたにとってこれがそれほど重要な問題であるとはわたくしには思いもよらぬことだったからなのでして、もしあなたがたの計画がこれで崩れてしまったのでしたら、知らずにやったこととは言え、まったく申し訳ないと申すよりほかありませんね」

「ですけど、決心はお変えにならない？」

「ロウメントさん、あなたがわたくしに頼んでいることがどんなに大変なことであるか、おわかりになっていないようですね。わたくしは八年間もあの家に住んでいたのでしてね、わたくしの生涯で最も幸福だった時期の想い出があの家と結びついているんですよ。あなたはただ一度だってあの家をごらんになっていない、それなのにわたくしが手放さないと言うとがっかりなさる。おかしいじゃありませんか。それに、なんと言ってもあなたがたはわたくしにとって赤の他人なのだということをお忘れになってはいけませんね」

「ですけど、ジャッジさん、なにもわたしたちは施しを求めているわけじゃないんです。たとえ少々法外な額であっても、あなたの言い値で買いとりたいと申しているんです。もうあそこには住むおつもりがないのなら——お話では、ご自分があそこに住むことはたぶんないだろうとのことですから、だとしたら、ほかの人間があそこに住むのを許さないなどという法はないはずでしょ。売り払いたくないのでしたら、せめて数年契約で貸してくださってもいいじゃありませんか」

ジャッジはおぼつかなげに微笑んだ。「わたくしとしても、断わりつづけるのはとても心苦しいことでしてね。なぜそんなにご執心なのか、さっぱりわからないんです。ランヒル・コート館をごらんになっていない以上、あなたがたの条件に合う家なのかどうかもおわかりになっていないのにね」

「見たんですのよ。ストークスさんが連れて行ってくださったんです。条件にぴったりなお屋敷なんです」

「へえ！……そうとは知らなかった。ストークスさんのお手紙にも、そんなことはひとことも書いてありませんでしたからね。ですけど、その件ではあなたがたを悪く思ったりはしませんからご安心ください」

「伯母とわたしはまったく悪気のない人間なんです」

「ごらんになって戴けたとはありがたい――あの館にとって名誉なことだと思います。どうなんです、全部ごらんになられたのですか」

イズベルはかすかに相手ににじりよった。服にしみこんでいた香水の匂いがジャッジにもほのかに感じられてきた。

「立入禁止区域以外は見ました」

「前もって知らせて戴けなかったのが残念ですね。わたしがご案内して差しあげたのに」

ふと二人の目が合った。イズベルはにっこり笑って目を伏せ、膝がしらを見た。ジャッジの頰がかすかに赤らむ。

「そうして戴けたらほんとによかったでしょうね」

「いずれにしろ、そうしていたら、その〈立入禁止区域〉とやらも見ることができたのですよ。わたくしとしては、もういっぺん見に行って戴くための誘い水としてあれを利用したい気持なのですが、もういっぺん行ってごらんになるおつもりはないんでしょうね」

イズベルはアメシストを噛みはじめた。しばらく間を置いてから——

「なんとか都合できるかもしれませんわ。ぜひもう一度見たいんですもの。この週末に親友が訪ねてくることになっているので、その人を連れてランヒル・コート館に行くかもしれませんわ。半日のあいだ、気まぐれな若い女の子たちとお付合いして戴けるのでしたら。でも、心配はご無用ですのよ、ジャッジさん。ブランチは結婚してますし、もうすぐわたしも人妻になるんですから」

「伯母様もいらっしゃるのですか」

「来ても、わたしは構いませんわ——もし伯母も一緒に行くように説得することがおできになるならばね」

「まずは一度お会いしないことには」

「それなら、いつかここでわたしたちとご夕食をともになさいませんか。ちょっと考えさせてください。……金曜日ならいいんですけど、あなたのご都合は?」こう言って親しげな顔を相手に向けた。

「食事しながらランヒル・コート館訪問の予定を相談することができますわ。ブランチのご主人はストークスさんのお兄さんでして、ブランチと一緒にここへくることになっているんです」……ここでちょっとためらい、頰を赤らめて「もちろん、ブランチたちまで連れてこられたのではまずいとおっしゃるなら、話は別ですけど」

　ジャッジもやはりためらった。「そうおっしゃって戴いて嬉しく思いますけど、伯母様が、ご希望にも添えない見ず知らずの他人と同じ夕食の席に坐るのをいやがるのではないですか」

「ご招待しているのはわたしなんです、ジャッジさん」

「そういうことでしたら、たとえ断わりたくとも、とても断われないでしょうな。魅力たっぷりのご招待は快くお受け致さねばなりません。喜んで金曜日に参りますよ」

「時間は七時です。……でも、わざわざロンドンからお見えになるんですか」

「いいえ——目下のところ、本拠地はワージングでしてね。目を行き届かせるために、ランヒルの近くにいる必要があるんですよ。ですから、簡単に車でやってこられます」

「それでは、これでお約束が決まったわけですわね。……どうなんでしょう、相変わらずあのほうのご決心は変わらないんですか」

　自分が出したこの質問にイズベル当人が興奮したらしく、乳房があがったりさがったりするのがわかった。心の中でジャッジはイズベルの人柄を値踏みし、まったくどうでもいい気まぐれな考えでも人に断わられたことがあまりない甘やかされた、むら気な資産家なのだろうと思った。

「至って心苦しいのですがね、ミス・ロウメント、残念ながら、おっしゃるとおりなのです。あとになって事情が許せば、決心が変わることも……」

「それでは遅すぎますわ。ありていに申せば、あなたのご決心を伯母が知り次第、わたしどもはブライトンを発つことになっているんです。今はそれを待っているところなんでして、ただそのためにここに滞在しているわけです。けれど、ご決心はご自分で伯母にお伝えください――わたしたちのささやかなパーティに支障をきたさないようにね」

「と申しますと、お住まいはブライトンにあるんではないのですか」

「ちがいますわ」

ジャッジは眉を寄せた。「妙なめぐり合せなのですが、とても気持のよい方とお知り合いになったときにはいつも必ず遅すぎて深くお付合いできないんですよ、まったく運が悪いので、がっかりします」

「そういうことってよくあるものですわ。それというのも、楽しいことはそういつまでも続かないものだからかもしれませんわね。……でも、もちろん、ランヒル・コート館の一件について最終的な決断をくだすのを先にお延ばしになれば、おたがいにお会いできますわ――あなたのお住まいも近くなのですから、なおさらですわ。でも、それは無理なお願いなのでしょうね」

「ミセス・ムーアは最終決定が無期限に延びるのをお認めになりますまい」

「それじゃ、やっぱり駄目ですのね。……いずれにしろ、伯母には手紙を出さないでください、ジャッジさん。伯母だって金曜日くらいまでは待てますわ」

ジャッジは帰ろうとして立ちあがった。イズベルも立ちあがり、手をさしのべた。形の優美な白い手だったが、さっき手紙を書いていたのでインクのしみがついていた。ジャッジはその手を握ったまま喋りつづけた。

「ミス・ロウメント、こんなことをお訊きしていい権利はないんですが、すっかり興味をそそられてしまったので、およろしかったら教えて戴きたいんです。まもなく結婚なさるというお話でしたが、ひょっとしたら相手はわたくしの友人であるストークス君ではないのですか」

「そうです、あの方です」気まり悪そうに頬を赤らめて手をひっこめる。

「教えて戴いて、どうも！　長く付合っておられた友人がたから寄せられたにちがいない〈おめでとう〉の言葉をわたくしの口からも言わせてください。彼はとても気持のいい青年で、ものわかりもいいし、彼との付合いからわかってますけど、さぞや立派なご亭主になることでしょう」

「ありがとう、ジャッジさん！　わたしのほうはそんなに立派な奥さんになれるかどうか、それだけが心配ですの」

ジャッジは失礼にあたらない声で笑った。「そのお言葉に対してわたくしが言えるのは、ストークス君はとても運のいい人だということだけですよ、まったく彼はついている！」

イズベルは妙にあたふたして、二の句が継げなかった。玄関広間に出るとジャッジはゆったりと、だが威厳のある身のこなしで手袋をはめ、コートのボタンをはめてから、それをじっと見ていたイズベルに笑顔で「さよなら」を言って、ぎごちない様子で開き戸を抜けて雨の街路に出た。イズベルはしばらく受付の前で佇んで、独特の笑みをうかべながら見送った。

階段を昇って部屋に戻ると、伯母がきついまなざしでこちらを見た。

「ずいぶん顔がほてっているね」

「階段を駆け昇って来たの」

「ずいぶん長いあいだあの男と一緒にいたんだね。なんの用だったんだい」

「あの人ったら、ものすごく話がくどいのよ。要するに、金曜日の夕食に招待したわ、伯母様と会わせるためにね。直接、伯母様と相談したいらしい口ぶりだったんで——」

「なんてことだい！ いったいどうしてあの人と会食しなくちゃいけないんだね。……おまえはきっとなにか莫迦なことをやらかすと思ってたよ、そんな予感がしてたんだ」

「どこへ出してもおかしくない立派な方よ。それに、マーシャルと再会できれば嬉しいでしょうしね。とにかく、なんでもいいから、はっきり約束しなくちゃならなかったのよ、話の成行き上」

ミセス・ムーアは咽喉を鳴らして唸った。「それより、問題なのはあの家が買えるのかどうかってことなんだよ。いったいどっちなんだい」
「まだ決心していないんじゃないかしら」無関心そうにこう答えた。
伯母は苛立ったようになにやらぶつぶつ言って起きあがりかけた。

7　夕食会

金曜の晩、七時に総勢六名がホテルの宴会室で食卓に着いた。ジャッジの席はイズベルとブランチのあいだで、ミセス・ムーアの両隣はマーシャルとロジャーだった。イズベルはテーブルを隔ててマーシャルと向かい合い、ブランチは自分の夫と向き合った。

ブランチは背が高く、ほっそりしていて色が白く、時の流行にぴったり合った金髪が美しいうえに、薄青色と銀色の夜会服をつけた身体がいかにも繊細な粘土細工のように見えた。同席のほかの会食者たちの注目を惹くこと甚だしく、長いあいだマーシャルとジャッジはこのブランチの気に入られようとして張りあった。それを見てもイズベルは気分を害するどころか、むしろおかしかった。いわゆる「自分の所有物」(牛じることのできる相手)についてはイズベルとブランチのあいだに了解が成立していて、イズベルはジャッジに対する自分の気持を夕食会の始まる前にブランチに知らせておいたのだった。

ブランチが二人の男を適当にあしらっているあいだ、イズベルはどうでもいい話題についてロジャーと雑談した。そんなことをしても面白いはずはなく、だいたい、ロジャーという男は人がよかったが、彼にとって世の中には女はひとりしかおらず、それは彼自身の妻にほかならないことをイズベルはよく知っていた。ロジャーの職業は歴史調査で、幸いにもそれに収入を頼っているわけではなかったが、人間ならばだれでも二重の性格を備えているので、彼もまた、人との付合いでメフィストフェレスの役を演じるのが好きで、その役を首尾一貫して引き受けていた。マーシャルより四つ年上で、造りも小柄だったが、見た感じが似ていないこともなかった。マーシャルと同じに、顔が大きく、喧嘩っぱやそうで、いかにも気さくな感じだったが、マーシャルよりはユーモアがあって共感力に富み、目もずっと活気があった。

新調のワイン・レッドのガウンのせいで、イズベルの顔色は妙に明るい青白さを帯びているように見え、その色が美しさのかわりとさえなっていた。間を置いてはしきりにジャッジが怪訝そうにイズベルに目を向けていたが、一応はブランチの魅力のほうがやはり目立っていたし、イズベルという梨はまだ熟していなかった。

食事が半分まで進んで数本の瓶が空《から》になってからやっと話がはずむようになった。ミセス・ムーアはランヒル・コート館のことでやきもきしていて、その件を切りだすきっかけが最後までつかめないのではないかと心配しはじめた。まさか食事の席で売買の交渉をするわけにはいかなかったが、少なくともどんなあんばいなのか探ってみる必要はあるのだと自分に言い聞かせ、話が中だるみになったときを捉えて「ジャッジさん」と名前で呼びかけ、相手がいささかびっくりして顔をあげると、シャーラップのことを話しはじめた。

ジャッジは眉を釣りあげた。「だれのことを言っておられるのかは存じておりますが、あの人とは会ったことがないのですよ。手紙はとりかわしました。英国旅行をしてランヒル・コート館を見学したいのだと書いてよこしたんです。どうやら奥さんの親類が前にあの館を所有していたことがあるらしいんです」

「その話はご当人から聞きましたわ。あの方に会ったのはランヒル・コート館でだったんですよ」

「ついでに言えば、あなたのピアノを弾き鳴らしていましたよ」とマーシャルが補足した。

ジャッジは問いかけるようなまなざしを投げた。

「メンデルスゾーンを弾いていたんですよ」と保険会社員のマーシャルは説明した。

「本当はベートーヴェンの交響曲だったんです」にっこり笑ってイズベルが訂正する。「第七番でした。あなたは音楽好きでいらっしゃいますの、ジャッジさん？」

「あいにく、たいしたことはないんですよ。あなたはもちろんお好きなのでしょ？」

「でも、なぜ〈もちろん〉などとおっしゃるのかしら。それほどわたしは見え透いた女なのですか」

ロジャーがグラス一杯分のソーテルヌ・ワインを一気に飲みほした。「女の人の中には、素養をもっている人もあるし、自分そのものが素養のかたまりである人もあるんですよ。ビリーは後者なんです」

「優しい言葉だけど刺《とげ》があるのね、ロジャー。あなたがた男性は、頭の良くない女の人には魅力があると言って慰めてくれるんだわ。だけど、わたしは頭も良くないし、魅力もないのかもしれなくてよ」

「いや、その両方を兼ね備えていらっしゃるんじゃないですか」ギャラントリーを発揮してこう言ったのはジャッジだった。「わたくしとしては、頭の良さと魅力とが両方ともあったって不思議はないと思うんですがね。歴史上有名な聡明きわまりない女傑は魅力の点でもずばぬけていた場合が多いんですよ」

「でも、歴史というものは男の方が書いたのでしょ、ところが、男の人は、こと女の問題になると、たいした批評家にはなれないんですのよ。女性史を女の手で書き直す必要があるんです」

ジャッジは声をたてて笑った。「お言葉を返すようですが、実を言うと、女性の人間性に対してはやはり男性が一番秀れた批評家なのです。女性は自然な衝動として、どうしても同性のあら捜しをする傾向がある。それに対して男性がまず考えるのは、女性の最も高貴な素質を見つけだそうということなんです」

「それはたいそう騎士道精神に則《のっと》っているかもしれませんけど、とても批評とは言えませんわ」すかさずイズベルはやり返した。「そんなふうではいつまでたっても女というものの性格がちっともおわかりになれないんじゃないかしら」

「もし欠点が性格そのものを成しているとすれば、たしかにおっしゃるとおりです。ですけど、わたしはこう思っているんですよ。たえず欠点のことばかり考えているから、深いところにひそんでいる女性本来の性質を見ぬく目が曇らされてしまうのです。そういう意味で、あなたがた女性を最もよく観察できるのは男性なのだというわけなのです」

「ぼくに今のご高説を解説させてください」とロジャーが話に割って入った。「女性には美徳が備わっているのだと言うのは賢明な方針にほかなりません。なんとなれば、もしすでに美徳が備わっていなければ、女性は、自分にそれが備わっているのだとほかの人たちが信じているということがはっきりわかり次第、すぐさま美徳を身につけるようになるからです。どうです、この解説、筋が通るんじゃありませんか」

ロジャーの細君が答えた。「女の人のドレスを誉めれば、その女の人は同じドレスをずっと着つづけようとするでしょ。それと美徳は同じものじゃないかしら。長いあいだ着なかったドレスを久しぶりに着た場合だって、そのドレスは当人のちゃんとした所有物ではないのだということにはならないはずですわ」

「だとすると、いつわりの素質というものはありえないの?」とイズベルが反問した。

「たやすく見破られないいつわりの素質なんてありませんよ」と、これはジャッジ。「ミセス・ストークスの喩え話をさらに拡大して言えば、借り物や盗品のドレスはたいがい見破られるものです、ぴったり身体に合っていませんからね。人生では、本物と贋物を区別するのは造作ないことなのです」

「なんにでも当てはまることかしら——たとえば素質というようなものもそんなに簡単に見分けられるのでしょうかね」

「見分けられますとも——少なくともわたくしはそういう意見です」

「男女関係でも?」

「もちろんですよ。真実の愛というものは——あなたがおっしゃっているのはそのことだと思うので申しますが——この世でいちばんいつわりにくいものなんです」

「ほんとかしら?」

「もしも男と女がこれほど騙されたがっていなかったとしたら、真実の愛をいつわることはほとんど不可能に近いのです」

「でも、媚態を示す女はいつの世にも生きていて、今も生きている」

ジャッジは岩のようにしっかりした手つきでグラスを持ちあげ、その中身を光に当ててじっと調べた。

「わたくしの言葉を誤解なさらないでくださいよ、ミス・ロウメント。なにもわたくしは、べた惚れしている男が頭の良い商売女にかかって目がくらんでしまうことがないなどと主張しているわけではないのです。わたくしが言っているのは、女の誠意を男が疑うようになった場合には、テストをしてみる方法があるのだということだけなのです」

「テストって、どういう?」

「たとえばですね、媚《こび》を売る女は男の虚栄心をくすぐる術を心得ていて、最大限に秋波を利用するのですが、その男だけのために、ほかの人との付合いをいっさいやめてしまうことはまずありえません。それがテスト・ワンです。……それからもうひとつ、犠牲という問題もあります。男のために自分の幸福を犠牲にする用意だけでなく熱意までもあるかどうか——それも一回だけではなく、いついかなるときでも、二人の関係で生じるどんなことに関してでも、です」

「それはまったく申し分ないテストですな!」目をきらきらさせてロジャーが言った。「その試験に合格した女の人は致命傷を負ったも同然で、男のほうは、最後には彼女を祭壇に祀ることができるのだと大安心して、したい放題のことがやれるわけだ」

ブランチはテーブルに片肱をついて、美しい手の指で顔を支えた。

「ですけど、ジャッジさん、男にしても女にしても両方ともそれほどまでに極端な徴候を示さないかぎり、どんなロマンスも不完全なのだとおっしゃるのですか」

「実を申せば、ミセス・ストークス、〈ロマンス〉という言葉をわたくしは普通の意味で使っているんじゃないのですよ。深くて苦痛でさえあるかもしれない心と心との交渉を言いあらわすには、〈ロマンス〉という言葉では充分ではないのです」

一座が静かになり、給仕が皿を片づけた。テーブルごしにはもう同じ話は出なかったが、イズベルは隣に坐っているジャッジに小声で訊いた。

「ジャッジさん、今のお話は経験から出たことのようですけど?」

「わたくしくらいの年齢の男ならばたくさん経験を積んでいるのが当り前なのですが、なにもそれは個人的な経験である必要はないんです」

「そう聞いて安心致しましたわ。今しがたおっしゃったあの深い情熱、あれは幸福な状態とは申せませんもの」

ジャッジは空になったグラスの軸をいじくった。「ある種の人たちにしかそれはもてない情熱でしてね、そういう人は心がさいなまれるほど激しくそれを求めているのかもしれません。なにが良くて、なにが良くないかということについて法則を設けるのはとても難しいのです」

「女のほうが殿方よりも激しくそれを求めるんじゃないかしら」

すばやくジャッジはイズベルの顔を見た。

「女の方は自己犠牲をするから、という意味ですか」

「いいえ、そうではありません。女は心《ハート》を崇拝し、最高の道徳よりもハートのほうが気高いのだと信じているからです」

「おっしゃるとおりですよ」

「なによりもひどいのは」と前よりもなお声を小さくして話を続けた――「あなたのおっしゃったその情熱を経験しないうちはどの女も心底から安心できないということなんです」おちつかなげに笑い声を放ち――「だれか別の殿方が現われて、そのために女はそれまでの自分の生き方がどんなに間違っていたか、はっきりと思い知らされる場合だってあるのです。……でも、もちろん、そういうことをこのわたしが経験したというわけではありません。若い女というものはいろいろ妙な空想を頭に描くのですが、それは自分が現実の世界に生きていないためなんです」

「そういうことは考えないほうが賢明でしょうね。ありがたい自然の摂理のおかげで、比較的少数の人にしか情熱は訪れず、だれにせよ、自分は悲劇的な人間なのだと考えていい理由はないのです。確率から言ってそうなんですよ」

「ええ、もちろんそうですわ。そういうふうに考えるしか分別の道はありません……エチケットを破ってまでこんなお話をしてしまいましたが、お気を悪くなさってはいないでしょうね？」

「そんなはずがあるものですか」

「では、もうこれ以上は話すのをやめましょう。伯母がこちらを見ていますから……ところで、ランヒル・コート館のことをもう伯母と話しましたの？」

「まだその機会がなくて」

「今夜その話をする必要がどうしてもあるのですか」

「避けられるものなら、しなくてもいいんですけど」

「わたしにまかせて戴けませんか？」

「いいですとも。ですけど、伯母様に質問されたら、答えないわけにはいきませんね」

「そりゃそうですけど、あんまりせっかちにならないでください」すばやく笑みをうかべ――「まだロンドンに戻りたくないんですの、わたし」

「ブライトンがお気に召したのですか」

「いろいろ心を惹かれる点がありますわ」

ジャッジの前に置かれたアイス・クリームには手がつけられていなかった。

「ブライトンという町にですか、それともここでお知り合いになられた人たちにですか」

「この町はまったくひどいったらありゃしません」

この間、ブランチはマーシャルと話をかわしていた。

「ジャッジさんにぜひあの館を案内して戴きたいのだけど。わたしとロジャーをね。どういうふうに切りだせばいいのかしら」

ランヒル・コート館を見学するということの考えはイズベルが言いだしたことで、ブランチ自身は友人として仲立ちを買って出ただけなのだということは説明しなかった。

「もちろん、本人に頼めばいいでしょう」とマーシャルが言った。「頼まれたらいやとは言えない人ですからね」

「あなたは月曜にロンドンへ戻られるんでしょ?」

「そうですけど、なぜそんなことを?」

「月曜に行くことになるかもしれないんです。あなたはもう一度ごらんになる気はないんでしょ?」

「乗り気じゃありませんね。いずれにしろ、月曜にはロンドンへ行かなくちゃならないし」

「ビリーにもついて来て貰いたいんですよ。悪くお思いにならないでしょうね——あなたをそっちのけにしてみんなで見に行っても」

「とんでもありませんよ、悪く思うはずなどあるものですか。楽しい一日が過ごせるといいですね。ぼくだったら、弁当を持って行ってピクニックとしゃれこむところですけど」

「まあ、よかった！……それではここで荘園の領主様のために乾杯！……」

イズベルとの話を了えていたジャッジは、これを聞くと、反対側の隣に坐っているブランチのほうに自然に目を向けた。ブランチは相手の心をとろけさせるような柔らかな笑顔でその視線を受けとめた。

「嬉しいわ、わたしのことを忘れていらしたのではなかったのね、ジャッジさん。わたし、今、困っているところなんです」

「それはおいたわしいことですね」

「主人とわたし、とってもやきもちを焼いているんです。お噂の高いあの館を見学していないのはわたしたちだけなんですもの。直接お頼みしたい気持なのですけど、断わられるのがこわいので、迷っていたところなんです」

「ミセス・ストークス、あまりひどいことをおっしゃらないでくださいよ。まさかわたくしの面相がそんなにおっかないとは自分でも気がつきませんでしたね」

「では、いつかお伺いしてもよろしいのですか」

「いらして戴けたら光栄ですよ。ご都合のいい日をお決めください」

「火曜日には帰らなくちゃなりませんので、どうでしょうか、月曜にでも……」

「じゃ、月曜と決めましょう。車でお迎えに来ますよ。何時がよろしいですか」

「でも、そんなにお手数をかけさせるなんて――」

「ご遠慮なさることはありませんよ、わたくしだって楽しむのですから。ただし、あいにく四人乗りの車なので、二手に別れる必要がありますね」

「ストークスさん――マーシャル・ストークスさんは」と笑って――「月曜には職場に戻らなくてはならないので、こられないんです。ミセス・ムーア、あなたはどうなさいます」

「もう、一度見ましたからね。きっとイズベルがご一緒すると思いますよ」

「ほんと、ビリー?」

イズベルは迷った様子をした。……「せっかくだけど、それほど行きたくはないの。わたしもあの館は一度見ているのでね」

「イズベル、ぼくがきみだったら、行くところだけどな」とマーシャルがけしかけた。「もう夏も終りだし、快適なドライヴの機会はめったにないんだからね。ぼくだって仕事さえなかったら割りこんで出かけるな」

「ジャッジさんが反対なさるかもしれないでしょ、女が多すぎるって」

「まさかわたくしが正式に招待するのを待っておられるんじゃありますまいね、ミス・ロウメント。もしあなたがお断わりになったら、わたくしはがっかりしますよ」

「いいですわ――参ります」ちょっと頰を赤らめ、皿の上に頭をさげて静かに言った。ジャッジは、イズベルが自分の発案したことに乗り気でないふりをしているのを不審に思ったが、なぜか嬉しい気持だった。イズベルとともにこうして〝黒幕〟になっているのは、まんざらでもなかった。

「それじゃ、これで決まったのね」とブランチ。「何時に迎えに来て戴けるんです、ジャッジさん」

「そちらでお決めください。月曜は一日じゅう空けておきますから」

イズベルはジャッジの前に身を乗りだしてブランチに話しかけた。「ジャッジさんはここから十マイルも離れているワージングにいらっしゃるのよ。これじゃ、あんまり虫が良すぎるわ」

「麗わしきご婦人ひとりにつき五マイルずつじゃないか、ガソリン代だって惜しくはないよ」ロジャーが言った。だいぶきこし召しているらしい。「そうでしょう、ジャッジさん?」

「ええ、おっしゃるとおり、なんでもないことです――特にあなたも一行に加わってくださるんですから、喜びもひとしおです」

ブランチが眉を寄せた。なにか名案がうかんだらしい。「ジャッジさん、お天気次第でお屋敷の庭か家の中でお弁当を食べることはできないでしょうか。そうできたら楽しいんじゃありません？　ホテルの人に頼んで、バスケットにお昼を詰めて貰えばいいんですから」

「そんなご心配には及びません」とジャッジ。「わたくしが手配しておきますよ。まったくいい考えですね、そうすれば見学をする時間もたっぷりできるというものです」

「ですけど、お弁当は女の領分ですから、あなたの手をわずらわせるわけには参りませんわ」

「いや、どうしてもわたくしにやらせてください。わたくしは一度言いだしたら退《ひ》かない頑固者でしてね、もうこれ以上なにもおっしゃらないでください。お昼はわたくしが持って参ります。ここへ伺うのは、十時にしますか、それとも十一時……？」

「十一時にしよう」とロジャーが言った。「ぼくは朝が遅いからね。まずお昼を食べてから、ゆっくり館を見物するとしよう。葡萄酒を忘れないでくださいよ」

女たちはロジャーをたしなめた。ロジャーはまた冗談を言って自分を弁護し、もう一杯ワインを飲みほした。コーヒーが運ばれた。若い人たちは煙草に火をつけたが、ジャッジは食後の葉巻をすぐには吸わず、とっておいた。

食事のあいだじゅう黙っていたミセス・ムーアは、ジャッジと意見の交換をすることができないまま刻々と時間が過ぎて行くのに苛立ってきた。今にもジャッジが席を立って帰ってしまい、相変わらず彼の意向がわからないのではないかとさえ思ったほどだった。ジャッジがわざとこの話題を避けているわけではないのかもしれないが、この分ではそうだとしか思えなくなってきた。やきもきしている伯母をイズベルが心配そうにちらと見た。そして、はっきりその心を読みとった。

「今夜はずいぶん静かなのね、伯母様」

「おまえたちがわたしの助けを借りなくても豪勢にやってくれているからね」

「ジャッジさんがわたしに仲立ちを頼んだのよ」

ミセス・ムーアは身をこわばらせた。「どういうことなんだい」

「ご返事をもう一度延ばしたいんですって。最終決定はまだなのよ」

「ジャッジさん、まさか……」

「それ以外に仕方がないのよ、伯母様。駄々をこねちゃいけないわ。いつまでお待ちすればいいのかしら、ジャッジさん?」

「二週間といったところですかな」ジャッジの態度は妙にぎごちなかった。「いや、そんなに長くかからないかもしれませんよ。決まり次第、すぐお知らせします」

ミセス・ムーアは厳しい目つきでジャッジを見やった。「それじゃ、二週間待ちましょ。そのあいだでも、ほかのお宅を捜しつづけますけど、よろしいでしょうね」

「それは無理もないことです、どうぞ」

「ぜひお売りくださいとお願いしても、無駄でしょうね？」

「残念ながら、おっしゃるとおりです。今のところ、金に困っているわけではないのですから」

ジャッジのよそ行きの声音と、よそよそしく厳粛な態度に面食らってミセス・ムーアは黙りこくり、不快な思いを嚙みしめていた。イズベルは身体の向きを変えてジャッジのほうをちらと眺め、おほほと軽く笑った。

「これで当分、伯母のおぼえがめでたくなくなりますわよ。それもわたしのせいです」

「お二人のうちいずれかひとりのご不興を買わなくてはならない定めにある以上、伯母様のご機嫌をそこねたほうがましです」

「わかってますわ」とても低い声だったが、ジャッジにはそれが聞きとれた。一段と彼の顔が赤くなった。

「どうしてわかるんです」

「もうお友達どうしだからですわ」

二人とも同じ衝動に駆られて顔をそむけた。だが、一分ほどすると、イズベルはまた小声で話しかけた。

「必要になるかもしれないので、ご住所を聞いておきたいんですけど」

「メトロポール・ホテルです」

イズベルは礼を言って、やっとロジャーのほうに向き直った。

「イズベルはジャッジさんといろいろ話すことがあるようだな」とマーシャルが義理の姉に言っていたところだった。

「心配ご無用よ、ジャッジさんのお宅だけがお目あてなんだから」

「それでああやってわざといい顔をして見せてやっていると言うのかい……？」

「あなただってお仕事で外交手腕を発揮するでしょ？　だれだろうと、自分のもっている武器で戦わなくちゃならないのよ。あなたも同じ穴の狢《むじな》なのよ。ビリーを自分のものにしたいと思っているんでしょ。それなら、ぐずぐずしていないで早くミセス・ムーアに家を見つけてあげなくちゃ」

このあとまもなく、一同は席を立ち、すぐさまジャッジは辞去した。

8　ピクニック

月曜の真昼どき、ジャッジの運転するダイムラーがランヒル・コート館の大広間のポーチの前に横づけになり、まずロジャーが跳びだして二人の女性がおりるのを手助けし、そのあとから当のジャッジがおりた。ドライヴ用の肩掛けの下に二人は軽いサマー・ドレスを着ていた。もう十月だと言うのに、空には雲ひとつなく、陽ざしが強かったからだ。遠出をするのにこういうすばらしい日を選べた幸運を一同は喜び合った。

「これからどこへ行くの」笑い声でブランチが言う。

ジャッジはバスケットをとりだそうとしていた。二つめの籠を地面に置くと、手の埃を払った。

「とてもすてきな場所でピクニックをするんですよ、ミセス・ストークス。ああ、ストークスさん、それはわたくしにまかせてくださいな、大きなほうのバスケットをお願いします、あんたのほうが若いんですから」

「ご親切にどうも！　遠いんですか」

「さあ、行きましょ！」と妻のブランチ。「遠くたっていいじゃない——みんなで持ちましょ。ロジャー、あなたとわたしはこの大きいほうを引き受け、ジャッジさんには小さなほうを持って貰いましょ。ビリーは敷物を持って来てくれればいいわ」

「肩掛けは置いていらっしゃらないんですか」とジャッジ。「どうやら二、三度、肩掛けの内側になにやら魅力的なものがちらほら見えたような気がしたんですよ。草はかなり乾いているはずですから」

「葡萄酒をお忘れになったんじゃありますまいな」とロジャー。「苦力《クーリー》をする以上、賃金は頂戴しなくちゃ。女性がたのドレスなど、ぼくはいくら見たって面白くもない。妻のドレスの支払いはまだ済んでいないから、なおさらね。とにかく、そのバスケットになにが入っているか教えて貰うまで一歩も動かないぞ」

「これはピクニックなのよ、どんちゃん騒ぎじゃないんだわ」ブランチがたしなめる。

ジャッジは小さなほうの籠を持ちあげた。「これにワインが詰められるのをこの目でしかと見届けましたよ、上ものだと思いますよ」

「あなたって、まったくひどい遊び人なのね、ロジャー」とイズベルが口をはさむ。「逞しくて健康な青年に限ってだれよりも自堕落だというのはどうしてなんでしょ」肩掛けをはずして、無造作に車の中に投げこんだ。ブランチもそれにならった。

「そうこなくちゃ。きみたち女性ときたら、きれいなドレスを着るのが嬉しくてたまらないくせに、涼しい顔をして、ぼくたち男性のことを自堕落だときめつける、その厚かましさ」

「わたくし個人としては、女性が身を飾り立てるのは無理もないことであるばかりか、公衆に対する義務でもあると思いますな」とジャッジ。「ところが、男性のお楽しみとなると、そうは行かない」ロジャーがくすくす笑った。「そういう調子でお続けになれば、人気者になりますよ。女性たちをごらんなさい、あんなに大口をあけてあなたの言葉を飲みつくそうとしている！」

「ジャッジさんは騎士なのよ」とイズベルが冷ややかに評した。「あなたはただの道化師だわ、ロジャー」

「でも、騎士だというのはいいことなんでしょうかね」

「わたしみたいな莫迦な女にはそう思えるけど」

「騎士というのはとっても危険な職業なんでしてね。騎士はおべっか使いである。ところが、そのおべっか使いも、とどのつまりは個人の所有物となり果ててしまうのが落ちなんです。ぼくはやっぱり道化師のままでいますよ」

ジャッジに道順を教えられて一行は出発し、館の前面をとりかこんでいるテラスに沿って進んだ。ブランチとロジャーが大きなバスケットをぶらさげて先に立ち、イズベルとジャッジはうしろからついて行った。ジャッジは小さい籠をぶらさげていた。

イズベルはもの思いにふけっているようだったが、一分ほどたってからこう言った。「今ロジャーの言ったことは真実でないばかりか、皮肉じみていますわ。わたしたち女性は個人的なおべっかと、そうではないおべっかとを区別できないのだとロジャーは言いたいんでしょうけど、女性は言葉を目安にしたりしないんです、あくまでも男の人の人格次第なんです」

「そりゃ、そうでしょうけど、やっぱり甘い言葉をかけられれば相手と親しくなるものですよ」

「そういう場合もあるでしょうけど、本当の親しさというものはからお世辞では成り立たないはずですわ」

「本当の親しさという言葉であなたはどういうことを表現しようとしているんですか——異性間の親しい交友ということなんですかね」

イズベルはほんのり顔を赤らめた。「それは、はっきり定義できることじゃなくて、なんとなくわかることなのですのよ」

「つまり、そういう親しさを保つには如才のなさが必要であって、如才なくするのは頭の問題ではないのだというわけなんですね。要するにそれはきわめて微妙な本能であるということなんでしょ」

「そうです。だからこそ、わたしはあなたとお友達になれたことを喜んでいるんですのよ、ジャッジさん——あなたにはそういう……そのう……如才のなさがたっぷりおありなのだとはっきり感じられるからですわ。……ですけど、そのためにわたしたちの間柄がどうかなるというわけではありません。すぐにもうお会いできなくなるんですもの」

「会えるようにすることはできないんでしょうか」

「無理じゃないかしら。わたしたちはもうすぐこの土地を離れることになっておりますし、わたしたちが知り合う相手はいつも違う方たちばかりなんですのよ。またお会いすることはまずないでしょうね」

「ミス・ロウメント、はっきり言わせて戴ければ——失礼でしょうか、どうしてもざっくばらんに申しあげなければならないので、敢えてこういう言い方を致しますが——あなたとのお付合いを続けるにはあのランヒル・コート館を担保《かた》に入れなくてはならないのだ、とそうおっしゃるのですか」

「あなたがそうおっしゃっているのであって、それはわたしの言葉ではありません。まさかわたしみたいなつたない女と付合うことのほうがあの館よりもあなたにとって大切なのだなどとはわたしとしてはうぬぼれたくないのです。もしそうだったら、わたしはとんでもないエゴティストですわ」

「そんなことを言ってはいけませんよ、ミス・ロウメント。わたくしの関心はとっても複雑でしてね、そんなに単純なものではないのです。今のところはそれ以上なにもおっしゃらないでください。……ひとつだけ、確実だとお思いになっても構わないことがあります。それはこういうことです。わたくしはあなたとのお付合いをやめたくないし、もし、どうにかして都合がつきさえすれば……」

「そんなことはどうでもいいんじゃないかしら」とイズベルは言った。……「そのバスケット、交替してわたしが持ちますわ」

一行は館の東はずれのところまで来ていた。ブランチとロジャーが館の角で立ちどまり、どっちへ行ってよいのかわからずに待っていた。バスケットは下に置いてあった。

「どっちへ行くんですの」とブランチが訊いた。

「交替しましょうよ」とイズベル。「男の方たちに大きなバスケットを持って貰って、わたしたちはしんがりをつとめましょ。小さな籠はわたしが持つから、あなたはこの敷物を持って頂戴」

ロジャーはううんと唸ってバスケットを持つために身をかがめた。「あんまり遠くないといいんだがな！」

「二百ヤードぐらいですよ」とジャッジが答えた。「わたくしが考えている場所は、あの原っぱの下のところなのですよ」

イズベルは館を見あげていた。破風に向かって彼女は指をさした。「あれは〈イースト・ルーム〉の窓じゃありませんの、ジャッジさん？」

「そうですよ。でも、なぜそんなことをお訊きになるんですか」

イズベルが答えようとすると、ブランチが横から口をはさんだ——

「四階もあるんだとは知らなかったわ。三階だと言っていたでしょ、ビリー」

「三階しかないのよ」

「四階よ！」

「三階です。かぞえ直してごらんなさい」男たちもイズベルの言うとおりだと主張した。

ブランチはもう一度かぞえてみたが、今度はやっぱり三階だった。思い違いをしていたことを認めて彼女は笑い、そのまますぐにこのことを忘れてしまった。イズベルはちらとジャッジの顔を盗み見た。ジャッジは館を見つめながら、しきりに顎を撫でていた。

急斜面を成している芝生をくだりはじめるまで一同は黙っていた。芝生の下端は原っぱに接していた。ジャッジとロジャーは先に立っておりて行った。

「ほんとに四階が見えたと思ったの？」とイズベルは無頓着をよそおって訊いた。

「そうよ。なぜ」

「なんでもないわ」

「どうしてそんなにあの館にご執心なの、ビリー。伯母さんのためばかりじゃないんでしょ」

イズベルは笑った。「ずいぶん疑い深い人になっちゃったのね。伯母のためを思う以外になんの理由もありえないじゃない。あの館にわたしが住まなくちゃならない期間は短いのよ、だから、なにもわたし自身の問題として興奮したりする理由はないのよ。そりゃあ、風変わりな古屋敷だってことは認めますけどね」

「まだジャッジさんを言いくるめていないの？」

「ええ、まだだわ」

「マーシャルさんにあんまりやきもちを焼かせないことね、かわいそうだわ」

「まあ、変なことを言うのね。わたしがなにをしているのだと思っているの、ブランチ。いくらわたしだって多少は自尊心があるのよ、それを認めてくれなくちゃ」

「わかったわ。でもね、男というものは奇妙な動物なのよ。なかには〝発火点〟がとても低い男の人もいるんですからね。それをお忘れなく」

一行は芝生の下端に達し、そこで低い踏み段を抜けて原っぱに入った。道はまだくだっていたが、今までほど急坂ではなくなった。原っぱは休耕地で、その三方を楡《にれ》の樹がかこみ、一方は森になっていた。その森のほうへ四人は歩を進めた。陽は激しく照りつけ、蝿がうるさかった。ロジャーが振り返って女たちに燕を指さして見せた。まだこの国土を去っていない渡り鳥……

「ジャッジさんがそういう男だとなぜ思うの」

「だって、あの人があなたのことを妙な目つきで眺めているところを二、三度見たんですもの。男はやっぱり男なのよ、そうであるよりほかにどうしようもないんだわ。もちろん、あなたたちが婚約していることを知っているんでしょ、あの人?」

「まあ、ブランチったら!……」

「とにかく、これ以上もうなにも言わないでおくわ。あなたの問題なんだもの、あなたがいちばんよく知っているはずだわ。ただ、頼むから気をつけてよ、莫迦なまねはしないで頂戴」

イズベルは原っぱの低いほうのはずれにつくまで、むすっとして黙りつづけた。女たちとの距離をぐんと引き離していた男たちは、歩き方がのろいのをなじるようにしきりにこちらを振り返っていた。

「ねえ、ブランチ、あの人にわたしは無理なお願いをしているんじゃないわよね。自分であの家に住む気がないのなら、わたしたちに住ませてくれたっていいじゃない? 伯母はたっぷり代金を払うつもりなのよ」

「きっとあの人、すご腕の商売人なんでしょうね」謎めかしくブランチが言う。

二人は昼食の場所と定められた地点で男たちと合流した。

敷物が草の上にひろげられ、バスケットの中身がとりだされた。ロジャーが雉の肉を切ったり、ライン産の白葡萄酒の栓を抜いたり忙しく立ち働いているあいだ、女たちはロール・パンやペストリーや果物などをきちんと並べ、ジャッジもそれを手伝った。かなりロマンティックな小川がすぐ脇に流れる、かんかん照りの原っぱの中で四人は昼食をとった。小川の向こう側に急勾配の登り斜面になっている森があり、川そのものは、幅こそ狭く、深さも一インチあまりだったが、美しく澄んでいて、きれいな小石を敷きつめた底の上をいとも心地よい音楽的なせせらぎの音を立てて流れ、そのせいでイズベルの気持は徐々に鎮まった。四人のいるところは、二つの丘の斜面の中間にある鞍部だったので、館は見えなかった。

「これじゃあ、オマール・ハイヤームも顔負けするだろうな」とロジャーが雉の肉にかぶりつきながら言った。ハイヤームとはペルシャの官能詩人の名である。「一瓶の腐ったシロップのかわりにここには三本の本場ワインがあり、一斤のパンのかわりに鳥肉があり、そのうえさらに、ひとりの〈そなた〉のかわりに二人の美女がある。一句ひねりだせませんかね、ジャッジさん」

「わたしは〈そなた〉になどなりたくありませんわ」イズベルが冷たい口調で言った。「そういう時代はもう去ったのよ。これからは女が男のために存在するのではなく、男が女のために存在するんだわ」

「待ってました！　大賛成ですよ。美女の荒野を楽園に変える仕事をお手伝いできれば、それに越した喜びはございません。さっそく、選んでくださいい、ジャッジさんにしますか、ぼくにしますか」

「ジャッジさん、これが謹厳な歴史学者のありのままの姿なんですのよ、大英博物館の埃まみれの図書室で毎日を送っている学者先生とはとても思えませんわ」

「それだからこそ、こうして破目をはずす必要があるんですよ」とロジャーがやり返す。「心にもあらず国王様や英雄や政治家たちと取っ組んでいると、どうしたって単純なジェーンや気持のいいミュアリエルたちと人間的なお付合いをしたくなるのが人情というもの」

「わたしたちのうちどっちが単純なジェーンなの」イズベルが冷たく迫る。

「単純なジェーンはあまり考えごとをしないほうで、気持のいいミュアリエルはにっこり笑う回数が多いほうですよ。二人で張り合ってみたらどうです。……これ以上ぼくのことはかまわないでください。飲み食いに精を出したいんでね」

「ジャッジさん、前代未聞のこんな無礼をあなたはほうっておくおつもりなのですか」

ジャッジは両手をひろげて見せた。「どうしようもありませんね。尻尾をつかませないんですから。わたくし個人の考えでは、今のはあなたたちお二人からもっと笑顔を向けて貰おうというずるい計略なのだと思いますよ」

「わたしたちがつまらなそうにしているとでもおっしゃるの?」と言ったのはブランチで、鳥の肉を刺したフォークを手に持ったまま、目を大きく見開いてジャッジを見つめる。

「いや、つまらなそうにしているとは言いません。なにか考えごとをなさっているのが、いささかこの場合にはそぐわない感じではありますけど。あなたがたの気分を害するようなことを言ったり、したりしたのではないかと案じていたところなんですよ」

「まさか！」とイズベルが強い語調で言った。「あなたに限ってそんなことがあるものですか」

「良心がとがめているんだよ、ビリー」とロジャーが頰張りながら言う。「ジャッジさんはなにかやらかしたのさ、だから、それを見られたのではないかと気をもんでいるんだ。白状しなさい、ジャッジさん！」

「いや、そんなことはありませんよ。ミス・ロウメントが否定なさっている以上、この件をこれ以上追及するのは騎士道精神に反するというものです」

「それは卑怯だ！　ぼくはね、平均して二週間に一度はビリーの気分を害しているんですよ。たしかにすばらしい人ではあるけど、いささか短気なお方ですからね」

「これまでに一度だってあなたのためにいやな思いをしたことはありませんわ。あなたときたら、いくら人の気分をそこなおうとしても、あるところまで行くと、逆におかしな面ばかり目につくようになってしまうんですもの。……第一、それはこの際、問題外のことなんです。わたしたち、ジャッジさんのことを話していたのよ、あなたの話をしていたんじゃありません。気分を害されるというのはがっかりさせられることなのだけど、ジャッジさんの言ったりなさることにわたしががっかりする権利などあるでしょうか、なにしろジャッジさんの人柄についてわたしはなにも知らぬも同然なのですからね」

ブランチが鋭く目をあげ、ジャッジの顔がまた一段と赤くなった。

「人柄ということなら」とジャッジはちょっと間を置いて言った――「それは外から見たわたしとあまり違わないんじゃないかと思ってます」

「とおっしゃると、意外なことはなにもなさらないという意味なのでしょうか。あなたの場合はどんなことでもあなたのご面相どおりなのですの？　だとしたら、とっても仕合せな方なんですのね、ジャッジさん」

「意外なことをしなくちゃいけないなんて法でもあるのかい」とロジャー。「意外なことというのは、魅力的な場合もあるけど、十中八九までは莫迦げているんだ。自分のやらかしたことをあとでうまく説明できる男がいたら、見せてくれ」

「そう、たしかに男性が理想としているのはそういう男ですわ。でも、女の理想は違うんです。たまには頭にではなく心《ハート》に従う男性が女は好きなのです。もちろん、これは莫迦げてますし、弁解できることじゃないんですけど、なぜかそういう男性のほうを女はお友達にしたがるものなんです」

「どうしてだね」

「わたしたち女は寛大というものを美徳のひとつにかぞえておりますのよ、わかった、ロジャー？」

ロジャーはワインを飲み、口を拭いた。

「でも、無責任な人間が必ず寛大とは限るまい」

「ええ、でも、わたしが言いたいのは、友情を第一にして自分の利益をあとまわしにする人たちをわたしたちは崇拝するということなのよ」

「麗わしのビリー様にも少しはものがわかっていると見えるな」

イズベルがじれったそうに肩を動かした。「友達から贈り物を貰いたいとは思わないけど、与えることを恐れない友達をわたしは求めるわ。この違い、はっきりしているでしょ？」

「はっきりしているとも。きみは烈しいロマンス病にかかっているんだよ。きみの言うような人間は、前にはいたかもしれないが、もはやこの冷厳な世界にひとりとして存在してないんだ。男の最良の友は自分の銀行預金なのさ。これは至言と言ってもいいくらいだ」

「わたしもそうだと思うわ」イズベルが顔の高さまでグラスを持ちあげた。「お金と財産と自分のために乾杯！」

「それと、酒と女と微笑とありがたい日光にも！　要するに、生き甲斐となってくれるものすべてに、乾杯！　生きている男女がどうのこうのと言う形而上的な議論など、ふっ飛んでしまえ。そんな議論は教授連中にまかせておけばいいんだ」

一気に飲みほすと、葉巻をとりだして、舌鼓を打つようにしてその口を切り、火をつけにかかった。ジャッジはにこにこしながらその様子を見ていた。

「あなたは物事をまじめに考えることはないんですか、ストークスさん」

「仕事はまじめにやってますよ。でも、仕事のあとは遊ぶ、それがぼくのモットーです」

「それだけの働きはなさっているわけなんですね。そうなんでしょう、ミセス・ストークス」

「馬車馬みたいに働いているようですわ」たいしたことじゃないと言いたげな口ぶりでブランチが答える。「一家の血筋なんですよ。弟のマーシャルはどんどん身上《しんじょう》を築いてますし、ロジャーはどんどん名声を高めています。あべこべだとよかったのにと思うことがありますわ」

「マーシャル・ストークスさんのほうが利口だというわけですか」

「マーシャルは小型ナポレオンみたいな人だと言われています。ビリーは運がいいんです、当人はそれに気づかないでいるかもしれないけれど」

「マーシャルさんも運がいいわけですな」

「それはまだわかりませんわ」とイズベル。「なんと言おうと、女を選ぶのは賭けですからね」

「いや、とんでもない、賭けなどではありませんよ。男は結婚するまでは男じゃないし、もし不幸な結婚をしたら、その責任はすべて男にある。ここにいらっしゃるロジャー・ストークスさんをごらんなさい。すっかり人生に満足しておられる。そりゃ、ちょっぴり人間が甘やかされていることは否定できませんがね。……とにかく、ストークスさん、あなたの健康を祝して！……これからもわたくしが主催するピクニックにはぜひ参加してください、あなたのその元気潑溂としたお姿を見ることができるだけでも気が安まりますよ——運よく、またピクニックができればの話ですけれども」

「だとすると、おしなべてぼくは女性がたよりも大いにあなたを満足させているということになりますな」

「そうは言いませんでしたよ。世の中には賞賛の枠外にあるものもあるんです。たとえば、あのお天道様がそうです。あなたはこのパーティのワインでしてね、ストークスさん、ご婦人がたは日光そのものなんです」

午後の時が過ぎるにつれて、イズベルは頭痛がしてきた。話に加わらずに、しきりに腕時計を覗いた。もう二時近かった。

「顔色が悪いわ、ビリー」とブランチが言った。

「ちょっと頭痛がするの」

三人ともそれを気の毒がり、屋外パーティを打ち切ることにした。品物をまとめているあいだ、イズベルは日陰に坐らされ、館に戻る準備ができると、手ぶらでジャッジと並んで歩きだした。

「喋ってもいいですか、それとも、黙っていたほうがよろしいでしょうか」数歩あるくとジャッジが訊いた。

「構いません。どうぞお話しください」

「館のことなのですが——なぜそんなにご執心なのですか、ミス・ロウメント」

長いあいだ返事をしなかった。

「わたしが求めているのはあなたとお付合いを続けることであって、お宅がほしいのではないのかもしれません」

「それはどうも！……でも、いつから……」

「わかりませんわ。人間って、だんだんに気持が傾いていくものでしょ、ちがいますか」

「おっしゃるとおりですけど……またなぜわたくしと付合いたいのか……わたくしにそんな値打ちがあるのでしょうか」

「それなら、やっぱりお宅がほしいのかも……ジャッジさん、わたしにも自分の気持がさっぱりわからないんです」声を低める。「もちろん、あなただってご存じでしょ、ご自分が並はずれた人間であることを。そういう殿方と付合えるのは若い女にとって自慢の種なのだということもおわかり戴けるはずですわ」

ジャッジの顔が暗くなったが、他の二人が待っている踏み段に近づくまで彼はなにも言わなかった。やっとそこで口を開くと——

「伯母様にこう伝えても結構です。双方が合意した値段でランヒル・コート館をお売りしてもいいと。もうこれ以上もちこたえられそうもありません」

「そのお話……無条件ですの?」

「ええ、無条件です」

「はっきりわかっておいでなのですか——そのう……やっぱり訊けませんわ、こんなこと」

「おっしゃる必要はありません。なにもかも承知しております。この話にはいっさい条件がついていないのです」

「それではお受けしますわ」ほとんど聞きとれない声で答えた。

9　第二の部屋で

奇妙な色どりの古めかしい大広間に入ると、一同の声は本能的に低くなり、冗談も出なくなった。

ブランチはイズベルを他の二人から少し離れたところに引き寄せた。

「ほんとにすてきな家だわ、ビリー!……どうなの、もういっぺん話してみたの?」

「ええ。うまく行ったわ、売ってくれるんですって」

「どうやって口説いたの」

「口説いたりしないわ。彼のほうから申しでたのよ」

「まさか!」

「ほんとよ——それじゃいけないとでも言うの? これでここに住むことになるわけだわ」

「おめでとう!……そうなったら、しょっちゅうあの人と会わなくちゃならないんでしょ? そんなことは、もちろん、とっくに考慮ずみなんでしょうね?」

「どうしてそんなにあの人が嫌いなの」

「好きでも嫌いでもないわ。ただ、この館がずいぶん高くつくことになるんじゃないかと心配しているだけなのよ。でも、これはわたしの出る幕じゃない、あなた自身の問題なんだから……」

ブランチはすぐジャッジのほうを向き、大広間の美しさに感嘆の意を表した。大広間は平素よりもなお妖しい趣をたたえていた。日光が窓から斜めにさしこみ、そのために部屋の半分が翳っていたからだった。ジャッジはブランチに返事をしたが、その丁重さにはなにやら心配そうなところがあった。そのあいだにイズベルは煖炉に背を向けて籐椅子に腰をおろした。

「頭痛がひどくなったの？」ロジャーが優しく静かに尋ねた。

「さっきよりちっとも良くならないのよ、ロジャー」ほかの二人も近づいて来た。「わたしはぬきにして三人だけで見学してくださらない？　せっかくのお楽しみに水をさしちゃ悪いですもの」

「あなたはどうするつもりなの」とブランチ。

「ここにいるわ。頭の中が、がんがんしているのよ。この家は前にもう全部見ちゃったし」

「あの部屋だけはまだでしょう」と言ったのはジャッジだった。「でも、あそこには見るようなものはなにもありませんがね」

「どういう部屋なの、それ」とブランチ。

「三階にある部屋よ」イズベルが説明する。「魔の部屋だということになっているんでしょ、ジャッジさん」

「そんなことをどこでお聞きになったのやら、見当もつきませんね。あの部屋についてもやはり莫迦げた話をする人がいるのかもしれませんけど」

ブランチが笑った。「本物の幽霊でも出るんですの、ジャッジさん?」

「まあ、クラシックな幽霊話だといいんですけど、本当になにも知らないんですよ」

「すごくスリルがあるわ! 案内してくださる、そこへ?」

「いいですとも、ご所望とあればね」

だが、とりあえず一階の各部屋を見てまわることになった。ほかの者たちが大広間を見学しているあいだ、イズベルは坐ったままだった。一品ずつ家具のことなどを説明しているジャッジの声がぼやけて、ぶうんと唸る音のように聞こえてくるので、ついうとうとと眠気《ねむけ》がさし、目をあけておくのが容易ではなかった……

そのままうたた寝してしまったらしく、はっとして目がさめたときには、大広間でひとりきりになっていた。ほかの者たちはまだ一階のどこかにいるらしく、奥のほうの部屋から人声が聞こえていた。話の内容は聞きとれなかったが、低く重いジャッジの声がほとんど絶え間なく聞こえ、ときおり甲高いブランチの声がそれに区切りをつけるように混じっていた。別の部屋で男の人と一緒に話している女の声が、いつも必ず滑稽なくらいきんきんと響いてくるのはなんて妙なことなのだろうとイズベルは思った。

急に背中を伸ばして、スカートのよれを直した。自分でもそれと気づかずに、興奮して苛立たしげに足で床をとんとん叩いていた。ほかの人たちは、階段を昇る前にいったんこの部屋に戻ってこなければならない。今にも戻ってくるかもしれないのだから、みんなが二階へあがってしまうまでは、この椅子に坐ったまままうしろを振り向く度胸はなかった。うしろにはなにがあるのか、それを見たくてうずうずしていたのだ。……あの階段はもうあそこにあるのか！……

ややあって、食堂のドアが開き、三人がひとかたまりになって大広間に入り、とたんにその話し声であたりがにぎやかになると、イズベルは一同のほうに笑顔を向けたが、立ちあがろうとはしなかった。

「おお！　目がさめたのか」とロジャーが大きな声で言った。

「眠っているとでも思ったの？」

「ここを出て行ったときにはすやすやお休みになっていたからね。ぼくたちは三人組の共謀者みたいにぬき足さし足でそっと出て行ったんだよ。ね、そうですよね、ジャッジさん？」

「ブランチ、今まで見たところではどう思う、この館のこと」

「まったくすばらしいお屋敷だわ。とっても美しくて静かだし、日のささない暗いところがいっぱいあるわ。どう、ほかのところを一緒に見に行かない?」

「よしておくわ、せっかくだけど。じっとしていたほうがいいみたいだから」

ジャッジが金の懐中時計をとりだした。「そんなに長くはかかりませんよ。今は三時十五分前です。一時間もあればおりてこられるでしょう。そのあいだ待っていて戴けますか」

「ええ、ご遠慮なく、どうぞ行ってください」

出かける前にロジャーは煙草に火をつけた。

「ひまつぶしにきみも一本どうだい?」

「戴こうかしら」

一本目のマッチの火が消え、イズベルは煙草の箱へ手を伸ばした。

「なんだか手がふるえているみたいだな」とロジャーが評した。

イズベルはなにも言わずに箱を返し、火のついた煙草をくわえたまま、手を膝の上でじっとさせていた。ブランチとジャッジはもう階段の昇り口のところまで行っていたので、ロジャーも急ぎ足でそのあとを追った。イズベルはそわそわと煙草をふかしながら、ふっと溜息をついた。

二階の踊り場で三人がまずどっちへ行こうかとひともめしている声が聞こえてきた。ジャッジは二階の部屋を見てまわりましょうと勧めていたが、ブランチはまず幽霊部屋を見たいと言い張った。どうやらその言い分が通ったらしく、一分ほどすると、三階へ昇る階段から足音が聞こえてきた。声は低くなって、ざわざわした呟きとしか聞こえず、それも次第に小さくなり、ついには完全な静寂に包まれた。

三分ほどたつと、イズベルは急に立ちあがり、その烈しい勢いで椅子がひっくり返った。煖炉の横の壁面に、すぐさま目が釘づけになった。……と、思わず心の中で笑い声をあげた。なにも急《せ》く必要などなかったことがわかったからだ。あの階段はちゃんと彼女の真正面にあったばかりか（ないわけなどありえないではないか）、どっしりと実在していて、大広間の枠組の必要不可欠な一部分を成していたのだった。……先ほどここに入って来たときにあれが目に入らず、だれひとりとしてあれのことを言わなかったのはたしかに不思議だが、こうしてちゃんと目に見えている以上、あれを疑うことはできないのだ。その階段は木製で、人間の手で造られたものであり、同じこの館の別の部分へ昇るためにあるのだ。神秘的なところも、不自然なところもまったくありはしない。れっきとした構築物であって、日常の用に供されている階段なのだ。事実、わたしだってあれを使ったのだ。この前にあの階段を昇ったことをこうしてはっきり憶えていなかったならば、きょうだってわざわざここへくる工作などしなかったはずなのである。

さらに数分が経過してからやっと動きだす気になった。片方の手で両目を蔽うと、この前のことを想いだそうと荒々しく必死に心の中を捜しまわった。妙なことでもあり、同時に苛立たしいことだったが、その記憶はすっかり消えていた。一段目に足をかけたときのことは印象としてはっきり想いだせるのに、それからあとのことはなにもかも忘却の底に沈んでいて、この大広間におりてくるときのことしか想いだせなかった。なぜこんなふうに不気味に記憶が消えているのだろうか。……ひょっとすると、この建物のあの部分の雰囲気に催眠効果があるのかもしれない。だが、そう言ってみたところで、それはひとつの謎を説明するのに別の謎を持ってくることにしかならない。頭脳を麻痺させて記憶を半永久的に消してしまう作用を及ぼす部屋などというのは常識では考えられないのだ。だが、ことによると、わたしは夢を見ていただけなのかもしれない、今もまた夢を見ているのかも……あるいは、ジャッジさんの話から暗示を受けて、幻覚を見ているのか。……いや、そんなことはありえない。自分が今ほど正気で覚醒していて理性を保っていたときがかつて一度でもあったとは思えないからだ。……

時が小刻みに過ぎていく。二階の歩廊《ギャラリー》を見あげ、息を殺してじっと聞き耳を立てる。物音ひとつせず、ほかの人たちはまだ三階にいるらしい。足音を忍ばせて階段のとっつきまで歩き、昇りはじめた。またもや、前回に感じられたあの冒険のスリルが全心全霊を捉えた。館の未知の領域を探訪しようとしているのだという思いがした。そこでは不思議な発見がわたしを待っている……

と、だしぬけに記憶が甦ってきた。すぐには全部を思いだせず、自分の過去にあった古い埋もれた出来事をひとつずつ繋ぎ合わせてゆくように連鎖的に想いだすしかなかった。この階段のてっぺんには戸口の三つある控え室があるはずだ。そのうちのひとつの戸口をわたしは通ってみた。すると、その先の部屋で見えたのは……そう、壁にかかっている鏡と……それから赤いカーテンだった。そのカーテンを開いてみると――それからどうなったのだったかしら。……かすかに憶えているのは、別の階段をおりると、また元の大広間に出たことだけだ。……なにもかもひどくぼんやりしていて闇にとざされているようだ！

前回のことを心の中に再現するあいだ、しばしば足がとまった。想いだすことにすっかり夢中になっていたので、いつのまにか問題の控え室に来ていたのに、はっきりと意識できなかった。はっと気づくと、目をあげて、すばやく一瞥で室内を見まわした。三つの戸口は前と同じに締まったままで、立ち入るのを許さぬ厳しさを帯びていた。大広間をひたしていた多彩な光に代って、そこには灰色のたそがれがたちこめていた。……

なにもかもが現実として感じられるのに、まるでどんなことでも起こりかねない夢の家をさまよっているような不安な感じがつきまとっていた。これまで心を支えていてくれた興奮が消えはじめ、恐ろしくなってきた。引き返すつもりはなかったが、三つのドアの様子がどうも気に食わなかった。この前のときにどうしてあれをあけてみるだけの度胸が出たのか、吾ながら見当もつかなかった。……あけたのは左側の扉だったっけ。同じことをもう一度やってもしようがないから、今回は真ん中のドアをあけてみる必要がある――そうするだけの勇気を奮い起こせればの話だが。右側にあるもうひとつのドアはとてもあけてみる気がしない。ぞっとするほど恐ろしい外観を呈しているからだ。なぜだかはわからなかったが、その前に立っているだけでも恐ろしかった。今にも厳かに開くのではないかと思われた。

頭痛は去っていたが、神経は昂っていた。たえずはっとしたり、心臓が早鐘を打ったり、頬が紅潮したりしつづけていた。と、だしぬけに狼狽状態が襲ってきた。今度こそあの恐ろしいドアが本当に開くのだと思われた。そのすぐ奥でなにものかが待ち構え、躍りでて来てわたしの行く手に立ちはだかろうとしているのだ、とそう感じられた。なにをしているのか自分でも知らぬまに、イズベルは真ん中の扉の握りをつかんだ……と、扉が開き、彼女は息を殺してすばやく中に入り、内側から急いで扉を締めた。

腰板を張りめぐらしてある小さな部屋に彼女は立っていた。向こう側の壁の前に置いてある彫り木の長椅子しか家具はなく、床はむきだしで、壁にも装飾がなかった。側面には窓がなかったので、上からほのかに明りがさしているだけで、全体が薄暗かった。

　がらんとしているにもかかわらず、堂々とした豊かな趣が漂い、それは黒ずんだむきだしの木材が精美をきわめていることからくるのだとしか考えられなかった。ただそこに入っているだけで、威厳のある人物の気配が感じられるみたいだった。高貴な人の私室に入っているような感じなのだ。……長椅子がひとつだけ置いてあることから察して、主に内密な会合に使われる部屋なのではあるまいか……それにしても妙なことではあるけれど！……

　その長椅子に腰をおろしたが、真っすぐな姿勢は崩さず、筋肉もゆるめなかった。必要とあればすぐに立ちあがれるようにしていたのだ。どうしてもゆったりした気分にはなれなかった。今でもあの扉が開くのではないかとはらはらしながらこの謎めいた部屋で坐りつづけていた。……ここにあるものを全部見てしまった以上、いったい自分はなにを待っているのか、なぜここを出ないのか。こう自問してみたが、なぜここにとどまっているのか、その理由が自分にもわからなかった。まるで魔法にかかったようにじっと坐りつづけ、おちつかぬ不安のまなざしで扉を見守るだけだった。そのあいだ、繊細な指がたえず首に巻いた長い上品なスカーフをいじっていた。わたしは扉が開くのを待っているのだと自分に認める度胸はなかったが、それでも実はそれを待っていたのかもしれない。

　かすかな叫びが口から洩れ、長椅子から腰を浮かした。ドアが開きかけているのだ……恐れおののくイズベルの目がジャッジの目と合った！

すっかり立ちあがって、よろけながらジャッジのほうに動く。ジャッジはすばやく静かにうしろ手でドアを締めると、イズベルに近づき、腕で彼女の身体を支えて長椅子まで連れて行き、二人は腰をおろした。イズベルは相手の顔を充分に見つめることができなかった。ジャッジは年若く、別人のようだった。薄暗いせいでそう見えたのかもしれないが、あまりに際立っていたので、目にとめないわけにはいかなかった。

「どうやってここへいらしたの」口がきけるようになるとすぐにこう訊いてみた。

ジャッジはすぐには答えず、厳しさの中に優しさをこめた目つきでこちらを見つめていた。ジャッジの顔は変わっていた。今までほど血色が悪くなく、品格が落ち、力強い精力的な感じが増していて……それにずっと若かった。四十五歳ぐらいにしか見えないのだ。

「直接〈イースト・ルーム〉からここへ来たんです」やっとジャッジが答えた。「長居はできません――ほかの方たちが待っていますから。みんなを応接間に待たせ、そのあいだに引き返して〈イースト・ルーム〉の戸締まりをしたのです。皆さんと一緒だったときにはあの部屋のドアに鍵をかけるのを忘れてしまったからです。行ってみると――それは一分ほど前のことでしたが――階段が見えたので、それでこうしてここへ来たというわけです」

「ここはどこなの」

「不思議な場所のようです。あなたこそどうやってあがって来たのか、さっぱりわかりません」

「大広間から昇って来たんです……あの三番目のドアはなんなのかしら」

「わたくしも入ってみたことはありません。いつかまたそのうちにご一緒に入ってみましょう。今はそのひまはありません」

イズベルは蒼白になり、相手から少し身を引き離した。

「おかしなことをおっしゃるのね。そんなこと、不可能でしょうが」

「では、この出会いのことをあなたはどう思っているのですか」厳粛にこちらを見やる。

「偶然だと思いますわ……それより、ここは本当に館の一部分なのかしら。それともこれは夢なのかしら」

「そのどちらでもないでしょう。以前、よくここに来たことがあるのですが、今もって、初めのときと同じに訳がわからないのです。あと十分もしたら、二人ともこの出会いのことはなにも想いだせなくなるのですよ」

「わかっています。わたしも前に一度ここに来たことがあるんです——この部屋には入りませんでしたけれど」

「ではわたくしを騙していたのですね」

「必要止むを得ずですわ」

「そうでしょう、ほかにどうしようもなかったはずです。あの階段はこたえられない魅力で心を惹きつけるんです。そのお気持はわたしも知っており、あの階段を昇るためならばほかのことは全部犠牲にしてもいいという気持になるのです」

イズベルはまだスカーフをまさぐっていた。「わたしがあなたに計略を使っていたことがおわかりになったのかしら」

「いや、とんと思いつきませんでしたよ――なぜあんなにこの館にご執心なのかさっぱりわからず、首をひねっていたことは事実ですけれども」

「今ではわたしという人間を低く評価するようになったのでしょうね」

「そんなことはありません――ですが、あなたはわたくしを滅入らせることには成功なさいましたよ。わたくしは友達付合いを夢見ていたのに、目がさめてみたら、二人のあいだには友情関係などないのだとわかったんですから」

イズベルは奇妙な笑みをうかべて相手を見た。

「今しがたここへ入って来て、ここにわたしが坐っているのをごらんになったとき、心の中にどんな考えがうかびましたの？」

「あなたがここへ来るのだという一定した目的をもってここへ来たのだとは気づきませんでした。ここにいらしたのは今回が初めてなのだろうと思い、宿命の手で二人は結ばれたのだと、おこがましいことを考えました。こんな厚かましいことを言って、申し訳ありません」

「でも、なぜわたしにとってあなたとの友達付合いなどどうでもよいのだとお考えになるのですか」

「あなたがご自分のもくろみを実現させる手段としてそれを利用なさったからです」

「あなたとのお付合いはわたしにとってどうでもいいものではないのです」ごく低い声で言った。

……「なにもかもすぐ忘れてしまうのですから、本心を包み隠してもしようがありません。名誉ということがあります。わたしはほかの男と結婚することになっていて、わたしの愛はすべてその人に捧げられています。ですが、あなたを愛することはできず、愛してはいけないのだと言うのに、すでにあなたはわたしの人生をとても強く左右していて、これからもあなたの影響はますます強くなるにちがいないと感じられるのです。あなたとのお付合いが立ち消えになってしまうのをわたしは望みません、むしろ逆に、それがいっそう豊かに親密になることを願っているのです。ほかのことではあなたを騙しましたが、この点だけは嘘いつわりありません」

ジャッジの態度は妙にへりくだっているようだった。「わたくしのほうがあなたに多少の影響を与えたとしても、あなたのほうこそわたくしの心に霊感を吹きこんで新生活への第一歩を踏みださせてくれたのですよ。あなたに会う前のわたしは迷子でした。妻も友人もなかったのです。……あなたとお付合いできなければとってもやっていけそうにありません。あなたが課した代償よりも高額の代償だってわたしは喜んで払うつもりです」

一分ほど無言で見つめ合った。

「これからは、これまでよりもよくおたがいの心が理解できるようになるでしょう」とイズベルは柔らかく口ずさむように言った。「頭では忘れても、心の中にあるなにかが想いだしてくれますわ」

「そうかもしれませんね。でも、想いだすよりどころとなる記念の品を戴きたいのです」

ちょっと考えてからイズベルはゆっくりと首からスカーフをとった。「それではこれを！」

ジャッジは受けとる前にもう一度ちらちらと相手を見た。「なくなったことを人に見とがめられませんか」

「わたしの持物なのですから、どうしようとわたしの勝手です。それと一緒に差しあげるものは、尊敬と友情、それだけですのよ」

ジャッジは手を差しだしてスカーフをとると、恭々しいほどの手つきで丁寧に小さく畳み、胸ポケットに収めた。

「なによりも大切な秘密として大事に致します……ここでまたお会いするような気がするのです」

イズベルはそれはどうかなと言うふうに首を振った。「ここは恐ろしいところですわ。二人ともここへ来てはいけなかったのではないかしら」

「こうして二、三分間わたくしとここにいたのでご自分が悪い女になったとでもお感じなのですか」

「とんでもありませんわ！……悪くなったどころか、ずっと、ずっと良くなったんです！　この気持……とっても言葉では言いあらわせません」

「なんとか言いあらわしてみてください」

「まるで……霊的な教えを受けたような気持なのです……莫迦げた表現ですけど……」

「わたくしが代って解釈してあげましょう。ここで一緒に過ごした短い時間のあいだに、因襲の仮面を一時ぬいで、より人間らしく真実に語り合うことができた——そういうお気持なのではありませんか」

「そう、そんな気がしますわ。……ここの空気はほかのところとは違うみたい……ずっと高貴で、なにかこう、音楽のようなものが含まれています。この不思議な出会いがなかったら、二人ともこんなによくおたがいを知ることはなかったでしょう。それどころか、少しも知ることができなかったかもしれません」

「それならば、ここへ来てよかったのではありませんか」

イズベルは立ちあがり、そわそわと歩きまわりはじめた。ジャッジは石のような顔をして坐ったままだった。やがて彼女はジャッジの正面で立ちどまり、だしぬけにこう訊いた。

「あのもうひとつの部屋でなにが待っているのかしら」静かな声だった。

「一緒にそれを探りだしましょう――でも、今は駄目です。もう行かなくちゃ」

「でも、なにか見当はついているんじゃありませんの？」

「この部屋と左側の部屋は、その右側の部屋のロビーでしかないのだという印象をなぜかわたしは受けているんです。もしわたくしたちがなにかを経験する場所があるとしたら、それはあの部屋を措いてほかにありません。今のこれはほんの予備段階なのです」

「わたくしもそう思います」とイズベルは言った。「でも、ひとりではとても入ってみる勇気が出ませんわ」

「一緒に入りましょう。きょうこうしてここで二人を対面させたのと同じ宿命が必ずその機会を授けてくださるでしょう」

ジャッジは立ちあがった。

「これでお別れですのね――また会うために？」とイズベル。

「残念ながら他人として会うためにです」

「いいえ」静かな威厳をこめてイズベルはこの言葉を口にした。「一度会った二つの心《ハート》はけっして他人になどなりません。会えばきっとわかりますわ」

二人は戸口のほうに歩いた。と、そのとき、同じ考えが初めて二人の心にうかんだ。

「二人とも同じ階段を昇ってここへ来たはずはありませんわよね」とイズベルが訊いた。

「わたくしが知っている昇り道はひとつだけです。やっぱり同じ階段を昇って来たんでしょう」

「でも、わたしは大広間からあがって来て、しかも一階分しか登らなかったんですのよ」

「ここの物理法則はほかのところとは違うのだという事実を認める必要があるんですよ。この問題でわたくしはさんざん頭を悩ませたんですが、もう気にしないことにしているんです。……一緒に階段をおりましょう、途中でおたがいの姿が見えなくなるはずですけど」

二人は戸口をぬけて控え室に入った。

「ちょっとためしてみませんか、わたしがあなたの腕をとりますから」とイズベル。

「未知の力を弄んだりしないほうがいいでしょうね」

ジャッジはお辞儀をして脇にどき、イズベルを先に行かせた。

階段を半分おりたところで振り返ってみると、あとからついて来ているはずのジャッジの姿は消えていた。

10　ブランチの直言

大広間の中は先ほどと変わらず、ほかの人たちはまだ戻って来ていないらしかった。イズベルの頭はすっきりせず、今しがたなにがあったのか、しばらくはつかめなかった。目の前に階段が現われ、何分か前にその階段を昇って行って、今は、またそれをおりて来たところなのだということはわかっていたが、階段は消えていて、あの〝探険〟に関する記憶はまったくの空白になっていた。ほてっているひたいに手をあてて、じっと壁を見つめ、ひたすら想いだそうと神経を集中してみたが、その甲斐もなく、自分が階上で経験したことの内容は、それがなんであれ夢のように軽く心に刻まれているだけだった。……それでも、今までにすでに二回もそれは起こっているのであり、自分ばかりかジャッジ氏にも同じことが——何年も前から——起こっていたのだ。……

イズベルはこのことをジャッジ氏と話し合おうと心に決めた。あの人だけがこの問題を話すことのできる相手なのであり、自分ひとりでこの恐ろしい秘密を胸にしまっておくことはとても無理だった。……やっぱりそうするのがいちばんなのだ。ジャッジ氏はマーシャルが約束を破ったことを憤るかもしれないが、そのことがばれないようにうまく話を持ってゆけるかもしれない。なにも今ここで決めなくてもいいのだ。ホテルに帰ってから、あらゆる面を考慮に入れて慎重に決めればいい。……

腕時計を見ると、三時半になろうとしているところだった。とすると、これまでずっと自分がどこかにいたことは間違いない。……と、だしぬけに、スカーフがなくなっているのに気づいた。あら、どうしたのかしらと困惑の叫びを発しながら、すばやくあたりを見まわしてみたが、大広間のどこにもスカーフはなかった。しかも、自分はこの部屋から一歩も外に出ていなかったはずなのだ。とすると、さっき外にいたとき、あの原っぱでピクニックをしていたあいだにでも落したのだろう。あまり大事にしていた品物ではないが、うっかり失くしてしまうというのは気になることだ。ほかの人たちが戻ってくる前にあそこまでとりに行っても長くはかかるまい。

大広間のドアを通りぬけ、すぐ目につくはずの明るい絹のスカーフが落ちていないかと注意しながら、さっきお昼を食べたところまで道を辿って行った。途中、小川のほんの手前のところまで行ってみたけれど、どこにもスカーフは落ちていなかった。ひょっとするとブランチが拾っておいてくれたかもしれないと思って、行くときよりも急いで館に戻った。

こうして気がまぎれたために少なくともひとつ良い結果が生じ、何分かのあいだ、あのことを忘れることができ、おかげで神経が鎮まり、一応は平静な態度でほかの人たちと会うこともできるようになった。大広間に入ると、一同は彼女を待っていた。階上からおりて来たばかりのところらしかった。

だれひとり喋りださないうちに、あたりの雰囲気が変わっていることにイズベルは気づいた。少人数の一行の上になにやら緊張した空気がたちこめていて、一瞬イズベルは、この気まずさがなぜか自分のことと関係があるのだと、うしろめたい気分になった。イズベルの頭痛のことを想いだして訊いてくれる者はだれもいなかった。

ブランチが冷ややかな笑顔でこう言った。「きょうのわたしたちときたら、隠れんぼをしてるみたい。まずジャッジさんがいなくなってしまったかと思ったら、今度はあなたまで消えちゃったんですもの」

「ううん」

「ご免なさいね。スカーフを失くしたので、捜しに出ていたのよ。どこかで拾わなかった?」

「別に構わないんだけど、失くなっちゃったのよ」

「階上《うえ》へあがったんじゃないの?」

「いいえ、とんでもないわ。どうして?」

「なにもそんなびっくりした顔をしなくてもいいのに——わたしたちが上へあがって行ったときには首に巻いてあったから、そう訊いてみただけなのよ。最後に見たのがあのスカーフだったんですもの」

「まさか！」狐につままれた気持でイズベルは言った。

「失くなっていることがわかるまでずっとここにいたの？」

「そうよ」

ブランチは肩をすくめ、そっぽを向いた。

「ミセス・ストークスの思い違いで、やっぱり外で落したのかもしれませんよ」こう言ってくれたのはジャッジだった。「虱つぶしに捜してみるよう、プライデイに言っておきましょう。見つかったら、お送りしますよ」

「ありがとう、本当に！」

イズベルは困惑したまなざしでちらちらとジャッジを盗み見していたが、そのたびに、相手はイズベルからそそくさと目をそらすのだった。どうしてあの人とわたしはこんなにこそこそ興味ありげにおたがいを眺めているのだろうか、イズベル当人にもまったく解《げ》せなかった。さっき言葉をかわしてから二人の関係は少しも変わっていないはずなのに、今では、おたがいに話すことが山ほどあるみたいなのだ。さっきは話すことなどなにも見つからなかったのに……これからもう一度あの人に話しかけるにはどうしたらいいのかしら。

「ジャッジさんはどうやって雲隠れしてしまったの」と彼女は三人のうちでいちばん気が置けない人らしく見えるロジャーに訊いてみた。

「それがね、しごくあっさり消えちまったんだよ。ブランチとぼくは、エデンの園を追われたアダムとイヴみたいにこのあたりをさまよっていたのさ、三十分近くもだよ」

「さっきのお詫びをもう一度言わせてください、それしか申しようがないのです」とジャッジがやや固苦しく言った。「まったく赦しがたいエチケット違反だったことをみずから認めます」

イズベルはロジャーからジャッジに目を移した。「どうしてそんなことになってしまったのです」

「その理由はどちらかと言うとわたくしの信威を失墜させるようなものなんですけど、今さら威厳にこだわる権利はわたくしにはありますまい。ありていに申しあげれば、〈イースト・ルーム〉に行ったあとで三階から階段をおりてきて応接間に入ろうとしたとき、あの部屋に鍵をかけてくるのを忘れていたのを想いだしたのです。あそこは必ず戸締まりすることをわたしは鉄則としていたのに、それを破ってしまったわけなんです。さいわい、ミセス・ストークスのお許しが出たので、戸締まりをして戻ってくるまで二、三分間お二人に待って戴くことにしたのです。……」

「その二、三分が三十分になってしまったのよ」ブランチがまだこちらに背を向けたままで言った。

「どうしてなの。なにがあったの」

「いささか莫迦げた偶然なのですが、暑い陽ざしにあたったせいか、葡萄酒がまわったのか、それはわかりませんが、階上《うえ》で眠りこんでしまったんですよ」

「おかしなこと！」イズベルは笑いだした。

ブランチがくるりと向き直った。「でも、いちばんおかしいのは、わたしたちが捜しに上へ行ってみると、ジャッジさんの姿はどこにも見えなかったことなのよ」

「もう一度申しますが——ミセス・ストークス、それは違う場所を捜されたからなんですよ。わたくしが入っていたのは召使い部屋でしてね。その部屋の窓がひとつ開いているのが見えたのを想いだしたので、途中で窓を締めに入って行ったのです」

「まったく妙な偶然ですこと！」とイズベル。「でも、とにかく、それぞれ冒険をしたあげく、こうして皆、無事でまた集まったのだから、もって瞑すべしですわ。なにか面白いものをごらんになったの、ロジャー？」

「いろいろ見ましたよ。この館はさまざまな様式と時代の紛れもなき混合物ですな。ぼくがかぞえただけでも三つの時代がありましたよ。もっとあるのかもしれないな」

傍目にもわかるほど無理をしてジャッジが話の仲間に加わった。「この大広間がひとつ、館の本体がもうひとつ。ですけど、さらにもうひとつ、三番目の時代は、どこでごらんになったんでしょうか」

「〈イースト・ルーム〉ですよ。あの造りはとっても古い――実に古いものです。もしぼくの目に狂いがなければの話ですけど。天井の梁には、ルーン文字が刻まれているのが一本ありましたからね。あれはエリザベス時代の人が造ったものでないことは確かです」

「あそこではそのことをおっしゃらなかったでしたね?」

「聞いてくださる人がいなかったからですよ、古館の主殿《あるじ》。わが妻は鵜の目、鷹の目で幽霊を捜していたし、あなたはあなたでぼんやり考えごとにふけっておられ、たまたま目が行ったなんの飾りもない壁にじっと見いっているばかりだったんですよ」

「でも、その彫り物の目的はなんだったのかしら」とイズベルが急いで訊く。

「われらが祖先の異教徒サクソン人たちが使っていた護符にちがいないですな、魔物どもが屋根に乗るのを防ぐためのおまじないですよ、大昔には、ひまつぶしに屋根に乗っかるのが大好きな超自然のものどもがうようよいたんですね。ぼくがジャッジさんだったら、あの材木をとりはずして考古学研究所に送り、謎文字を解読させるところですがね」

「そうするかもしれませんよ、わたくしだって」とジャッジ。

イズベルはロジャーの話をあまり注意して聞いてはいなかった。むしろ、ジャッジの言ったことをしきりに心の中で考えていた。ジャッジが真実を語ったのだとは信じられなかった。雲隠れした理由として、ジャッジ自身の言葉とはまったく異なる説明が心に思いうかんでいたのだった。しかも、イズベルの直観は、日の出さながらに初めて思いうかんでから白昼に移るまで、瞬時しかかからないのだ。〈イースト・ルーム〉へ引き返す途中、ジャッジは前に何度も見ていたあの階段をまた見たのだ。そして、それを昇って行き——ここまで考えるとイズベルの心臓が早鐘を打った——あそこで二人は出会ったのだ!……だからこそ、さっきも二人はあんなに妙な目つきでちらちらおたがいを眺めていたのにちがいない。そうなのだ、これはジャッジの口から直接聞いたのも同然の、絶対確実なことなのだ。

イズベルは気分が悪くなるほど興奮して、そっぽを向いた。

「そろそろ帰りましょ」ブランチが冷ややかに言った。「もう四時になるし、お茶にもありつきたいし」

ジャッジが気づかわしげにブランチの顔を見る。「帰り道の途中でどこかに立ちよりましょうか」

「帰ったほうがいいと思いますわ」

もうなにも待つ必要はなかったので、一同は大広間を出た。女性が先に出たが、四人ともおもてに出てしまうと、ブランチは夫を連れて車のところへ行き、他の二人は玄関前の石段の上にとりのこされた。ジャッジは戸締まりをしていた。

「あす、ワージングへ参りますわ、あなたにお会いするために」とイズベルは玄関とジャッジのほうに顔を向け、真っすぐの姿勢で囁いた。

ジャッジは顔色ひとつ変えず、こちらを見向きもせずに、身をかがめてキーホールに鍵を差しこんだ。

「いいですとも、ミス・ロウメント」

「朝のうちに汽車で伺います。岸壁で会ってくださいますか、ばったり出会ったふりをして？　汽車の時間、ご存じかしら」

「ホーヴ発十時四十分がありますよ」

「それなら都合がいいわ。だれにも言わないでくださいね」

ジャッジの返事を待たずに急いでその場を去り、友人たちのいるところへ行った。イズベルもブランチも肩掛けをかけて後部座席に乗りこみ、ジャッジはハンドルの前に坐り、最後にロジャーが乗車した。ちょっとバックしてから、車はするすると庭内路を走りだした。

番人小屋の前で一分ほど停車し、そのあいだにジャッジの要請に応えてミセス・プライデイがご亭主を呼んだ。お茶の最中だったらしく、庭師は呑みこもうとする努力もむなしく、まだ口をもぐもぐさせていた。

「プライデイ」と主人であるジャッジが車の中から身を乗りだして言った。「ご婦人のおひとりが敷地内のどこかでスカーフを失くしてしまわれたんだよ。〈苔《こけ》が森〉の近くの小川まで行ったから、あのあたりも含めて、捜しておいてくれ、きょうじゅうにね。どうしても見つけなくちゃならないんだ」

「色は、旦那?」

ジャッジは黙ってうしろを振り向き、イズベルに直接答えさせた。

「ヴュー・ローゼです」と彼女はフランス語で答えた。「長い絹のスカーフですわ」

「薄桃色だよ、プライデイ。すぐに見つけておいてくれ。頼んだよ!」

その晩、ブランチがイズベルの部屋にやって来た。夕食前の着替えをする時刻だったので、イズベルは夜会用の礼装をしてソファーに坐り、雑誌を読んでいた。ブランチは、先日の会食のときに着ていたのと同じドレスを身につけていて、坐るのを拒み、態度がいつもと違っていた。神経が敏感になっていたイズベルはすぐさま女性特有のぴりぴり緊張した気配を察し、そっと雑誌を脇に置いた。自分の心にもあまり認めたくないことだったが、なんとなく不安な気持になっていた。

「どうしたの、ブランチ」

「なんでもないのよ。ちょっと寄ってみただけだわ」

「なにか言いたいことがあるのかと思ったわ。……きょうは楽しかった？」

「まあね。あなたは？」

「同じよ。でも、スカーフのことが気がかりなの」

ブランチは爪先を揃えて絨毯を見つめた。「心配するほどのことじゃないんじゃないの？」

「物を失くすのが嫌いなのよ」

ひととき間があった。

「どこにあるのか知っているのよ――それであなたの気が楽になるかどうかは別として」ブランチは静かに言った。

「へえ、知っているの？……いったいどこなの」

ブランチはゆっくりと目をあげ、イズベルの顔をまじまじと眺めた。「ジャッジさんの胸ポケットだわ」

イズベルは跳びあがり、また坐り直した。

「なんですって！」

「とにかく、スカーフのあった場所はそこなのよ――この目で見たんですもの――ポケットから覗いているのを」

「まさか！……いったいあの人がわたしのスカーフなんかになんの用があると言うの」

「それより、なぜスカーフがあの人の手に渡ったのかと訊くほうが自然なのにね。まさかあげたんじゃないでしょうね」

「あげたりするはずないでしょ。身につけるものを男の人にあげる癖などわたしにはないのよ」

ブランチはちょっと口をすぼめた。……「わたしたちが上へあがったときにはたしかにあれを首に巻いていたのよ。あなたは一度もあがってこなかったし、ジャッジさんはジャッジさんで、途中では下におりなかった。それなのに、つぎにあの人を見たら、そのときにはスカーフが不思議にもあの人の胸ポケットに移っていた。あの人、別に隠そうともしていなかったのよ。……なんだか妙なことだと思わない？」

突然、イズベルの頬に危険信号が現われた。

「まさかあなたは……？」

「別になにも疑ってはいないわ。でも、あなたの話が本当なら――本当であることをあなた自身のために望むわ――あの人の話は嘘だということになるのよ。いずれにしろ、あの人は嘘をついているんだわ。女のスカーフがひとりでに一階から二階か三階へ舞いあがって行って男のポケットに入るなんて、ありえないことですもの」

「たぶんわたしのスカーフじゃなかったんでしょ」

「いいこと、わたしはね、ほかのことはともかく、あなたの衣類のことはよく知っているのよ。ロジャーならその言葉にごまかされるかもしれないけど、わたしは引きさがらないわ。あれはあなたのスカーフだったのよ、間違いないわ」

イズベルは唇を嚙み、足元の絨毯を見つめた。

「だとしたら、あの人はよっぽどどうかしているのだとしか言えないわ。わたしのスカーフを自分のものにしてもいい権利などないんだし――さっぱりわからないわ、あれをなぜあの人がもっているのか。ひょっとしたら、女のスカーフを集める趣味が病みつきになっているのかもしれないわね」

「そうよ――でも、問題はそれじゃないのよ、わからないの？　いったいどうやってあの人があれを手に入れたか、それが問題だわ」

「あなたたちと離れてから、こっそり召使い用の階段をおりて、裏のほうから大広間に入ったんじゃないかしら。そうしたらわたしが居眠りをしていたので、スカーフを失敬したというわけ。それ以外にはなにも考えられないわ」

「もちろん、あの人は異常者なのかもしれないわね」ブランチはごく素っ気ない口調で言った。

「そう言ってくださって、どうも！　あなたの言いたいことはちゃんとわかるわ」

ブランチは黙っていた。いくら待っていても喋らないので、イズベルは金属のような甲高い笑い声を放った。

「そりゃ、わたしとジャッジさんに不利な証拠が出揃っていることは認めるわ。はっきりそうおっしゃったっていいでしょ」

「よしてよ、そんな言い方をするのは！　このためにあなたの人格に傷がつくのだということがわからないの？　かっかとのぼせたりしないで、自分の持物をとり戻す仕事にとりかかったほうがいいわ。わたしが見た以上、ほかの人だって見ていないとは限らないのよ」

「そう言ってくださるところを見ると、このロマンティックな事件のことを他人に言い触らしたりはしないのね――そう思っていいんでしょ？」

「わたしは陰口を叩くような女じゃないわ。そんなに見さげないでよ」

イズベルは爪を噛んだ。

「こうしてここに来たのは、あなたの助けになってあげるためなのよ」ブランチはさらに言った。

「おせっかい屋と見られるなんて心外だわ」

「知らせてくれたのをありがたく思っているわ。こんないやな役を買って出てくれる人なんて、ざらにはいないもの……友達としてわたしのほうを信用してくれたことに対しても、もっと感謝しなくちゃいけないのかもしれないけど、でも、あなたの見方はよくわかるわ。同じ立場に置かれたらほかの人もわたしみたいに突拍子もない言動をするだろうなんて考えていい権利はあたしにはないのよ。どの女も自分の本性どおりに動かなくちゃいけないんだわ」

「同情を示してあげるのは、同情が求められているとわかってからでも遅くはないのよ」

「同情が求められ、そして同情するだけの値打があるとわかってからね。手心を加えたりしないでね、お願いするわ」

ブランチはゆっくりとソファーに腰をおろし、一分ほどしてから衝動的に友人の手をつかんだ。

「ビリー、あの人とのあいだになにもないって誓って頂戴、そうしたら、信じるわ。あなたがわたしに真っ赤な嘘をつけるとは思えないのよ。これまでは二人ともおたがいの秘密を打ち明けてきたんですからね」

「誓って言うわ——どうしてあのスカーフがわたしの手からあの人の手に渡ったのか、まったく見当もつかないのよ。あなたと同じに狐につままれたような気持なの」

「ほんとね？」

「ええ、ほんとだわ」顔を赤らめ、にっこりしてイズベルは言った。

「それならいいのよ。聞きたかったのはそれだけなの。あなたのほうさえしっかりしていれば、あの人の行状など、二義的な問題でしかないんだから。おかげで、口では言えないほどほっとしたわ。……とにかく、是《ぜ》が非でもとり戻さなくちゃね」

「今晩、寝ながらじっくり考えてみるわ」

ブランチは相変わらず手をつかんだまま、じっと相手を見つめた。

「わたしがあなただったら、あの人と付合うのをすっかりやめてしまうのだけど。あんな男の人と付合っていたら、ろくなことはないわ」

「つまり、あの館を買うのをあきらめろと言うの？」

「家なら、ほかにもいくらだってあるのよ。あの人が気を変えて売るつもりになったことを伯母様に話したの？」

「話してないわ」

「それはよかった。話しちゃ駄目よ。ジャッジさんに一筆書くのね、もうあの話はなかったものにしてくれって。同じ筆で、スカーフのことに触れ、あれをジャッジさんがおもちになっていることはわかっておりますので、すぐお返しください——そう書いておくといいわ……今ここで、お食事の前に書くことだってできるのよ」

「もう時間がないわ」とイズベルは答えた。その夜、あとになってもその時間はなかった。

ベッドに入ってから、何時間も寝返りを打ちつづけ、この日に起こった出来事に頭を悩ませた。自分の手でスカーフをジャッジに渡したおぼえは絶対にないのだとわが心に言い聞かせながらも、そのたびにふたたびこの問題が頭をもたげ、包帯の仕方が悪い傷口のようにぱっくり口を開くのだった。そうなると、ジャッジがスカーフを盗んだのだという恐ろしい、とても考えられないような仮説を認めなくてはならない立場から脱けだす道はないものかと、またしても四方八方を捜し求めてみたが、どこにも脱け道はなかった。

ぐるぐると同じところを考えがまわりつづけ、やっと気が安まって眠れたのは、肉体の疲労が極限に達してからだった。

11　ワージングへ

翌朝、ブランチとロジャーが帰ってしまうと、イズベルは古物ではあるけれどもまだ使えるツイードの散歩用服を着、頑丈なロウ・ヒールの靴をはいて、ひとりで砂丘のあたりを遠くまでぶらついてくると伯母に告げた。お昼までに帰るかもしれないが、ひょっとしたら帰るのは午後になるかもしれない、と。そうとでも言わないかぎり、伯母も一緒について行きたいと言いだす心配があったのだった。もちろん、ミセス・ムーアは一応反対した。そうするのが二人のあいだで習慣となっていた儀式のようなものだったのである。しかし、結局はイズベルが言い分を通し、十時ちょっと前にホテルを出た。が、砂丘へは向かわず、プレストン通りの坂の上でホーヴ駅行のバスに乗り、終点につくと、駅でワージングまでの切符を買った。

列車は少し遅れていたが、乗客が少なかったので一等車のコンパートメントを独占することができた。入るとまず両方の窓をあけ放った。室内の空気が息苦しかったからだ。この日はうっとうしい曇天で、本降りの雨になりそうだった。列車がワージングに入る頃、早くも左側の窓に雨のしずくがつきはじめた。

サウス・ストリートの遊歩道側のはずれまで行くと、ジャッジが待っていた。スマートな服を着て、両手をうしろに組み、本屋の店頭の書棚をなんとなく、だが威厳をもって見つめている。その様子から察してこの男が待合せのためにそこに立っているのだと見ぬける人はいなかっただろう。イズベルが軽く腕にさわると、ジャッジはびっくりしたようにはっとしたので、イズベルでさえ、二人の出会いは偶然なのではないかと錯覚しそうになったが、ここで、人には内緒で会いましょうとあらかじめジャッジに注意しておいたことを想いだした。

「あなたがお待ちになっていたのはわたしなんでしょうね」とイズベルは笑顔で冗談を言った。

ジャッジは帽子を頭に戻した。「駅まで出迎えに行きたかったんですが、あなたの指示どおりにしましたよ」

「岸壁へ出ましょう。この分じゃ雨になるんでしょうね」

「あいにく、そのようですね。雨具の用意はしてこなかったのですか」

「濡れても構わないものしか着てませんわ」

二人は通りを渡って遊歩道に入り、バーリントン・ホテルのほうへ歩きだした。外に出ている人は少なく、イズベルを知っている者などいるはずもなかったが、見知らぬ町で馴染みの薄い男とそぞろ歩いているのだと思うと、神経が妙に昂ってきた。すれちがうどの人も疑いの目でこちらを見ているような気がした。

「こうしてここでわたしと会うのがおいやだったんじゃありませんの、ジャッジさん」

「逆ですよ、ミス・ロウメント。光栄に存じてます」

「別に恐ろしいことではないのです。いろいろお話ししたかっただけでして」

「わかってます」口ではこう言ったものの、なんとなく怪訝そうだった。

三人連れの女が近づいて来たので、しばらく黙ってそれをやりすごしてからイズベルは言った。

「まずお伺いしたいんですけど、ジャッジさん、スカーフは見つかりましたの？」

「ええ、わたくしのポケットに入っています。お別れするときお渡しします。包んでおきましたから」

「どこで見つかったんですの」

ジャッジは口ごもった。「それが妙な場所でしてね。ゆうべ帰ると、きちんと畳んで胸ポケットに入っているのがわかったんですよ」

「そうでしたの」

「だれかがいたずらしたんでしょうが、わたくしとしてはどうも面白くないいたずらですね」

「ロジャーがやったとおっしゃりたいんでしょ？　でも、そんなはずはないと思いますわ。うっかりしていたときにご自分でポケットにお入れになったんじゃないかしら?」

「いや、そんなことはありえませんよ。どうしてもこれはいたずらだと思います」

しばらく間があってから、イズベルは静かに声をかけた——

「ジャッジさん……」

「なんでしょう、ミス・ロウメント」

「きのうの午後、雲隠れなさったとき、どこへ行かれたんですか」

「それはもう説明したはずですけど」

「あなたとしてはなにか言い訳をしなくてはならなかったのですから、ご自分がどこへ行ったのかということで嘘をおつきになったのも仕方ありませんわ。ですけど、わたしには本当のことをおっしゃって戴けますわね?」

「ですけど、あれは……」

「ほんとはあの階段を昇られたのでしょ?」

ジャッジはすばやく横目でこちらを見た。「あの階段て、どれのことです」

「〈イースト・ルーム〉から伸びている不思議な階段ですわ」

「マーシャル・ストークスさんからお聞きになったんですね」

「あの人のことは持ちださないでください。わたしはこのことを直接自分で知ったのです」

雨足が強くなり、近くの軒下に退避しなくてはならなかった。運良く、そこには誰もいなかった。二人は海に向かって坐った。ジャッジは金の握りがついているステッキに両手を載せ、真っすぐ正面を見つめていた。

「ですけど、あの部屋へはあなたはまだ一度も行ったことがないはずですがね」

「ええ、あそこには行ったことがありません。ジャッジさん、あの館にはあなたがお気づきになっているよりもたくさんの謎があるんです。大広間にもやはり階段があるんですよ」

「どういう階段があるとおっしゃるんですか」ジャッジは顔をしかめた。「さっぱり訳がわかりませんね」

「この目で見たばかりか、二度もその階段に足をかけたんです。二度目はきのうの午後でしたわ。これ、まじめな話なんです、作り話だろうなどと思わないでください」

「きのうの午後ですって?」

「あなたがたが三人で階上《うえ》へあがってから五分後のことでしたわ」

「どういう階段だったのか、説明して戴けませんか」

「簡素な狭い木の階段で、壁の穴を通って上へ伸びていて、手摺はついてませんでした。てっぺんのほうは見えなかったですわ」

「それは驚きましたね！　経験なさったことを話してくださいませんか」

「それが、なにも憶えていないんです。でも、その階段を昇り、それからまたおりて来たことは確かです」

長い間《ま》があり、ジャッジはしきりに咳ばらいをした。

「あなたのお話ですから嘘じゃないと思いますが……きのうは二度目だとおっしゃるんですね。最初のときもおひとりだったんですか」

「ええ」

「わたくしとしてもそのお話を疑うことはできません。同じことをわたくしも再三経験しているんですよ。お話には驚きましたが、ある意味ではほっとしてもいるんです。実を申せば、自分の頭がおかしくなったのではないかと心配したことも一度ならずあったくらいなのです。安定した自然法則が人間の経験の基盤であるはずなのに、ときたま、自然法則がもはや通用しなくなってしまったと思われると、どうしたって自分の理性が狂ったのではないかと考えたくなるのが人情ですので」

「やっぱりきのうあそこへ昇られたのですか」

「ええ、昇りました」

「だけど、なにも憶えていない？」

「なにひとつ憶えていないのです」

「なにか強く印象にのこっていませんの？」

「どういう意味です、それ」

「館のあの上のほうでわたしたちは出会ったのじゃないかしら？」

ジャッジはすばやく目をあげた。「そうお思いになる理由は？」

「上で出会ったのだとすれば、わたしのスカーフをあなたがおもちになっていた謎が解けるからです」ごく低い声でイズベルは言った。

「あなたのスカーフ？」

「あわてないで。じっくり考えてみてください、ジャッジさん。大事なことなんです」

「あそこでだろうと、どこでだろうと、あなたと会ったからと言って、それであなたのスカーフがわたくしのポケットに入っていた謎がどうして解けるのか、わたくしにはわかりませんけど」

「おわかりにならなければ、わたしとしてはどう仕様もありません」

「わたくしは掏摸《すり》じゃないんですよ。ですから、あなたがスカーフをくださったのでないかぎり、わたくしの手に入るわけがない。でも、なぜスカーフの受け渡しが行なわれなくてはならなかったのか」

「でも、とにかく行なわれたのかもしれないんですわ」

「なにをおっしゃりたいのか、見当もつきません」顔色を変えてジャッジは言った。

　イズベルはそわそわとあたりを見まわし、じれったそうにスカートのよれを直しながら相手の身近に寄った。

「もうひとつ、お話ししたいことがあるんです、ジャッジさん。わたしたちはいったいおたがいにどういう関係にあるのか、わからなくなってきたんです。もちろん、わたしたちは友達ですわ……でも、きのうから、わたしたちの関係がなんだか曖昧になってしまったみたいなんです。それが気がかりですの」

「おっしゃることはわかります」

「同じ経験をしたからなのでしょうか。それとも、なにかほかの理由があるのかしら。あなたもお考えになって、わたしの手助けをしてください。このことをお話しするのはおそろしく難しい仕事なんです」

「でも、その必要があるんでしょうか、ミス・ロウメント。あなたのおっしゃるとおり、わたしたちは友達です。あまり詮索しすぎると、すでに二人が持っているものまで失う結果になるんじゃありませんかね」

「わかって戴けないのかしら。二人の関係がどういうものであるかがわからなければ、友達にもなれないんですのよ。気持を忖度《そんたく》しなくちゃならない男の方を友達にすることはできませんわ。……無理なお願いだとは思いません。なにもあなたから言質をとるつもりはありませんし、あなたがなにをおっしゃろうと、その言葉につけこんだりするつもりもありません。ただ、あなたとの関係がどうなっているのか、それだけは知っておきたいんです、どうしても」

ジャッジは動揺して手を握ったり開いたりしつづけた。

「ミス・ロウメント、これでは話が飛躍しすぎますよ。あなたもわたしも、心の中の気持まで話し合っていい理由はなにもないのですよ、それをわかって戴かなくちゃ」

「あなたにはおわかりにならないのね――あるいは、わかろうとするおつもりがないのか。もしあなたがわたしのことで感じていらっしゃる気持がおありなら、その気持はわたしの所有物なんですから、その内容を知る権利がわたしには大ありなのです」ここで声をやわらげ、「どうしてもお尋ねしなくちゃなりません……お答えください……わたしのことをなにか特別のお気持で見ておいでなのかどうか。あるいは……とにかく、わたしたちの関係がどういうものであるのかがわかるまではわたしの立場がどんなにぎこちないものであるか、それがおわかりにならないのですか」弱々しい語調でこう締め括った。

「良い友達どうしなんですよ、ミス・ロウメント、それだけのことです」

「そうやって氷の壁を二人のあいだに築こうとなさるのね。でも、満たされない空想や疑いを胸にいっぱいかかえたままでこれから二人が会いつづけるなんて、そんなことができるものでしょうか。……ジャッジさん、ひとつお知らせしておきますけど、本当の友達になるのがおいやなら、あなたはもうわたしの友達ではありません。これを最後に二度とお会いしたくありませんわ」

「そうなったら残念ですけれど、もしそんなに急にお付合いが終らなくてはならないのだとしても、せめてわたくしとしては自分の思慮が足りなかったためにそうなったのではないのだと思いたいのです。わたくしには青年の長所がない以上、青年の軽率さをまねすることはできないのです」

「でも、いったいなにを心配なさっていらっしゃるんですか。わたしの言うことを聞いてくださったためにわたしがあなたを罰するなどということはありえませんのよ。なにをおっしゃろうとも、構いません、そのために二人の付合いを打ち切ったりは致しませんから――これはお約束します。今となにも変わらないのです、ただよくなるだけですわ。どうでしょう、お話し戴けますか」

「できません」

イズベルは顔色が蒼ざめ、アスファルトの路面を足で叩きはじめた。「直接訊く質問にはあなただって答えてくださらないわけにはいかないでしょう。ジャッジさん、あなたにとってわたしは少しでも大事な存在なのですか」

「わたくしにとってあなたは大きな比重を占めていると思います、が、肝腎なのは、あなたにとってわたくしはなんでもないものだということなんです」

「本気でそうおっしゃるのですか」

「ええ。今生きているほかのどんな女の人よりもあなたを高く尊敬しています、ミス・ロウメント」

「でも、きわめて高く尊敬しているというのはどういう意味なのかしら」やっとのことで囁くように言った。

「その気持を表現する特別の言葉があるにはありますが、それを口に出すことは許されないのです」

「あなたのおっしゃることをわたしは正しく解釈しているのかしら?」聞きとれないほど小さな声で訊く。

ジャッジは返事をしなかった。

長い沈黙があってから、イズベルはあえかに溜息をついた。

「スカーフを戴けませんか? 見ている人はいませんわ」

ジャッジはポケットから小さな茶色い紙包みをとりだして、イズベルに渡した。彼女は無関心な様子でもの憂げに包みを手の中でひっくり返しつづけた。

「どうしたらいいのかしら。どうしてこれがあなたの手に入ったのか、それを知る必要があるんです。わたしはもうあそこへは行けませんが、あなたなら行けますわね」

「行ってほしいとおっしゃるのなら。でも、そうしたってしようがないんじゃありませんか、どうせなにも憶えていないのですからね」

「紙と鉛筆を持っていらしたら」

「それは名案だ。どうしてそこに思いつかなかったんだろう、われながら不思議ですよ。では、そうしてみるとしましょう。さっそく行ってみます」

「きょうの午後ですの?」

「そうかもしれません。ですけど、その結果はどうやってお知らせしたらよいのでしょうか」

「手紙や電話は戴きたくありません、ジャッジさん。あすの午後、ブライトンまで来て戴いて、どこかで会ってくださいません、なんとかご都合をつけて」

「是が非でもつけますよ。どこにしますか。時間は?」

「伯母はいつも午後に寝《やす》みますの。三時にホーヴではどうでしょうか。あそこなら邪魔になる人も少ないですし、海に面している浴場をご存じですわね?」

「知ってます」

「その外で会いましょう。わたしたち二人にとってこれがどんなに大事なことであるか、おわかりですわね？」

「この仕事をお引き受けした動機は、ただひとつ、あなたを安心させるためなんです。結果にはなんの期待もかけていないんですよ」

イズベルは鋭く相手を見た。「でも、ああいうことをおっしゃったからには、どうでもいい問題ではありえないはずですけど」

「率直に申して、結果が出ることをわたくしは望んでいないんです。二人の友達付合いが続けばいいと思っているだけでして――そのお付合いが不可能になってしまうのです、もしもあなたの頼みを……とにかく、前と同じ気持のいい状態に戻ることしかわたくしは望んでいないのです。結局は、この問題でわたくしたちがただいたずらに想像を逞しくしていただけなのだとあなたにもおわかり戴けるものと信じています」

二人とも立ちあがっていたが、ちょうどこのとき一段と烈しい驟雨《しゆうう》が襲って来て、二人は止むなくまた腰をおろした。イズベルは頭をそむけ、指で髪の毛をいじりはじめた。

「ところで」とだしぬけに告げた。「ランヒル・コート館を売ってもいいというあなたのご決心をまだ伯母に伝えておりませんので、あなたもそのことはおっしゃらないほうがいいと思いますわ」

「そう、そのほうがいいですね。こういうことがあった以上、ランヒル・コート館があなたにとって適当な住まいになるかどうか、怪しいものですからね」

「でも、やっぱりお売りになるという約束を守って戴くことになるかもしれませんわ。急いでことを進めるつもりはありませんけど。……あの女《ひと》、気をつけないと毛皮のコートを台なしにしてしまうわ」

あの女というのは、西のほうから二人の雨宿り場所に駆けつけてくる上品な装いの婦人のことだった。叩きつけるような雨であわてており、しかもそれは女性特有のあわて方だったが、見るからに優雅で、うっとりするような身のこなしで、毛皮やビロードの着衣をまるで身体の一部分のように〝運んで〟いた。背が高く、ほっそりしていて、遠くから見ても娘時代をとっくに過ぎてしまった女性であることは瞭然だったが、イズベルには顔つきまでは見えなかった。ジャッジは女のほうとは逆の側に坐っていたので、ジャッジの困り顔もイズベルには見えなかった。

「知っている人なんですよ」かなり急いで彼は言った。「同じホテルに泊っている人でしてね。ミセス・リッチボロウという未亡人なんです」

「チャーミングだこと!」漠然とイズベルは言った。「顔が見えないんですけど、美人なのかしら」

「美人というよりは秀《ひい》でた容姿の人だと言ったほうがいいでしょうね。話し相手としてとても面白い方ですよ――その程度しかお付合いしていないわけですけど。熱心な心霊術信者でしてね」

「わかりますわ――顔が見えてきましたもの。いかにも心霊術に凝っている方らしく、白くてごつごつした顔をしていらっしゃいますわね。裕福なんですか」

「どうでしょうか、知らないんですよ。流行の先端を行くような服や宝石を身につけていらっしゃいます。会ってもうなずき合うぐらいの間柄でしかないんですよ」

「ここにくるみたいだわ。わたし、これで失礼します」

「いけません、ミス・ロウメント、お願いですから行かないで！　人目につきますよ。あの人に紹介しますから、そうしたらすぐお帰りになっても構いません」

イズベルは口を歪めて、軽蔑するような笑みをうかべた。「仰せのとおりにしますわ。こうなったのは運が悪かったんですけど、いずれにしろ、あの人はわたしがだれだかわかりっこありませんからね。……帰りの汽車を教えてください。時刻表をおもちなのでしょ？」

そのとおりで、すぐにジャッジは時刻表をとりだして調べた。そそくさとページをめくっているあいだに、ミセス・リッチボロウが歩調を速めて近づき、急にジャッジの顔を見てだれであるかに気づいたらしく笑顔になった――が、なぜかイズベルは、この女との出会いがまったく偶然のものであるとは思えなくなった。ミセス・リッチボロウのしぐさがあまりにも優美でわざとらしかったので、イズベルとしては、あの人は休暇中のファッション・モデルではないかと思ったほどだった。それほどこの女性の靴のヒールは高かったのである。だが、近くまで来たその顔を見ると、少なくとも三十六、七にはなっている感じで、その年頃としては器量良しとも言えなかった。細長く、蒼白い顔で、頬骨が突きだし、傲慢そうな笑みが張りついていて、いかにももったいぶっているふうでしかなかったが、お化粧は美しく、ほかの女が見ないかぎり、素顔だと思われるほどだった。着ているものから香水に至るまで身につけているものすべてがセックス・アピールを発散しており、イズベルとしては、男性が甚だ粗雑な感性しか備えていない動物であるからには、あの年でもあちこちでときどき食い物にされる男が出てくるのではないかと思った。……そして、目を下にやって自分のみすぼらしいツイードの服を見やり、皮肉に独笑した。

「雨宿りさせて戴いてもいいかしら？　なんて楽しい意外な出会いなんでしょう！」こう言ってミセス・リッチボロウはこちらの同意も待たずに軒下に入り、マフから水を振り払った。帽子をぬいだ。すぐに開いた時刻表を手にしたままジャッジは慇懃《いんぎん》な笑みをうかべて立ちあがり、すぐには坐ろうとしなかった。

「ほんとに嬉しい驚きですよ！　でも、ひどくお濡れになったんじゃありませんか」

「ちょっぴりね……お邪魔じゃありませんの？」その声は静かで、みずみずしいほど甘美で優しく、とてものんびりしていた。ひとことひとことが芝居がかっていると言ってもいいほどはっきり発音されたが、言葉の流れが途中で区切れるたびに、囁くように声をおとす妙な癖があった。ことによるとそれは癖ではなく、わざとそうしているのかもしれなかった。

「そんなことはありませんよ」とジャッジは答えた。「雨に追われて仕方なくここに来たんでしてね、新顔のご入来は歓迎するところですよ。こちらは友人のミス・ロウメント……ミセス・リッチボロウです。……ちょうどいま、ミス・ロウメントのお乗りになる汽車を調べているところですので、ちょっと失礼」

ミセス・リッチボロウは身軽そうにイズベルの隣に腰かけた。

「それじゃ、ワージングにお住まいなのではないんですのね？」

「ええ、ちがうんです。ここに住んでいるように見えるのかしら」

「お顔を拝見しただけで住んでいる場所まで見ぬけるとは思いませんわ。では、お住まいは……？」

「ブライトンですの。なぜそんなことを？」

未亡人は笑った。「なぜお訊きしたのか自分にもわかりませんわ。こういう質問を人はなぜするのかしら。とにかくきょうのジャッジさんは幸運に恵まれているのですわね。あなたの場合も偶然でしたの？」

「わたしのなにが偶然だとおっしゃるんですか……この雨じゃ、そのお美しい毛皮が台なしになるところだったんじゃありませんの?」

「まったく迷惑な雨ですよ。だから、お天気が続いてくれればよいのだが、と思ったんです。でも、あなたのほうは手まわしがよかったみたいですわね」

「服装のことをおっしゃっているんですか。これは、ここへくるのに特別に着たものなんです」

ミセス・リッチボロウはイズベルの膝の上に乗っている小さな包みをちらと見た。

「まさかお弁当までご持参になったんじゃないんでしょうね」

「ちがいますわ。用事で来ただけなんです」

ジャッジがやっと手頃な汽車を見つけた。それに乗れば昼食に間に合う時刻までにブライトンに帰れるはずだったが、乗り遅れないようにするには、すぐ駅へ出向き、途中で一刻も無駄にしないようにしなければならなかった。

ミセス・リッチボロウが手を差しのべた。「もっと都合のいいときにまたお会いできるとよろしいですわね」

イズベルはしごく軽く冷淡なお辞儀をしただけで、差しだされた手はあえて無視した。

「いいんですのよ、ジャッジさん、わざわざお送りして戴かなくても」と彼の指にちょっと触れて笑顔で言った。「汽車に乗ろうとして急いでいる人というのはあまりいい道連れにはなれませんし、道順もわかっておりますから」

こう言うとすぐ駅の方向へ雨の中を歩きだした。

12 ミセス・リッチボロウが代役を

水曜の午後は晴れていて空気が冷たく、太陽がうるんでいた。約束の場所にイズベルがついたのは予定の時刻より数分早く、ジャッジはまだ来ていなかった。

スカンクの毛皮のついた黒のサージ服を着たその姿は、目立ちこそしなかったが、けっして流行遅れではなく、彼女の心の奥には、下手に選んだきのうの服装が相手に与えたかもしれない間違った印象を正したい気持がたぶんにあった。だが、しばらく浴場の前の遊歩道を行ったり来たりしているあいだこそなに食わぬ様子をしていた彼女も、やがて、こういう気を使ったのも無駄だったのではないかと心配しはじめた。というのも、ジャッジに少しでも似ている男の姿さえいっこうに現われてこなかったからだ。

失望から焦燥へと気持が移り、焦燥が怒りへと変わっていった。待たされている人ならだれでも経験するあの徐々に起こる気持の変化だ。三時十五分になると、これ以上ジャッジを待つのは女としての尊厳にそぐわないことだと断定したが……それから五分たってもまだその場を離れることができなかった。……

　今度こそ本当に帰ろうと思ったそのとき、見憶えのある人が近づいてくるのが見えた。それはまったく意外な人だったので、思わず息がとまり、顔がいくらか蒼ざめたほどだった。近づいて来たのはミセス・リッチボロウだったのである。別に急ぐふうもなく小刻みな足どりで、ブライトンの方角から遊歩道をこちらにやってくるところだった。きょうも毛皮が目立っていたが、きのうのとはちがっていて、一段と重そうで高価なものらしかった。洒落た黒のビロードのベレー帽には極楽鳥の羽根が一本だけ飾りについていて、白手袋は新品だった。あの女がここに来たのはジャッジがこなかったことと直接関係があるのではないかとイズベルは心配した。ジャッジの身になにかあったのにちがいない──そう思うとみじめな気持になった。見栄も外聞もなく彼女は未亡人のほうに走りよった。

　二人は出会い、軽く手と手を触れ合った。ミセス・リッチボロウはしかるべく笑顔をこしらえたが、イズベルのほうは心配のあまり、挨拶も忘れていた。

「ジャッジさんのお使いでいらしたのでしょ?」すぐさまこう訊いた。

「そうなんです。もっと早くこられなくてご免なさいね、待ちぼうけを食わされた若い女の人の気持ならよくわかるんですよ……でも、とにかくここまで走って来たので息が切れちゃって……お赦しくださいますわね? 例によって汽車の都合が悪くて……急いだものだから、すっかりあわてちゃって──わかって戴けますわよね?」

「お気になさらないでください。どうしてあの人、ご自分でこられなかったのです」

「お加減が良くないんです……けっして、そのぅ、ひどくはないんですけどね。肝臓が冷えたと言うか、なにかそういった病気でして……もちろん、あの方もお年ですからね。ご自分でここへいらっしゃりたがっていたんですけど、わたしがそうさせなかったんです。重い余病でも併発したら大変ですので、かわってわたしがメッセンジャーの役を引き受けたわけですわ。……坐りませんこと?」

「ほんとにたいした病気じゃないんですか」

「心配なさるには及びませんわ!……風邪みたいなものですから。あすになればよくなるでしょう」

ベンチの上に並んで腰をおろすと、ミセス・リッチボロウは息をとり戻すしぐさをわざとらしくやった。イズベルは意地になってそれに気がつかないふりをした。

「なにかメモでもお持ちになったんですか、それとも口づたえの伝言ですの?」

「手紙ですわ。すぐお出しします」ハンドバッグをあけ、苛々させるゆっくりした動作でその中を覗きこむ。……「あのね、わたしまでなにか陰謀に加わっているみたいな気がするんですのよ。もちろん、これはロマンスじゃないけれども、ここへくるまでの途中ずっと、これはロマンスなのだと空想して楽しんできたの。わたしって、とってもロマンティックな傾向があるんですのよ」

「あの人の持家のことで交渉しているだけなのです。伯母が買いたいと言うものですから」

「まあ、幻滅だわ、それじゃあ！　すると、あなたは伯母様の代理人というわけ？」

「ときどき手伝ってあげることがあるんです。それですか、手紙というのは？」

「ちょっと皺が寄りましたけど、あけたりはしてませんよ」

イズベルは手の上で大きな真四角の封筒をひっくり返した。宛名は書いてなかったが、黄色い蠟で封がしてあった。ミセス・リッチボロウのハンドバッグの中で匂い袋と隣合わせていたために濃厚な女性的な香りがしみついていた。イズベルは失礼なほどじろじろと封印蠟を調べた。

「この場で読んですぐお返事してほしいとおっしゃってましたの？」

「そうだと思いますよ。そうじろじろ見ないでくださいよ、こっそり読んだりはしてませんわ」

イズベルは相変わらず封筒をいじくっていた。「あの人と打ち明け話をするような間柄じゃないんでしょうね？」

「まあ、変なことをお訊きになるのね！」未亡人の声はやはり柔和だったが、目つきは厳しく、傲慢だった。「まだそこまで親しくなってはいないのよ、残念ながらね」

「どうなのか知らなかったものですから」

もはやためらわずにすぐ開封した。ミセス・リッチボロウは気をきかせてかがみこみ、スカートの裾を持ちあげて仔細に調べてから、優雅な手つきで裾をおろすと、今度はハンドバッグの中から小さな銀の鏡をとりだし、ためつすがめつ自分の顔を眺めはじめた。
手紙のほかに、白い紙に包んだ品が入っていたので、まずそれを開いてみると、中身はヘアピンだった。あっけにとられてピンを見つめてから、ミセス・リッチボロウに見られないうちに急いで封筒の中にそれを戻した。手紙自体はジャッジのしっかりした正確な筆跡でしたためられ、文面はつぎのとおりだった——

親愛なミス・ロウメント
きょうは調子がよくないので、お伺いできないことをなにとぞお赦しください。ミセスRがご親切にもあなたにこの手紙を届けてくださると言ってくださったので、同封した品と一緒に託しました。その品を拾った場所は——どこであるかご存じでしょう。あそこから持ち帰ったメモをあとで読んだところ、言いにくいことですけれども、わたくしの個人的な感情のことが書いてあっただけなので、自分の一存で処分させて戴きました。しかし、結局はあなたのご推察どおりのようでして、同封の品に見憶えがおありならば、もはや証拠は決定的だとみなさなくてはなりません。
そこで一案ですが、あす（木曜日）ご一緒にあそこへ出かけようではありませんか。ミセスRがご親切にも同行してあげましょうと言ってくださいましたので、あなたさえよければ、ミセスR

とあすの段どりを打合せておいてください。ミセスRはあのことについてはなにも知っておりません。あなたに来て戴きたいとお頼みする権利などわたくしにはないのかもしれませんが、これは自分のためにお願いしているのではないことはおわかり戴けましょう。とにかく、この問題であなたがどんなにご心配なさっているか、わたくしにもよくわかり、また、ことがことだけに心配するのが当然でもありますので、あすの〝探訪〟にあなたをお誘いするのが筋だと考えた次第です。もしこの機会をご利用なさりたいおつもりがありながら、あすではご都合が悪いのでしたら、別の日をミセスRにお伝えくださいませんでしょうか。

この手紙はなるべく早く焼き棄ててしまうのが好ましいということはご注意するまでもありますまい。

敬具

〝H・J〟

イズベルはこの書面を二度読んでから、思案ありげに封筒の中に戻し、封筒をハンドバッグにしまった。

「ありがとうございました、ミセス・リッチボロウ！」ヴェールのよれを直していた未亡人はすばやく衝動的な笑顔をこちらに向けた。

「なにもかもうまく行っているの？」

「ええ、あの要件については順調です。でも、あす三人でランヒル・コート館へ行ってみようとも書いてありましたわ」

「ぜひ行きましょうよ！　あの館を見たくて、わたし、うずうずしているの」

「なぜですの」

「大昔のお屋敷には目がないのよ。なぜだか自分にもわからないけど。わたしにはちょっと巫女《みこ》がかったところがあるから、ひとつにはそのせいかもしれないわ」

「そんなにごらんになりたければ、なにもわたしが行くまで待つ必要はないんじゃありません？」

ミセス・リッチボロウの笑みが消えた。「ほかに女の方が見つかれば、その必要はないでしょうね。ところがあいにく、この地方には知り合いがひとりもいないんですよ。親類や友人は北のほうに住んでいるもんで」

「ホテルにも知り合いはいらっしゃらないの？」

「わたしはちょっと人の選り好みが烈しいのよ。……どうしていらっしゃらないの？　なにかをこわがっているの?」

「もちろん、ご存じないでしょうが、もう三度もあそこを見ているんです。いくらああいう場所が好きだと言っても、好奇心には限度がありますわ。……わたしは参りません、せっかくですけど!」

「それは意外ですわ。普通の若い女の方なら、たいがいはお楽しみパーティにまた行けると思うと嬉しがるものなのに」

「今度のランヒル・コート館訪問のお楽しみは、ただひとつしかなくて、それはあなたとご一緒できるという楽しみです。もちろん、それだって魅力ではございますけれどね」

「まあ、変な言い方をなさらないで! こういうふうに見たらどうかしら。たとえ行きたいお気持があまりなくても、ジャッジさんを喜ばせるために行くのだ、と。あの方は館がたいそうご自慢なので、あれを友達に見せる機会があると、まるで子供みたいにお喜びになる。なぜだか理由はわかりませんが、あの人はわたしの芸術上の意見をとても高く買ってくださっていて、わたしも、ランヒル・コート館についての感想を正直に話してあげますとあの人に約束したんです。……それなのに、あなたときたら、どうせ退屈するのが落ちだという理由で、わたしたちの計画をおじゃんにしてしまおうと……」

イズベルは笑った。「要するにこういうことなんです。わたしに行ってほしいというのは、わたしのためではなくて、ただあなたの付添役としてなのでしょ?」
未亡人も笑った。その笑い方がいかにも豪放だったので、白い細おもてが奇妙に歪んだほどだった。

「未婚の女が経験豊富な未亡人の付添役をつとめるなんて、ずいぶん風変わりだけど、でもね、女が二人よれば、ひとりでは行けないところにも行けるのよ。こう見えても、わたしだって、お若い純真な方に劣らず自分の評判を守らなくちゃならないんですからね……いいでしょ、来てくださるわね?」

「まだよく呑みこめないんですのよ、ミセス・リッチボロウ。こんなにご執心なのは、あなたご自身のためなのか、それともジャッジさんのためなのか」

「あの人のためよ、なぜってあの人がお気の毒なのですもの。とっても孤独なのよ、あの人。奥さんを失くし、これと言った友達もなく、海岸のホテルにひとり暮し、毎日見る人はみな新顔ばかり。女ならあの人のためになにかしてやりたいと思うのが人情ですよ。そりゃあ、あなたの年頃の女の人とはうまの合う友達にはなれないでしょうけど、もしあなたが善行を施す気で一緒に来てくだされば、わたしの名誉にかけて厳粛に誓ってもいいわ、あの人と話をかわす仕事はわたしが必ず引き受ける、って」

「そりゃあ当然そういうことになるでしょうね」

「それでは承知してくださるの？」

「いいえ、お断わりします」素っ気なくイズベルは言った。

「それはひどいじゃありませんか！　理由をお聞かせ願えませんか？　なにもあの人に伝えることがないんじゃ、わたし困りますから」

「行きたくないのだと伝えてください。わかってくださるでしょう。見も知らぬ他人とそこいらを出歩くなんて、気が進みません。そういうことがわたしは嫌いですし、わたしの友達だって皆同じ気持でしょう。来てくださってありがとう、ミセス・リッチボロウ！　ほかになにか言いたいことはないんでしょうね」こう言って立ちあがりかけた。

「あとほんの一分だけ……わたしたちと一緒に行くのがおいやなら、伯母様ではどうかしら。伯母様はあの館の売買を交渉中だとおっしゃったでしょ。もちろん、ジャッジさんが車でお迎えにあがりますわ」

「車じゃなく荒馬を連れて来ても、望みどおりにはいかないでしょうね。伯母を出歩かせるのはとても難しいことなんですから」

「やってみるに越したことはないでしょ。あなたの泊っているホテルまでこれから一緒に行ったら、伯母様はいらっしゃるかしら」

「いるでしょうけど、会えるかどうかは別です。今のところ、ランヒル・コート館に対する伯母の関心はとても薄れていて、ジャッジさんのことになると、あの方の名前を口に出すだけでも、まるで牛に赤い布を見せるような結果になるんです。ジャッジさんから受けた扱いがかなり心ない仕打ちだったと伯母は思いこんでいるんです――それだからこそ、売買の交渉もわたしが代りにやっているわけですのよ」

「でも、とにかくやってみても悪くはないはずでしょ。駅へ行く途中、ちょっと立ちよってみるわ。たしかホテル・ゴンディでしたわね。一度泊ったことがあるような気がするわ」

「いろいろとよくご存じのようですのね」イズベルは困った顔に笑みをうかべて言った。「そうすれば目的が達せられるとお思いなら、どうぞ行ってみてくださいまし。ただし、わたしの名前を話に持ちだしては困ります。これだけはお願いしておきます」

未亡人は憎らしそうにちらとこちらを見た。

「できるものなら、持ちださないでおきますよ。とにかく、さっきの手紙のことは伯母様には伏せておきましょう、これは約束します」

「なるほどね――わかりかけてきたわ!」

「それ以上のことはいくらわたしだってできませんよ、そうでしょ？　友達にならない以上、あんたのために嘘をつくなんて――そんなことをわたしに期待するのは虫が良すぎるわ。少しは分別を働かせてよ！」

「そうはいきません。……今でもまだわからないのは、なぜそんなにわたしを一緒に行かせたいのかということだけ。たかが名所見物にそんなに熱意を燃やすなんて、だれが見ても変だと思うでしょうね！　まだ全部の事情を話して戴いてはいないんでしょ？」

「両方で折り合いましょうよ。あんたという人は、わたしが最初思ったよりずっとお利口なのですからね」ミセス・リッチボロウはこう言って、ふだんは男性の知り合いに向ける魅力たっぷりの笑顔をイズベルに向けた。相手をほだすような笑みだった。「ずけずけおっしゃったのだから、わたしのほうもあけっぴろげで行くわ。ランヒル・コート館はね、名だたる幽霊屋敷なのよ……そしてわたしは心霊術者……どう、これでなにもかもすっきりしたでしょ？」

イズベルは相手をまじまじと見つめた。「でも、あの館は名だたる幽霊屋敷なの？」

「〈幽霊屋敷〉というのは誤解されやすい言葉かもしれないわね。〈怪しい〉といったほうが当っているわ。大英帝国津々浦々の心霊術グループに知れ渡っている廊下があの館にはあるのよ。ご存じのはずだわ、何度もいらっしゃっているんだから」

「そのとおりですけど――でも、それだけのことなら、なんでもないじゃありませんか」

「そりゃ、あんたはそうでしょうよ、どうせこういうことには興味がないんだから。でも、別世界に関心がある人ならだれでも、どんなに些細な手がかりにもものすごく夢中になるものなのよ。あんたは大事な人を失くしたことがないんでしょうね？　わたしはあるのよ」

「やりたくないことをやれとわたしが無理強いされている本当の理由はそれだったのね？　疑ったりして申し訳ないんですけどね、ミセス・リッチボロウ、今まで十分ほどのあいだにあなたは時速六十マイルの超スピードでくるくると説明を変えてばかりいらしたのよ。まだほかにも新しい理由がとびだしてくるんじゃないかしら」

未亡人は敵意のこもった一瞥を投げた。「どんな理由がとびだしてくると言うの」

「それがわからないので、なにがとびだすものやらと思案していたところなの」

「なにか個人的な動機がわたしにあると言いたいの？」

「特にそういうわけじゃないけれど、とにかくとっても変ですわ。……いったいいつからジャッジさんと知り合っていらしたの」

「正確に言うと、あすでちょうど二週間になるわ。あの人とは親しい間柄ではないのよ」

「あの人の財産、どのくらいなのかしら。まだ一度も聞いたことがないのよ」

ミセス・リッチボロウは笑って、長いが美しい白い歯を見せた。「そもそも財産があるのかしらね。もちろん、あの館の主ではあるけれど。……あの人が金持ちなのか貧乏なのか、聞いたこともないし、本当のことを言うと、そんなことわたしはちっとも気にしてないのよ。あいにく、わたしはお金には執着しない人間でしてね、友達を選ぶのも、相手の人柄を基準にして、財布のふくらみ具合なんかには目もくれませんの。お金とはまったく無縁の人生を送ってきたんですもの、お金と聞いただけで虫酸が走るわ」

「それじゃあ、どうやって生きているんですの」ぶしつけに訊く。

「もちろん、収入はあるわ……でも、それは銀行にまかせてあるのよ。いいこと、幸福な人生を送る秘訣は、布地の質と種類に合わせてドレスを裁断することなのよ。……さあ、もう遅くなってきたわ――どうなの、あすのことは?」

「いやだとは言えなくなりましたわ、お話がとっても説得力をもっているんですもの」

「最後には気持をやわらげてくれるだろうと思っていたわ」

「このことを内緒にしておいてくださるという条件つきでなら承知しますわ」

その点はご心配なく、とミセス・リッチボロウは言葉を惜しまずに保証した。

「午前中のほうがいいんですけど」とイズベルはやや軽蔑した口調で相手の言葉を遮って言った。

「わたしも同じことを言おうとしていたところなのよ。都合をつけて貰えて嬉しいわ——あんたのような若い女の人はいろいろ約束があってお忙しいんでしょ。イギリスは自由の国だということになっているんだけど、若い女の方は自分の属する小さなサークルの奴隷になっているんですものね。……じゃあ、あすはこの前と同じ汽車でワージングまで来てくださらない？　直接メトロポール・ホテルへ来て、わたしを呼びだして頂戴。車が待っているでしょうから、すぐに出かけられるわ、三人だけでね」

「ジャッジさんが外出できるほどよくなっているはずだとは限らないじゃありませんか。どうしてあの人の病気があすまでに治るとわかるんです」

「必ずよくなってますよ。ひどい病気じゃないんですからね。今夜は早めに寝かせて、一晩ぐっすり休ませますわ」

イズベルは立ちあがった。「いい人の看病を受けているようですのね」

「女ならだれだってそのくらいのことはあの人にしてあげますよ。ホテルの従業員にまかせっきりにしておくなんて、そんなひどいこと、できますか」ミセス・リッチボロウも立ちあがった。柔らかな毛皮に包まれたその姿はふわふわ浮いているようだった。……「なにかことづけはありませんの？」

「お加減が悪いそうで心配していますと伝えてくださいい。それから、あのほうの件はうまく行ってます、と」

手を差しのべると、未亡人は急いでその手を温かく握り、ヴェールを持ちあげて顔を前に突きだしさえしたが、イズベルにはこれはあんまりで、キスしましょうというこの誘いは意識的に無視した。ミセス・リッチボロウは自分が出すぎたことをしてしまったのを悟って、大急ぎでとりつくろった。

「結婚なさるんですってね？」

「ええ……だれから聞いたんですの」

「ジャッジさんが匂わせていたわ。……おめでとう、わたしも嬉しいわ！」

「どうも。でも、ジャッジさんにはわたしのことなどほうっておいて戴きたいものですわ」

「あの人は世間と没交渉なので、話すことが少ししかないのよ」

「なにもわたしのことを話題にのせなくってもいいはずですわ。わたしとしてはいい気持じゃありませんもの」

「はっきりそう言ったわけじゃなく、なんとなく匂わせただけなのよ、いいえ、匂わせさえしなかったかもしれないわ。なにも言わなかったのに、わたしが勝手に直観しただけなのかも……とにかく、きょうはこれでお別れね、またあした会いましょ。ところで、なにかことづけを書きたいのだったら、紙と万年筆をもってますから、ご遠慮なくどうぞ」

これはどうも妙な申し出だなと思いながらイズベルは断わった。ここで二人は別れ、それぞれの道をあゆんだ。

五分後、ホテルへ向かってほとんど人通りのない遊歩道を通っているとき、髪からヘアピンをとって立ちどまり、ジャッジの手紙に同封されていたピンと慎重に見くらべてみた。サイズも形も同じだった。……二本ともそのピンを彼女は髪にさした。

13

メトロポール・ホテルでの昼食

それまではどしゃ降りだった雨も小やみになって、空がすみやかに晴れてきて、イズベルがワージングにあるメトロポール・ホテルの正面石段を昇る頃（翌日の正午過ぎ）には、至るところに青空が広く現われていた。伯母のもとから脱けだすことがなかなかできず、もっと早い汽車に間に合わなかったのだが、その埋合せとして、この日は夜まで自分の好きなように自由に過ごせる立場にあった。幸いにも、ミセス・ムーアが用事で上京を余儀なくされたからである。

ジャッジはホテルのポーチで待っていて、イズベルを見ると、遅刻のお詫びを言うひまも与えずに温かく握手して迎えた。

「来てくださっただけでも大変ありがたいことなのですよ、ミス・ロウメント。少なくともわたしたちには時間など問題じゃないんです。少しくらい遅れたって構いません。ミセス・リッチボロウももうすぐお見えになるでしょう」

こう言いおわらないうちにも、未亡人がやって来た。背の高い、すらりとしたその身体はいつもどおり豪華な柔らかい毛皮やビロードに包まれていて、その服装を当人は気に入っているようだった。

動作がチャーミングで、優美に揺れ動くその腰はごく年若い女のようだったが、イズベルは、角ばった魔女のようなその顔を見るが早いか、たちまち嫌悪と不信の情がまた心に湧き起こってきた。

すでにだいぶ遅い時間になっていたので、出かける前にホテルで早めに昼食を済ませることにして、三人はレストランに入った。入ると、イズベルは不快なショックを受けた。自分の仲間のひとりであるルーイ・ラッセルズという若い女が来ていて、向こうもこちらに気づいていたからだった。ルーイは自分の親類よりもブランチやマーシャルなどと親しくしていたのである。

士官タイプの二人の青年とルーイは食事をしているところで、しごくはしゃいでいるらしく、すでにシャンパンがテーブルにのっていた。イズベルを見るとグラスをあげて挨拶のしるしに乾杯して見せ、しばらくたつと、部屋のこちら側までやって来た。図太そうでジプシーのような浅黒い秀麗な顔がほてっていて、この世にこわいものなしといったふうに朗らかだった。

「あんたもこういうところへくるようになったの！」ミセス・リッチボロウやジャッジのほうを批判的にちらと見てルーイは言った。

「だれかさんとご同様にね」とイズベルはやり返した。ナイフとフォークを置き、平静に目をあげる。「相変わらず盛大にやっているようね」

「まあね！　お楽しみの真っ最中といったところだわ。紹介して差しあげられないのが残念だけど、三人ともお忍びなのよ。ほんとはロンドンのリージェント・ストリートにいることになっているんでね」

「ハッピー！　わたしもほんとはブライトンにいることになっているのよ。協定を結んだほうがいいんじゃない？」

ルーイは手放しに笑った。「なにを飲んで約束の乾杯をしようかしらね」テーブルの上を見まわし――「あんたたち、いったいなにを飲んでいるの。まあ、バーガンディー葡萄酒じゃない。……よくもまあ、そんなもので……」声を低め――「あんまり楽しそうじゃないわね、そうでしょ？　いったいどこであの人たちを掘りだして来たの」

運悪くミセス・リッチボロウがこれを耳に入れた。

「あなたのお顔、見憶えがありますわよ」まだテーブルのふちにへばりついていたルーイにミセス・リッチボロウは愛想よく言った。「お名前が口の端まで出かかっているんですけど」

ルーイはあやふやな笑みをうかべたが、相手のほうを見ようともしなかった。「いろんな人と会うものなのね。きょうはまったくすてきな日になるんじゃないかしら……じゃあね、イズベル！　わたしたちの席にこないかと誘ってもどうせ無駄でしょうから」

「ええ、お察しのとおりなの」

ルーイは、苛々して待っている男友達のところへ足どりも軽やかに戻って行った。そのあいだ、イズベルは、ミセス・リッチボロウが苦心しておちつきをとり戻そうとしているのを内心おかしくなくもない気持で眺めていた。

「気持のいい娘さんのようですね」とジャッジが言った。

「親しいお友達なの?」と未亡人はまた皿のほうに向きながらイズベルに訊いた。

「かなりよく知り合っている仲なんです」

「選りに選ってきょうここであの人が食事をするなんて、運の悪い偶然ですわ」

「どうしてです」とジャッジ。

「ミス・ロウメントはきょうここへ来たことを内緒にしておきたがっているはずなんです。言うなればロウメントさんはきょうのことを向こう見ずな大冒険と見ているんじゃないかしら」

「ほんとうにそうなんですか、ミス・ロウメント」

「わたしにも世間態というものがありますからね。でも、覆水、盆に還らず――悔んでも仕方ありませんわ。告げ口する人があるとしても、そうするのはルーイじゃないはずです」

「そうかしらね」ほとんどせせら笑いに近い笑みをうかべてミセス・リッチボロウが言う。

「自分の友達ですもの、人を裏切るようなまねはしないと信じたいですわ」

ジャッジは心配そうな顔つきになった。「来たくなかったのにいらっしゃったんじゃないんでしょうね？」

「来たくなかったら、来たりするものですか。わたしだって自由な意志で動く人間なんです」

「ジャッジさん、おわかりにならないの？　こわいのは〈恐るべき伯母様《タント・テリーブル》〉なのよ！　ロウメントさんはね、学校をサボっている生徒みたいにスリルのある歓びを味わっていらっしゃるの」

「気のきいたご観察ですけど、当ってはいませんわ、ミセス・リッチボロウ。わたしが心配しているのはむしろ世間の目のことなんです」

「ご自分のやっていることが軽率だと思っていらっしゃるんですか」ひたいに皺を寄せてジャッジが訊く。

「かりにその点について疑問の余地があっても、最終判定はわたしに不利になると思いますわ。見知らぬ町で、あまりよく存じあげていない方たちと食事をともにするなんて、結局は世間の取り沙汰の的《まと》になるのが落ちだと思いますの。そのとき世間の人が心に抱く疑問が意地悪なものであるならば、当然その答えも意地悪なものとなるはずですわ。たとえわたしが人を助けたいからここへ来たのだと主張しても、無駄でしょうね」

「とおっしゃると、ここへいらしたのは親切心からなのですか」

「結局はそういうことになるかもしれません。付添人の喜びというものは、いつの場合でもかなり非個人的なものなのですわ」

「付添人の、ですって?」

「あら、ご存じじゃなかったのですか。わたしはミセス・リッチボロウの付添役をつとめているんですのよ。そうしてくれとリッチボロウさんがそれは熱心にお頼みになったので、わたしとしても、断わりきれなかったんです。そうでなかったら、くるつもりはなかったんですの」

ジャッジの表情はまったくの驚愕をあらわしていた。

「なにか誤解なさっていらっしゃいますね。ミセス・リッチボロウはご親切にも、あなたの付添役になってあげましょうと申しでてくださったんですよ——もう一度あの館をあなたがごらんになりたくてうずうずしているという話をお聞きになるとすぐにね」

未亡人は顔を赤らめた。厚化粧にもかかわらず、それがわかった。「これからはもう、生きているあいだ二度とごまかさないことにしますわ! ミス・ロウメントがあんまり一緒に行きたくなさそうだったので、ロウメントさんの同情心に訴えるよりほかになんの手もなかったのです……なんだか悪いことをしてしまった気持ですわ、お恥ずかしい!」

「いいえ、これはおかしいことなんですわ、ミセス・リッチボロウ!」とイズベル。「詫びごとを言ったりなさっては、せっかくの冗談がぶちこわしになります」

「ですがね、ミス・ロウメント」とジャッジ――「まさかわたしがほかのご婦人の付添役にするためにあなたをわざわざブライトンからお呼びしたのだなんてお考えになったんじゃありますまいね？　この点はあの手紙にはっきり書いておいたはずですが」

「ただ話がこんがらがってしまっただけなんですよ。ミセス・リッチボロウがわたしに恩を施してくださるというのに、わたしのほうがリッチボロウさんに恩を施しているんだという気になってしまったんです。女というものがおたがいに恩恵を投げ合いはじめると、ことはこじれてくるいっぽうなんです。おたがいに自分が私利私欲で動いているのではないことを示すために、どんなことでもやってしまうわけですわ」

「なるほど、お二人にとって甚だ訳のわからない状況だったんですね」やっと笑顔になってジャッジが言った。「ですけど、現にここまであなたに来て戴いたということが肝腎でしてね――まあ、その手段が良かった悪かったは別として――とにかく世間の噂など恐れる必要は少しもありませんよ、わたしたちは二人ともちゃんとした人間なのですから。ひとつ妥協策を出してもよろしければ申しますが、お二人とも、おたがいの付添役をつとめるということにして親切の張り合いはおやめになったらどうでしょうかね――なにしろわたくしは世間の目から見ると大変に危険な人物なのですから」

「それならもうなにもぐずぐずすることはありませんわ」イズベルは朗らかに言った。「食事も終ったようだし」

それでもコーヒーが出るまで一応待ってから、ジャッジが車を用意しに出て行き、その間にミセス・リッチボロウが半ば無理やりにイズベルを階上の自分の部屋に連れて行った。イズベルは五分間ほど不愉快な思いをして、吐き気を催すほど香水の匂う空気を吸いながら、ミセス・リッチボロウが口紅やお白粉や軟膏などを塗ってお化粧の総仕上げをするのを眺めた。こういう化粧品を自分の顔につけるのを拒んだイズベルはやがて部屋を出て、ひとりで階下へおりた。

ホテルの前でジャッジが行ったり来たりして待っていた。二人ともかなりばつの悪い思いでお天気のことを話しはじめた。

「お手紙をありがとう！」急にイズベルが静かな口調で言った。

「どう致しまして」

「あのヘアピン、わたしのでしたわ」

「だろうと思っていましたよ。ほかに考えられませんからね」

「焼き棄てられたというあのメモにはなんて書いてあったんですか」

「それは言えません、勘弁してください。その話はもうなさらないで」

「きょうわたしもご一緒するというのは本当はだれの考えだったんですの、あなたですか、ミセス・リッチボロウですか」

「わたくしが考えたことですよ、ミス・ロウメント。リッチボロウさんはまったく無関係です。あなたおひとりをわたくしが連れて行くわけにはいかないので、あの女《ひと》を誘ったんです」

「だれかほかの人だとよかったのに。リッチボロウさんて、いったい何者なんです。あの人のこと、よくご存じなんですか」

「なにも知らないんですよ、いかがわしい女ではないということ以外はね。お好きになれないんですか、あの人のこと」

「ええ、特に好きにはなれません。でも、あの人のことを話すのはもったいないからよしにしましょう。……きょうはなにをすることになっているんですの」

「あの謎を一挙に解明するために二人で死力をつくそうと思ったんです。……今のような状態ではまずいということを二人とも認める必要があるんじゃないでしょうか。今の状態は、あなたにとってもわたしにとってもまともじゃありません」

なかば怯えたようなまなざしをイズベルはちらとジャッジに投げた。「今ここで打ち切ってしまってもいいんじゃないかしら。このうえにさらに深くつっこむ必要などないんじゃありません。二人であそこへ行くのは、いっそう深入りすることでしょ、ちがいますか。どうお思いなのですか――ほんとに納得がいくんでしょうか、あそこへ行けば。わたしはひどくおぼつかないんです……」

「ミス・ロウメント、そうおっしゃられると、わたくしの責任が重くなります。……真実を申せば、これ以上ことを先へ進めるのをあなたにお願いする権利などわたくしにはないのだという気がしてならないのです。そのおぼつかなさであなたがたいそう不安になっているのだという考えがこり固まっていなかったら、あんな手紙は差しあげなかったでしょう。……」

「そうなんです、不安で死にそうなほどですわ。……やっぱり行きましょう。でも、向こうについたら、あの女《ひと》をどうすればいいのかしら」

「そこまで考えてないんです。気まずいことになるかもしれませんね」

「早いとこ、今のうちになにか計画を立てておかないと、ずっとあの女《ひと》につきまとわれることになりますわ」

「なにか偶然の出来事が起こって、二人だけになれるかもしれませんね」

「そんなことはまずありえませんわ。起こってほしいときに限ってなにも起こらないものなんですもの。なにか工作しなくちゃ――たとえばこういうのはどうかしら。三人一緒に館を見学しているあいだ、わたしがなにかのはずみではぐれてしまい、わたしを捜すからという口実であなたがあの女から離れる。二人ともお目あての場所はわかっているんですから」

「でも、あの女がどうしてもついて行きたいと言って聞かなかったら……？」

「最後まではついてこないんじゃないかしら。階段を昇《のぼ》り降《お》りしたり、涯しのない廊下を歩いたりすることに厭きてしまうはずです、あんなハイヒールのブーツをはいていることでもあるし――あの女《ひと》にとってどうでもいいわたしのような女を捜すために あの女が骨を折るはずはありませんわ。それに、心臓だってお弱いんだし……」

「あの女がそう言ったんですか」

「いいえ、でも、そういう症状が揃っていますわ……もちろん、まず三階のほうから捜すことにして戴かなくては」

ジャッジがこの案に賛成するのを渋っていることは傍目にも明らかだった。「ほかにはいい考えが思いつけそうもありませんね。なにも疑っていないか弱い女の人を騙すということとは別に、あの女《ひと》が三十分以上も憂鬱な大屋敷の中にひとりでいなくちゃならないという点も考えてあげなくてはいけませんね。おっしゃるように心臓が悪いとなったらなおさらです」

「大丈夫、切りぬけられますよ。それに、あの人のもくろみ自体が必ずしも誉められるようなものではないのだとわたしは思います――これであなたの気が安まるかどうかはわかりませんけど」

「どういうもくろみなんです」

「詳しいことはわかりませんわ、ジャッジさん。ただなにか魂胆があるのは確かだと思います。さもなければ、きょうあなたと一緒に行けとわたしを脅迫したりしなかったはずですもの。ご存じないと思いますが、あの女は、わたしがワージングであなたとこっそり会ったことを伯母に知らせると公然と脅迫したんですよ」

「まさか！……そんなこと！　ただあなたをこさせるだけのためにそんな手を使ったとおっしゃるんですか」

「ええ。初めはわたし、断わりましたの。実を言うと、あの人と一緒に行くのに気乗りがしなかったのです」

「でも、そんなことまでする動機はなんなのでしょう」

「わたしなりの考えがあるんですけど」

「ぜひおっしゃってください」

「思い違いかもしれませんが、あの女《ひと》はわたしの女としての評判に傷をつけようとしているのだと思います」

「でも、なぜそんなことを？」

イズベルは苦笑した。「わたしとあなたとのお付合いを断つための予備工作ではないでしょうか」

「ミス・ロウメント、あなたのおっしゃっていることはまったく意外です。わたしたちの付合いを断つなんて、そんなことをしなくちゃならないなんの理由があの女にあると言うんですか」

「簡単にお答えできますわ。もちろん、それは自分の結婚への進路を確保するためなんです。……あの女《ひと》があなたに目をつけているのをご存じじゃなかったんですか」

「とても信じられない」とジャッジは言って足をとめ、困惑の様子でイズベルを見つめた。

「あなたは知らなくても、このホテルに泊っている人ならだれでも知っているはずですわ」この言葉がいかにも自信たっぷりにイズベルの口から洩れたので、ジャッジとしては、イズベルが特別の証拠を握っているにちがいないと思った。

ジャッジはしばらく黙っていた。

「まったく知りませんでしたよ、ミス・ロウメント！……すっかり面食らって、どう言ったらよいものやら自分にもわかりません。そう言えば、最近、二度ほど、そうじゃなかろうかなと思ったこともあるんですが、そのたびにまさかと思い直したんですよ。……でも、若いご婦人の名誉を傷つけようなどというけしからぬ計略となると、とても信じられませんね。まるでメロドラマじゃないですか」

「そりゃ、その辺のところはわたしも断言はできませんが、なにかおかしな気配がありますので、できるだけ大きく目を見開いて注意なさるに越したことはありませんわ。少なくとも、わたしは注意するつもりです」

「こんな話を聞いてしまっては、あの女《ひと》と会う気がしませんな」

「でも、会わなくちゃ。今までどおり丁重にあの女《ひと》と接しなくてはいけませんわ。それ以外にあなたと一緒に館へ行く方法はないんです——その点をお忘れなく」

ちょうどこのとき、ミセス・リッチボロウが正面石段をおりてやって来た。

「お伝えしませんでしたが、来週ロンドンに戻ります」とイズベル。

「なんですって！　ブライトンを出てしまわれるんですか。まったく意外ですね。伯母様が計画を変更なさりでもしたのですか」

「ゆうべわかったんです。伯母はわたしの健康がすぐれないようだと思っているんです」

「でも、別にご気分は悪くないんでしょ？」

「神経がちょっと変調をきたしていることは否定できませんわ」無造作にイズベルは答えた。

「だとすると伯母様はあの館を買いとるのをすっかりやめてしまったわけなのですか」

「さあ、なんとも言えません。その件について伯母と話してみましょう。そうすればわかりますわ。もうなにもおっしゃらないで——あの女が来ましたわ」

未亡人が作り笑いをうかべて近づいて来た。「お二人とも待たせちゃって、ほんとに申し訳ありません。きっとわたしの悪口を言っていたんでしょうね」

「ミセス・リッチボロウ、あなたという方はよっぽどみんなに甘やかされてきたのですわね」イズベルがやり返す。「わたしなら、ほかの方たちに背を向けたとたんに自分のことはみんなから忘れられてしまうのだと思いますのよ」

「まあ、ご謙遜なさって！　世間の人はいつだって人の噂をするものなのよ。ただ問題なのは、こちらに同情してくれているのか、やっつけているのかということだけですわ。今もあとのほうじゃなかったらいいんだけど」

「かりにやっつけられたとしても、まだぴんぴんしているじゃありませんか」素っ気なくやり返す。

ジャッジがひとことも口をきかずに深刻な顔をして車のドアを開き、ご婦人方は乗りこんだ。ジャッジが着席して車を始動させるまでのあいだに、ミセス・リッチボロウ未亡人はイズベルのほうを向いた。

「あなたたち、おたがいに話したいことがあったんでしょ、そう思ったからわざと遅れて出て来たのよ」

「それはそれはご親切にどうも」

「ほんとにお友達になれたらよいのに。今でももうあなたが大好きになってしまったの」

「なぜかしら。そんなに好かれるようなことをした憶えはありませんわ」

「なにかをするしないの問題じゃなくて、人柄の問題なのよ、これは。あなたの性格、若い女性としてとってもすばらしいと思うわ」

イズベルはにこりともしなかった。「ミセス・リッチボロウ、もしあなたが男だったら、きっとわたしを口説くんでしょうね。実を申すと、わたしにはあなたという人がちっともわからないの」

「女どうしで相手の人柄を誉め合ったっていいじゃありませんか。あなたはとても同情心に富んでいて、とても気がきく人だわ。おたがいにもっとよく知り合ったら、わたしたち、すごくうまが合うはずよ」

「あなたのほうはどういう良い素質を提供してくださいますの、ミセス・リッチボロウ」

「それがね——悲しいことにひとつだけ、ハートなのよ」

「あなたが心《ハート》で感じ、わたしが同情をするというわけ？　そういう取り決めになるのかしら」

未亡人はいささか憂鬱そうに、よそよそしい笑みをうかべた。

「あなたがとても頭の良い人であることはだれにも否定できないわ。ひとつにはそれだからこそあなたが好きになったのかも」

急にエンジンが始動して話が中断された。イズベルは腕時計に目をやった。一時半だった。

14　再び第二室で

三時十分前、三人とも二階の書斎に入っていてミセス・リッチボロウとジャッジがイズベルのほうに背を向けて隅の本棚を眺め、都合よく会話から締めだされた格好になっていたとき、この好機を捉えてイズベルはそっと部屋から脱けだし、反対側にある召使い用の階段をぬき足さし足でおりると、台所に入り、そこを通りぬけて大広間に出た。大階段の前を通ったとき、自分の名前を呼ぶ声が聞こえた。……「ミス・ロウメント！　ミス・ロウメント！」……ジャッジの声だった。早くも、いなくなったことに気づいて、見せかけの〝捜索〟が始まったのだ。

およそ三十分ほど前、他の二人と一緒に外から大広間に入ったときには、あの不思議な階段はなかった。興奮していたために理性の力が麻痺していたせいか、それとも、驚異に食傷して、どんな奇現象でも当り前だと思うようになっていたせいか、今ならあの階段が見えるはずだということを疑ってみる余裕がなかった。遠くから聞こえてくる呼び声に急がされて、まだ部屋を渡りきらないうちに早くも目をあげ、おそるおそる煖炉の向こうの壁を見た。……やっぱり、あった。

夢遊病者のように動いて階段の昇り口まで行くと、一段目に片足をかけたままで立ちどまり、見えないてっぺんのほうにまなざしを向けた。そうしてから、顔の筋肉ひとつ動かさずに昇りはじめた。

半分まで昇り、すでに大広間が見えなくなって記憶が甦ると、この館のあの異常な領域にこの前行ってみたときのいろいろな出来事を心の中で繋ぎ合せてみた。いっさいを完全に再現するには時間を要したので、段の上に横向きに腰をおろし、首をねじってじっと下を見つめたが、なにも見えなかった。……

ジャッジとのあの出会いのことを次第に想いだすにつれ、不安がつのってきた。そわそわと立ちかけてはまた坐る動作を何度も繰り返し、頬に血が昇ったり退いたりした。あの出会いの際に二人がおたがいの関係を友達付合いの範囲内にとどめておくことができたのだとすれば、それは大変な自制をした結果だとしか考えられない。あのあとでジャッジが告白したことから考えると、今度はどういうことになるか、わかったものではないのだ。二人の交した言葉にこめられた温かな同情と共感、おたがいに騙すまいとして不自然なほど気を使ったという事実、おたがいに相手の行動を是認したこと(その行動を世間が見たら、まったく違う判定がくだっていたろう)、そして最後に、まだ首のぬくもりがのこっているスカーフをあの人に渡したこと——次第にひとかたまりになってくるこういった事実すべてが、自分の真実の性格とは折り合わない破廉恥で恐ろしいこととして心の前に立ち現われてきた。一時的に発狂した際に犯してしまった恐ろしい犯罪の記憶が徐々に甦ってくるようなものだった。……ただ、実際にはそれは狂気ではなく、二人が置かれていた不思議な環境のせいで興奮した感情の偶発的な表現ですらもなかった。もっとひどいものだったのだ。両人のハートが真実に感じていたいつわりのない感動から生じたものなのである。……

わずか一カ月前にそれがこの世に存在していることすら知らなかった館の中の同じ非現実の部屋で、同じ日の同じ時刻に二人が出会ったのは、いったいいかなる奇跡的偶然によるのだろうか。ジャッジはあの妖しの部屋にもう八年も前から足を踏み入れたことがなく、イズベルのほうは、生まれてから一度もそこに入ったことがなかったというのに、急に二人はそこで出会い、ものの数分もたたないうちに、相手を憎からず思っていることを示す具体的な証《あか》しを与えてしまったのだ。

あれは偶然以上のものだったのだ。宿命だったのだ。この館にひそむなにか不思議な力が二人を結びつけたのだ。……いったいなんのために、そしてどの程度まで、二人が結びついたのか――それは自問してみるのも憚られる恐ろしい疑問だった。ごまかしても無駄なのだ。館の中であれ外であれ、二人がなにかひとつ手を打つたびに、ますます深みにはまりこみ、それを終らせる道はひとつあるきりなのだ。それは二面相をもち、表面は、独特無比な性格をもつ男性との高尚な結合であり、裏面は社会的に葬り去られる危険にほかならなかった。……

婚約している身である以上、すぐに引き返すことを名誉が要求していた。これは嘘なのだ……あたしはジャッジを愛してなどいない、あたしが愛しているのはマーシャルなのだ。この前は偶然にジャッジと出会ったので、自分にはなんの責任もない――だが、今またあの冒険を繰り返すとなると、あたしは良心の罪を犯すことになるのだ。自分と同年輩の誠実な男性に対してこんなひどい不貞を働いてまで初老の男やもめの藪から棒の告白――ひそかに心をよせているのだという告白――になびいてしまったら、友達の前で二度と顔をあげることができなくなってしまうではないか。イズベルは両手の中に顔を埋めた……

だが、ここまで来た以上、ことをはっきりさせてからでなければ尻尾を巻いて逃げだすことはとてもできない。逃げだしたら、またぞろ苦悶にさいなまれるのが落ちであり、前と同じに記憶が消えてしまい、いったいなにがあったのかと知りたくて矢も楯もたまらなくなり、ふたたびジャッジと交際を続けておたがいにこっそり訪ね合い、相変わらず屈辱的な計略や欺瞞を行ない、相変わらず自分の心身をすり減らし、あげくのはてに……ばれてしまうのだ！ もし自分が私的な場所でほかの男と十分間だけ会って、その場でいっさいの片をつけてしまうことができないほど弱い臆病な女で、それほど自分の道徳心に自信がないのだとしたら、事態はまったく深刻な袋小路にはまりこんだことになり、唯一の脱け道と思われるものに自分はわざと背を向けてしまう結果になるのだ。

いかに恐ろしくても、今一度だけこの階段の上でジャッジと会う以外に道はないのだ。……会うのは歓びをかすめとるためではなく、二人の不愉快な親密さをきっぱり終らせるためなのだ。そうするにはどうすればよいのかはわからないが、あの人だって紳士なのだから、なにか方策を考えだしてくれるだろう。……なんと言おうと、この恐ろしい荘園の館はあの人の持家なのであり、そうである以上は、館の中で起こる出来事にあの人は責任があるのだ。解明しなくてはならない謎が館にあるとしても、解明の仕事を手伝ってくれとこのあたしに頼む権利は、常識ではあの人にないはずなのだ。

……

立ちあがると、無意識に着衣を振って埃を落とし、ゆっくりとのこりの数段を昇り、再びあの見慣れた控えの間に入った。ドアが三ついているその部屋で、ためらうことなく真ん中のドアまで進み、ぐいとその握りを回すと、奥の部屋に入った。この前の月曜日にジャッジと会ったのがその部屋だった。

なにも変わってはいなかった。腰板を張った壁も、よく磨き立てられた床も、向こう端にあるひとつだけの長椅子も、みな同じだった。そわそわとぐるりを見まわしてから、胸を大きく波打たせて腰をおろし、待った。……

五分後にドアが開き、ジャッジが入って来た。と、そこで立ちどまり、心配そうにイズベルを眺め、同時にうしろ手でドアを押したが、扉は締まらなかった。イズベルも心配そうにジャッジのほうを見たが、立ちあがろうとはしなかった。

「ごらんのとおり、脱けだして来ましたよ」ジャッジが言う。「掛けてもよろしいですか」

「どうぞ！」席をあけてやり、二人は少し離れて固苦しく坐った。

気まずい間があってから、イズベルが沈黙を破って言った。「もう二度とここには来たくありませんので、これを終らせる方法を考えださなくちゃ」

「ようくわかります」

「生きているのが耐えられないほどなんです」

「あのスカーフを頂戴したわたくしがどうかしていたのです。あれが禍の元ですからね。スカーフがわたくしの手に入ったときの事情はなにも想いだしてはいけなかったのだということを知っていたら、こんなことにはならなかったのに」

「その責任は両方にあるんです。今となっては仕方がありませんわ。でも、もうここへ来てはいけないのですから、この繰り返しを避けるためになにか手を打って戴きたいのです」

「いいですとも。下へおりる前にメモを書き、チョッキのポケットに入れておけば、必ず手に触れるでしょう。……ところで、もうひとつの部屋はどうします、入ってみないのですか」

ジャッジをちらと見ながらイズベルは思わず小声で叫んだ。

「どうしたんです」ジャッジが尋ねた。

「なんでもありませんわ——ただ、あんまりお若く見えるので！」

「あなたも妙なふうに変わっていますよ。いつもより若いというわけではなく、美しさが増したわけでもないのですが……ずっとすばらしい……確かにこれは妖しい神秘の部屋なのです、間違いありません」

「ここがどこなのか、今でも心あたりはありませんの？」

「まったくありません」

イズベルは壁面を指さした。「あれは全部、人間が造ったものですわ」

「それ以外には常識では考えられませんね。それでも、この部屋は強烈に夢の雰囲気を漂わせています……それでいながら、今ほどひしひしと現実を感じたことがあったとは思われないんです」

「この前、二人がここで出会ったのは偶然だったのかしら、宿命だったのかしら。気になってしようがないんです。まるでなにかが——ひょっとしたらこの館そのものが——わたしたちの意思と相談せずに二人を会わせたみたいじゃありませんか。そんなことって、ありうるのかしら」

「とても考えられないことです。わたくしに無理やり加害者の役を押しつけ、あなたには被害者の役を押しつけるなんて、そんなことをしてなんの得《とく》があると言うんです、見えざる力にとって」

「二人とも被害者なのじゃないかしら。わたしには、二人がまるでランプに群がる蛾のように思われるんです。蛾だってやっぱり記憶がなく、本能と苦しむ能力があるだけなのではないかしら。……これには終りがないようにわたしには思えるんです。二人とも何度も何度もここへ戻って来て、翼が焼かれるまでそれが続くんです！」

ちょっと声が詰まった。ジャッジはイズベルの近くに身を寄せ、相手の袖に手を置いたが、それはごく軽い動作で、馴れ馴れしさはなかった。

「わたくしたちは蛾ではなく、理性をもつ人間なのですから、破局を待たなくてもランプを吹き消すことができるんです。必要とあれば、ここを閉鎖して、しばらく外国へ行ってもいいと思っています。このことをすっかり忘れておしまいになるまでそう長くかからないでしょう」

イズベルはないものねだりをするような妙な笑顔を向けた。「そうするだけの性格の強さがおありなの？」

「あります。あなたという人の幸せが危険に瀕しているのだということが疑う余地なくはっきりしたら、必ずそうします。あなたの幸せを確保するためとあれば、全館を焼き払っても惜しくありません」

「わかってます」

「わかっていてくださるだろうということがわたくしにはわかっている。それがわたくしの報償です」

しばらく話が跡切れたが、イズベルは腕をひっこめようとしなかった。ややあってからとても静かに言った。——

「あなたがほかの殿方より少ししかお求めにならないからこそ、わたしもあなたに普通以上の多くをお与えすることができるのです。この意味、おわかりになりますわね？」

「今のままでいましょう」とジャッジは答えた。

「ご満足ですの？」

「わたくしが心のうちを打ち明けてからも、あなたは交際を打ち切らなかった。それでわたくしたちの関係は決まったのです。設けられた境界線を越えたいなどという気持はありません」

「それもあなたのご気性が生まれつき高貴だからですわ」とイズベルは言った。「これまでにめぐり合った殿方はどなたも皆、平民でしたが、あなたは違う材料で造られている人です。だから、なさることも違うのですわ。……これからまた階下《した》へおりるとき、わたしはほんとに下層《した》へおりるんですわ！……」

話にすっかり夢中になっていた二人は、ドアが半分ほど押し開かれて敷居に人物が立ち、黙って二人を見やっているのに気づかなかった。

それはミセス・リッチボロウだった！

いつからそこに立っていたのかはわからなかったが、急にイズベルが目をあげ、小さな悲鳴を発して腕を振りほどくと、がばと立ちあがった。イズベルのぞっとしたような視線を辿ってドアを見たジャッジが声をひそめて悪態をつき、やはり立ちあがった。

「驚かせてしまったのでしたらご免なさいね」にこりともしないでミセス・リッチボロウが静かに言った。「長居はしませんわ——でも、ここはどこなの、いったいこれはどういうことなの」

張りつめた沈黙。

「ミス・ロウメントは知らぬまにここへ来ていることを知って気が気ではなくなっておられるんですよ」やっとジャッジがかなりしっかりした声で答えた。「安心させてあげようとしていたところでしてね。ばったりここで出会ったんです」

「でも、ここは館のどの部分なの。〈イースト・ルーム〉は屋根裏の三階にあるはずでしょ?」

「そのはずです」

「それなら、ここはどこなの」

「〈イースト・ルーム〉よりも高いところらしいですね。ミセス・リッチボロウ、このことはあなただってよくご存じのはずです……やっぱりわたくしのあとをつけて来たんですか」

「ええ。あなたの態度がどうもおかしかったので、不審を抱いたんですのよ。〈イースト・ルーム〉のところまで姿を見失わずに追いかけたんですけど、あなたはあの部屋に入るとドアを締めておしまいになった。さすがのわたしも初めのうちは入ってゆく勇気がなかったわ。あなたがまっしぐらに〈イースト・ルーム〉へ向かったことから、ははあ、これはあらかじめ打ち合わせておいたことにちがいないと思ったんです。しばらくドアの外で耳を澄ませていてもなにも聞こえなかったので、やっと勇気をふるい起こして入ったんです。あなたの姿は見えませんでしたが、上へ伸びている階段が見えたので、もちろんそれを昇ってみたら、ここへ来たというわけですのよ」

ジャッジは注意深くおしまいまで聞いてから、半分だけ身体の向きを変えて、ごくかすかに口笛を吹きはじめた。イズベルはすっかり当惑した様子で、また腰をおろした。

「お二人のうち、どちらかが前にもここへ来たことがあるのかしら」二人を見くらべながらミセス・リッチボロウが訊く。

「わたくしが何度か来ています、何年も前のことですけどね」とジャッジが答えた。

「それなら、ここはどこなのか、心あたりがなにかあるはずでしょ?」

「それがないんですよ」きっぱりした答えだった。

ミセス・リッチボロウは妙な目つきでジャッジを見てから、おちつきなく周囲を見つめまわした。

「もうひとつのお部屋にはなにがあるのかしら」

「どの部屋のことです」

「階段を昇って来て右側の部屋ですわ。もうひとつの部屋はたいしたことないはずですからね」

「どうしてそれがわかるの」びっくりして思わずイズベルが訊いた。

「直観ですよ。……でも、右側の部屋にはなにがあるのか」

「一度も入ったことがないんです」とジャッジ。

「入ってみたっていいじゃありませんか。たぶんあの部屋がこの場所全体の謎を解く鍵なんだわ。だれかに入って貰わなくちゃ。わたしが行ってもいいかしら」

「お願いするわけにはいきません。なにしろ、足を踏みいれたことのない部屋ですから、不愉快な経験をなさる心配がたぶんにあります」

「わたしはね、こういうことを普通の観点から見ないんですのよ。わたしにとっては、超自然には恐ろしいところなどなにもないんです。……行っても構いませんか？」

「構いませんとも――ですけど、わたしたちもついて行ったほうがいいんじゃないですか」

「いえいえ――そんな必要はまったくありません。まだお話ものこっていることでしょうし。お二人の邪魔をしてしまったことはこれでもちゃんと自覚しているんですのよ」

イズベルは両手で長椅子をつかみ、目をあげた。「なにもおっしゃることはないんですの……こんなふうにわたしたちが一緒にいるところをごらんになって……びっくりなさっているんでしょ？」

ミセス・リッチボロウは妙ではあるが不愉快ではない笑顔を向けた。

「なにも言うことはありませんわ」

「でも、もちろん……最高に悪く解釈なさった……」

「いいえ……」打ち消すように手を目の前で振って見せ――「わたしの心になにか変化が起こったんです。この恐ろしく非現実な場所のせいだと思いますわ。あなたがたの出会いは、わたしが予想していたものとは違っていたんです。あなたがたはお二人ともご自分の心《ハート》にさからって悪戦苦闘なさっているんですわ。そう、なにも言うことはありません」

「それでも、わたしたちを捜しにいらしたんでしょ？」

「そうですわ。でも、なにもかもが変わってしまったんです。階段を昇っていたときには、お二人が憎かった。白状すれば、仕返しをしてやろうと思ったほどですわ。でも、今では、どうしてそんな気持になったのかも想いだせないんです。そんな気持などもうどうでもいい些細なことなのだと急に思われるようになったんです」

こう言ってミセス・リッチボロウはドアのほうへ動きだそうとした。

「ミセス・リッチボロウ！……」だしぬけにイズベルが呼んだ。

「なんですの」

「なぜあなたはきょうあんなにわたしをここへ連れて来たがったのですか」

「わたしが言わなくてもおわかりのはずよ。ここでは、だれの目にもすべてが透けて見えるんですから」

「ミスター・ストークスに告げ口するつもりだったんでしょ？」

年上の女は平静にイズベルを上から見おろした。「ええ、あなたを本務に戻らせてあげるつもりでした。でも、今ではもうどっちがあなたの本務なのかわからなくなったんです。さあ、もう行かせてくださいな。そういったことは古い昔話で、なにもかも変わってしまったんですよ」

イズベルはもうなにも言わずに、ミセス・リッチボロウを行かせてやった。ドアが締まった。

ジャッジも再び腰をおろした。

「今の事態の発展を恐れる必要はないわけですよ」ゆっくりと言う。「どうせなにも憶えていないんですから」

「だから困るんです。あの女《ひと》はまた計略や策謀を始めますわ。そのことをお考えにならなかったの？」

ジャッジはこの言葉にぎくりとした。「またそうなるとお思いなんですか」

「それ以外にありようがないはずですわ。そりゃ、あの女《ひと》の現在の気持がずっと続いてくれたら、わたしだってぁの人の悪口は金輪際、言いません。でも、あの気持も記憶と一緒に消えてしまうんです。どうしたらいいのかしら」

ジャッジはしばらく沈黙を守った。

「結局、なにも心配することはないはずですよ。あの女《ひと》が代価を請求し、わたしたちがそれを支払えばいいんです」

「いいえ、そう簡単にはいきませんわ。あの女《ひと》は中途半端では引きさがりません、とことんまでやる人です――わたしにはあの女《ひと》がわかっているんです。全部の望みを叶えることはあの女《ひと》にはできないでしょうから、そうなると、できることならどんな悪さでもするにちがいありません。そうに決まってますわ」

「中途半端ではない〈全部の望み〉というのは、なんのことなのですか」

「あの女《ひと》はあなたと結婚しようとしているんです」

「その望みが叶えられないとなると？……」

「そうなると、わたしの名誉を傷つけようとするでしょう。いいえ、そうならなくても、どのみちわたしに傷を負わせようとするかもしれません。あの女《ひと》の言ったこと、あなただってお聞きになったでしょう」

「ですけど、もしわたくしがあの女《ひと》と結婚することに同意すれば、あの女《ひと》の口を塞《ふさ》げるわけでしょう」この言葉をジャッジは床のほうに頭を垂れて、ごく低い声で言った。

「それ、どういう意味ですの」きっとなってイズベルは問うた。「結婚できるわけなどないでしょうが。愛していらっしゃらないのですからね」

「そのとおりです」

「それだったら、まったく意地の悪いことですわ！……どうしてそんな考えを思いついたのかしら。理解に苦しみます」

「でも、そうすれば、ほかの問題が解決するんですよ」

「どういう問題ですの。間違った結婚で解決がつくような問題なんてありうるのかしら。そんなの、犯罪的行為ですわ」

「この事態を終らせるには思いきった処置が必要なんです。あなたとの交際がいつまでも人目に触れないで済むはずはないのですから」

「それでは、交際を打ち切りたいと思っておいでなの？」

「あなたのためにそうしたいのです、自分のためではありません」

「そのためとあれば、生きながらにして死んだも同然の生活に甘んじようと言うのですか。ひょっとしたら、あの女《ひと》を愛していらっしゃるのでは？」

「ありません」

イズベルはジャッジの腕に手をのせた。「もう二度とそんなことは考えないと約束してください。まったくの気ちがい沙汰ですわ。なにかほかに解決策を見つけましょう。さあ、約束してください」

「ひとつだけ安心なさっていいことがあります」とジャッジはゆるがぬまなざしでイズベルを見て言った。「あなたに尽すために自分の一生を捧げることのできるこの精神的権利をわたくしが放棄することは、ぎりぎり最後の、止むを得ない場合にしか、ないでしょう。それ以上のことはできません」

急にイズベルが頭を起こし、部屋の外の物音に耳を澄ました。

「あれはなにかしら」急いでこう訊いた。

「とても固い窓の鎧い戸をあけるような音でしたね。隣の部屋に行ったミセス・リッチボロウがあけたんでしょう」

こう言いおわらないうちにも、また喧しい物音が前よりもはっきりと聞こえてきた。それは遥かに奇妙な音でもあった。

「音楽だわ！」全身をふるわせ、立ちあがろうともがきながらイズベルが言った。

「ええ……ヴァイオルの音みたいですね——だいぶ離れていますけど。いったいあれはなんなのか、見当もつきません。行って調べて来ますから、待っていてくださいませんか」

「いけません、行っては駄目です。ひとりきりになったら……」

ジャッジは坐り直し、二人は黙って耳を傾けた。低くて豊かな重々しいそのこするような物音は、遠くから響いてくる低音の絃楽器の音に似てはいたが、イズベルには、ほかの物音にも似ているように思われた。この館を初めて訪れたときにあの暗い三階の廊下で聞いた音楽と同じだと思えたのだった。だが、今度はその音はあのときよりもずっと近く、充実していて、はっきりしてもいた。電気のぶうんと鳴るようなその音は完全にはっきりした振動となっているのだった。……音は旋律を奏でていたので、もはや疑う余地はなかった。大昔の英国の単純素朴な田舎ふうの曲なのだ。甘美で情熱的で心にとり憑いて離れないようなその調べ。楽器そのものの響きがよくてしかもメランコリックであるために、なにか粗野な、いつまでも長びく独特の魅力がつけ加えられ、理解の範囲をまったく超えるその魅力は、人間の感性がもっと鋭くて繊細で、今ほどけばけばしくなく、鮮やかで、匂いのない昔日のものであるように思われた。……同じ主題が初めから終りまで一度だけ繰り返されてから、演奏はやみ、完全な静寂が訪れた。

二人は顔を見合せた。

「なんて美しいんでしょう！……でも、とてもこわい音楽だわ！」

「すぐにも階下《した》へおりたいんじゃないですか」

何秒かたってからやっとイズベルは答えた。

「いいえ、ここにいますわ。あれがなんであるかを探りださないうちはとてもここを離れられませんもの。……もう少ししてから行ってみましょう。あの女があそこにいるあいだは行きたくありません。さっきの話を終りまでしてしまいましょう。……駄目ですのよ、あの女《ひと》と結婚するなんて？　そんな〈犯罪〉を犯してはいけません」

「なによりもあなたの名誉が大事なのです」

「ちがいます。わたしの名誉よりもなお大事なものがあるんです。あなたはあの女《ひと》のものではありません」つぎの言葉を言う前に長く息を吸って――「わたしのものなんです」

「あなたのものではありません、わたくしは」

「いいえ、そうなんです。そうだということはおわかりになっているはずです」

「ご自分のおっしゃっていることをようく考えて戴きたいですね。今のあなたはいつものあなたではない。あとで悩むことになるに決まっている言葉を吐かないでください」

イズベルはこれを無視した。

「わたしはこれまで自分の心《ハート》に嘘をついてばかりいたのです。もうそろそろ素直になってもいい頃ですわ。世間の人は誠実とか忠誠とか、よく言いますけど、なによりもまず自分の本性に忠実でないかぎり、他人に対しても忠実であることができるでしょうか。自分の気持が本当の気持とは違うものなのだといつわることほど大きな罪はないのです」

「そんなことを考えている場合ではありません。今ここではもうなにも言わないでください、心からお願いします。別の機会までとっておいてください」

「いいえ、どうしても言わなくてはなりません。今、ぶちまけてしまわなかったら、二度と機会があるでしょうか。……わたしが婚約をしたのは、大間違いだったのです。……このことはずっと前から心の奥にわだかまっていたにちがいありませんが、やっと今になって初めてはっきりとそれが見えてきたのです。……」ほとんど身体を二つに折るようにしてかがみこみ、両の手で顔を蔽った。

ジャッジがすっかり動揺して立ちあがった。

「そんなお話を聞くわけには参りません。わたくしにはそんな問題を話し合うことはとてもできないのです。それはあなたご自身の心《ハート》の問題なのです」

「趣味と友人が共通ならば、愛し合っている証拠なのだと思いこんでいたわたしは恐ろしいあやまちを犯していたのです。ものごとを軽く見すぎていたのです。……わたしの婚約者の性格には深みがありません。……あの人は苦しんだことがないのです。そういう柄ではないんですわ」

「そういうことは、おちついているときに考えてください。今はもうなにも言ってはいけません」

イズベルは急に背中を伸ばして相手を見つめた。

「では、わたしをあの人に投げ棄てておしまいになるんですの？――あんなに理想的な愛をわたしに抱いていると断言なさったくせに」

ジャッジは黙っていた。

「わたしを愛していらっしゃらないのね？」

「最後にはわかって戴けるはずです、深く真実にあなたを愛していることを」

イズベルはゆっくり立ちあがった。「では、どうしろとおっしゃるのですか」

「なにもしないで、待つのです」

「わたしに訊くことはなにもないのですか」

「訊くって、なにをですか」

「わたしはあなたしか愛していません」こう言ってイズベルはジャッジの手をつかみ、自分の手で押しつぶすようにきつく握りしめると、急にくるりと背を向けた。……ジャッジは立ちすくむだけだった。

このときミセス・リッチボロウが入って来た。ただでさえ蒼白な顔がいっそうあおざめ、まるでショックを受けたばかりのようにこわばり、ひきつっていた。

「まあ、どうしたの」相手のほうに一歩踏みだしてイズベルは叫んだ。

年上の女の身体が揺れていて、今にも倒れそうだった。ジャッジが急いで抱き支えた。

「たった今、あるものを見たんだけど、それは警告としか解釈できないものだったの。窓から外を覗くと、男がこちらに背を向けていた。くるりとこちらを向いたその顔をわたしは見たのよ。とても口では言いあらわせない顔だったわ。……わたし、階下《した》へおりるわ、いいでしょ?」

ほかの二人は顔を見合せた。

「下までお連れしましょうか」ジャッジが訊いた。

「階段の降り口のところまで手を貸してくだされば、あとは大丈夫」

ジャッジはなにも訊かずにすぐミセス・リッチボロウの身体を支えたまま部屋を出た。イズベルもついて行った。階段の上まで行くとジャッジは、ふらふらしている相手に腕を貸して最初の数段をおろしてやってから、相手が見えなくなるまで見送って、イズベルのところに戻った。

またもや二人は顔を見つめ合った。

「あの女《ひと》の言ったことを聞いたでしょ」静かにジャッジが言った。「ことがことだけに、わたしと一緒にあの部屋に入ってくれとはお頼みできません」

「入ってみるおつもりなの?」

「ええ、そうします」

「では、わたしも参ります」

15 春の調べ

右側の扉に近づくとジャッジは握りを回してからすぐ足でドアを蹴り、大きくあけ放った。……だしぬけに意外な明るい陽光が向こう側のあけ放しの窓から室内を通ってどっとさしこみ、一瞬、目がくらんだ二人は思わずひるんでうしろへよろけた。

まずジャッジが平静をとり戻した。

「大丈夫だ、これなら入れる。部屋の中はがらんとしている」

イズベルは急いで窓辺に走りよった。窓は胸の高さで、ガラスは嵌まっていなかったが、頑丈な木の鎧戸が外側に全開して、外壁にぴったりくっついていた。窓の幅はごく狭かったので、二人が一緒に首をつっこむのがやっとだった。イズベルは自分のすべすべした頰がジャッジのざらざらした頰をこすっているのに気づいた。

屋外からは陽の光ばかりか鳥の歌声や、樹立ちを吹きぬける風の大きな溜息のようなざわめき、それに牧場の草や、掘り返された土や露にしっとり濡れた花々の、えも言われぬ新鮮で甘美な香りが入りこんでいた。秋というよりは春の感じだった。

「ここはどこなの」イズベルがまず訊いたのがこれだった。狐につままれたような声だった。「地面からこんなに高いところまでどうやってあがって来たのかしら」

「見憶えがないんですよ。なにもかもが新しい光景だ」

四十フィート下の、館の外壁のすぐ前から広びろとした田園が伸びひろがっていた。なにか見慣れた目じるしはないものかとジャッジは目を凝らしたが、それらしきものは見えなかった。それどころか、見つめるほどにますます謎が濃くなった。館の敷地が消えてしまっていたばかりか、手前のほうにも遠方にも人間が住んだり働いたりしている気配はまったくなかった。どの方角を見ても、畑も生垣も道路も小径も家々もすっかり風景から消え去っているのだ。

高さ二百フィート前後の草と白亜の丘の斜面が館から急角度にくだり、日光にきらめく小川がうねりくねっている小さな峡谷にまで達していた。その先も同じような丘になっていたが、こちら側ほど急でも高くもなかった。そこのところから森が始まり、起伏は豊かだが跡切れずに続く森林が何マイルも彼方の地平線まで伸びているようだった。濃紺の空を絹雲が飾り、ぎらつく太陽はかなり右寄りの頭上高くにあった。風景が奇異であることを除けば、十月の日の午後遅くの光景にこれほどよく似ているものはなにも想像できなかったろう。森は鮮烈な緑で、一本ずつ峡谷に生えている小さな樹は白い花を梢につけているものが多く、空気そのものは、春の朝と切っても切り離せない名状しがたい野生の甘美さを帯びていた。

「あの男の人を見て!」だしぬけにイズベルが言った。

窓の真正面に見える丘の斜面に男が坐っていて、そこまでは石を投げても届かない距離があった。居場所にしている小さな窪地の中にいる男の姿は半分しか見えず、これまで二人の目にとまらなかったのもそのせいだった。館に背を向け、じっと動かずに峡谷のほうを向いている。そこでなにをしているのかは二人には想像もつかなかった。驚きの声をイズベルが発したのは、男の着ている尋常でない服装のせいだった。頭と、背中の上半分と、投げだした片方の脚だけが見えていたが、その脚は灰緑色のズボンに包まれ、黄色い脚絆《きゃはん》で十文字型に縛られており、背中の衣は、この距離から判別できるかぎりでは紫色の仕事着のようで、なにもかぶっていない頭の毛が真っ黄色なふさふさした流れとなって肩のところまで垂れていた。

イズベルはびっくりしていたにもかかわらず笑いだした。

「ミセス・リッチボロウが度肝をぬかれたのも無理ないわ! あれは人間なのかしら、チューリップなのかしら」

「生き返った大昔のサクソン人みたいだ」イズベルより控えめではあったが、やはり笑いながらジャッジは言った。

「ウルフかもしれないわ」

「ほんとにそうかもしれないですよ」イズベルがなんのことを言っているのか理解できないままジャッジは相槌を打った。

「声をかけて訊いてみたら——あんたはウルフという人なのかって?」

「でも、ウルフって何者なんです」

「あら、ご存じなかったの? この館を建てた人ですよ。トロールたちにさらわれてしまったの、かわいそうに! それ以来ずっとあそこに坐って、家へ戻りたがっているのかもしれないわ。……声をかけてみて」

「ほんとにそうしてほしいんですか」

「あなたがやらなければわたしがやるわ——はしたないことだけど」

ジャッジは声をいっぱいに張りあげてどなった。男は答えもせず、振り向きもしなかった。

「もう一度やってみて!」笑い声でイズベルは頼んだ。「もっと大きな声で——まるでだれかにあなたの財布を持ち逃げされているときみたいに大声を張りあげて……」

今度はジャッジは文字どおり咆哮をあげ、イズベルも二、三度、妙な金切り声を添え、そのつど笑った。それでも男の注意を惹くことはできなかった。

いったんあきらめてイズベルは頭を横に向け、歓喜の表情でジャッジの横顔をちらと見た。

「今は十月じゃありっこないわ。あそこに咲いているのはサンザシでしょ。……それにあのブナをごらんなさい、あの薄緑色の透きとおった葉っぱ。……しっ！」

一分ほど二人は口をつぐんだ。遠くで郭公が啼いていた。ごく短い間を置いて規則正しく啼き声が繰り返された。

ジャッジは目がさめているのか夢を見ているのかと本気で疑って目をこすった。「たしかに春だ――でも、どうしてそんなことがありうるのか」

「ああ、あそこまでおりて行かれたら！」

二人とも思わず下方の壁面の高さを目測してみたが、地面までの距離が長すぎるうえに、足がかりがあぶなっかしかった。

イズベルはさらに身をのりだすと、甘い芳香に満ちた空気を深く吸いこみ、ふっと溜息をつくようにしてまた吐きだした。……「美しいわ！　なんて美しいんでしょう！」

再びイズベルは男に魅せられた。

「こんなことってありえないわ。ああいう人が存在しているはずはないのよ――少なくともきょう日ではね。あれは目の錯覚なんだわ。本物の人間だったら、返事をするはずですもの」

ジャッジはもう一度声をかけたが、今度も成果はなかった。だが、しばらくすると男はかがんでなにかを拾い、また元の姿勢に戻ったそのとき、手に握っているものがちらと見えた。それは現代のヴィオラよりもやや大きな提琴型の楽器だった。音合せもせずにすぐ男は弓を楽器に当てがい、二人がさっき別の部屋で聞いたあの曲をまた奏ではじめた。

イズベルは少し身をひき、窓の台に肘をついて頬杖をし、聞こえてくる音楽に心を集中することができるようにした。ジャッジはイズベルに場所を譲って、すっかり部屋の中にひきさがった。小さなものであるのにその楽器の出す音色はチェロとコントラバスの中間の低さで、その弦のこすれるゆったりとした低い音は、イズベルの感性を妙にかき乱す作用をした。曲の主題は、何世紀もの星霜を経て今日にまで伝わったものでもあるかのように、不思議な大昔ふうの趣を帯びていたが、その内容がとてもこの場にぴったりしていたので、あれは大自然の風景そのものの声ではないかとイズベルは思ったほどだった。曲は心にとり憑く美しさで、奇異な驚きに満ちていた。きれいに長く響くひとつひとつの調べそのものに音楽の世界がそっくり含まれていたが、この曲が進むにつれてイズベルの心を烈しくかき乱したのは、ゆるやかに繰りひろげられる力強いが繊細で情熱的な思念だった。

耳を澄まして聞きいっているうちに、ここ十年間感じたことのなかった感情が急に甦り、自分がすでにどこまで低く人生のくだり坂を転落してきたかということをいわば一瞬のひらめきで自覚した。

荒々しさとメランコリーと傍若無人ぶりと霊感と希望で成り立っていたあの複雑な若さの状態が一時的に甦ったのだ——が、それはあくまでも追憶としてであって、まるでイズベルをからかうのが目的であるようだった。音楽が終ると、目に涙がたまり、胸が詰まったが、それでもけっして不幸な気持ではなかった。……

ジャッジがうしろから近づいて来た。……「イズベル！」……「春の声みたいでしたわ」振り向かずにこう言った。「責め苦にさいなまれているようなのに、自分がどうなっているのかわからない、そんな気持」

「きっと昔の音楽はそういうものだったんですよ」

「あなたもやはりお感じになったの？」

「とっても古い音楽にちがいありません」……おたがいになにを言っているのか、当人たちにもよくわからなかった。

音楽を奏でた男はまたよりかかったので、頭のてっぺんしか見えなくなっていた。やっとイズベルは振り向き、筋肉をひきつらせて苦痛の表情をうかべているジャッジの顔を見たが、すぐに視線を移し、手に握られていた封筒に目をやった。

「それはなんですの」

ジャッジは封筒を渡した。「床に落ちていたんです」

封筒の宛先はメトロポール・ホテル内ミセス・リッチボロウとあったが、中身は抜きとられていた。裏側には、今しがた聞いたあの曲の最初の数小節がペンで走り書きされていた。

「風に吹かれて落ちたんでしょう」とジャッジが言った。「インクを乾かすために置いたところ、そのまま忘れてしまったのにちがいありませんよ、あわててましたからね」

イズベルはしばらく眺めてから封筒をハンドバッグにしまった。「あの女《ひと》は最後の審判の日にもこうやってメモをとるんじゃないかしら。でも、そうしたって構わないわけですわ。あの音楽は、あの女《ひと》にはなんの意味もなかったはずですもの」

「わたしたちにはどんな意味があるのですか」

二人は窓のすぐ近くに立っていたが、外を見てはいなかった。イズベルの顔に妙な笑みがうかんでいた。

「意味があると思うわ」

「それはなんでしょうか」

「なにもお感じにならないの?」

「このうえない幸福を感じます、その理由は自分でも探らないようにしているんです」

「あれは春が意味しているのと同じものを意味しているんです」

急にイズベルは両の腕を相手の首に巻きつけ、きつくしがみついたが、同時に顔をそむけたので、後頭部の毛がジャッジの頬をかすめただけだった。……何秒かたって荒々しく身を振りほどくと、イズベルの顔はほてり、涙に暮れていた。……

ジャッジは荒い息をし、目の下が黒く見えたが、相手に近づこうとはしなかった。

「どうしたんです、イズベル」

「あなたは冷酷だわ！……」

「わたくしが冷酷……？」

「わたしから離れて行って頂戴——ずっと遠くまで！」

ジャッジに背を向け、うなだれた。

「聞いてくれませんか。……わたくしにはとてもできないのです、そんな権利はないのですよ……」

「わかっているわ。もう何十回もおっしゃったことですからね。……あなたは掟を愛よりも優先させている」

「わたくしはあなたからごくわずかの保証しか要求しません。でも、そのわずかばかりの保証は是が非でも戴かなくては。あなたは今、自由なのですか」

「お答えできません、拒否致します。あなたから得たいのは、すべてか無です。全部を戴くことができなければ、もうそれまで」荒々しく身をひるがえし、「それに値しないようなわたしだったら、わたしはなににも値しない人間なのです。……」

あけ放たれた窓から菫と桜草の香りがそよ風にのって入ってくるようで、一方、イズベルの声は柔らかい金管楽器を想わせ、その奇妙な音色で鼓膜をふるわせた。魅力ある服装でジャッジの前に立ちはだかっているこの気立の温かな情熱的な女——彼女はまるで第二の自分、魔法の鏡にうつったジャッジ自身の魂のようだった。全世界の人間の中でただこの二人だけがおたがいの最も奥深い本性に立ち入ることを許されているのだ。たった今あれほどの侮蔑の言葉を吐いたあの繊細な口、それは、もし彼が色よい返事をしさえすれば、つぎの瞬間にはたちまち世にも美しい笑みを湛えてくれるのだ。

黙って見つめ合っているうちに、なんの前ぶれもなく屋外の音楽がまた始まった。前と同じ、いつ果てるとなく続くあの曲だった。イズベルはじれったそうに身をふるわせると、急にまたジャッジに背を向けた。……だが、主題は同じだったが、弾き方が著しく違っていたので、気持が昂っていたにもかかわらず聞き耳を立てないわけにはいかなかった。演奏は前よりも速く、高く、軽くて、スタッカートだった。いつまでも尾をひくようなあのとり憑いて離れない甘美さが形を変えて繊細な凱旋の舞踊と化していた。部屋にさしこむ日光そのものまでが急に悦ばしげになり、玄妙な趣を湛えて希薄になっていくようだった。この変化がどのように生じたのかもわからないまま——わかりたいとも思わずに——イズベルは自分の顔が晴れやかになり、心が軽くなっていくのを感じた。

ジャッジは最後の音楽が消えてしまうまで待ってから低い声で言った。

「自分が前に思っていたほど強い人間ではないことがわかりましたよ……ですから、わたくしはあなたのものです、ご自由になさってください。この窓から跳びおりろとおっしゃれば、そうします。この世にはあなたしかわたくしにはいないのです」

16　奏者、去る

イズベルはかすかにふるえる指で左手の手袋のボタンをはずしにかかった。

「窓から投げ棄てなくてはならないものがあるんです、でも、それはあなたではありません」薬指からダイヤの指環をとり、感慨深げに眺めてからジャッジに渡した。……「投げて頂戴！　おかしなものにはおかしなものを見つけさせればいいんだわ。それを指にはめてはいけなかったんです」

「くださった方に返したほうがいいですよ」

「それを身につけているかぎり、過去を棄て去ったことにはならないのです。言ったとおりにしてください。あの人とのことはもう終ったんです」

ジャッジはこれ以上ためらわずに窓辺へ寄って指環を手から放した。

「それでいいのよ！」深く息を吸ってイズベルは言った。「あの人のことでは、もうなんの心配もないわ」

手袋をぬいだイズベルの手をジャッジはもちあげ、身をかがめて目上の者に対するようにキスをした。イズベルはさからわず、考えをまとめようとでもするかのように目をつむり、ジャッジが手を放してからやっと開いた。

「奥さんがまだ生きていても、わたしのためにこれと同じことをしてくださったかしら」

「もちろんですとも。なにもかも犠牲にしていたでしょう。でも、妻のことはそうっとしておいてください。さいわい、妻が生きていたあいだにわたくしの忠実さが験《ため》されることはなかったのです」

「〈忠実〉という魔法の言葉！　自分と同類ではない人に対する忠実なんてありうるかしら。あなたはこうおっしゃっているのよ――お二人でいつわりの人生を送っていながら、幸いにもどちらもそれに気づかずに済むことができたのだと。……奥さんを愛したことなどなかったのだとわかっておいでなのだわ」

「あったことはあったことです。わたくしたち夫婦がおたがいにどんな気持を抱いていたにしろ、妻が大事な伴侶であったことに変わりはないのです。それくらいは認めてくださってもいいでしょう――あまりもの惜しみなさらないで」

イズベルは軽く笑った。「奥さんにはなにも惜しみませんわ。たとえ愛していたのだとおっしゃっても、構いません。……でも、そうはおっしゃらなかった。愛は一生に一度しか訪れないのです。……それでも、奥さんと張り合わないようにするために、わたしとしてはただの大事な伴侶以上のものとなることをめざさなくてはならないようですわ」

「わかって戴きたいのですが、そういう意味での伴侶関係はわたくしたちのあいだでは不可能なのです」ジャッジは小声で言った。

「なぜですの、教えてください」

「わたくしは男で、あなたは若く美しい女性です――だから、生き方も考えもおたがいに異質である上に、わたくしはあなたと対等の立場で、訳のわからない考えを話し合っているのではなく、あなたの足元に跪いてあなたのスカートの裾に接吻を浴びせているだけだからなのです……」ここで急に言葉を切った。

イズベルの目が踊った。「でも、なぜ貴重な接吻をもたぬ布地などに無駄に注ぐのですか」

「お笑いになるのも尤もです。わたくしの言ったことが大げさだと思われるのはわかっています。……どうかお赦しください、つい興奮しているんです！」

「それに反してわたしのほうは冷静なのだとお思いになっているのかしら。……さあ、終りまでやって頂戴――早くキスをして！……」

ゆっくりとジャッジは相手を見やった。「こちらから頼みもしないのにそうさせて戴けるのですか」

「書類で約束し合わなくては安心できないとおっしゃるの？……いったいなんのためにわたしたちは

こうしてここにいるのか。わたしたちがここで出会ったのは、まさしくこの目的のためだったのではないでしょうか。それ以外に目的はないんです。もう三十分も前からわたしは時間が刻々と消えていくのをただかぞえているだけなんです。……」

「イズベル！」まるで信じられないといったふうにジャッジは近づいて来た。

「女としての感情がわたしには欠けているとでもお思いになっていたの？」笑ってこう言いながら、顔のほてりを冷やそうと、思わず指で両頬を押した。

ところが、二人が接しようとしたちょうどそのとき、あけ放たれた窓からまたあの音楽が聞こえてきた。こすれるようなその調べは奇妙なほど執拗だったので、二人はそのままの位置に釘づけになり、音楽がやむまで待とうとした。だが、すぐにイズベルは窓辺にあゆみより、前と同じ姿勢で窓台に片肘をついて、なにが見えるか外を覗いた。

曲は初めと同じだったが、今度もその弾き方は違っていた。朗らかさが消え、なぜか上げ潮を想わせる急速でなめらかな力強さがこめられていた。前に聞いたときよりも二倍も美しく、これまでに起こった出来事すべてをすばやく悲劇的に要約しているようだった。風景はなにひとつ変わっていなかった。陽は輝き、樹々は揺れ、白亜の丘のふもとで小川がきらめき、奏者の身体が曲のリズムに合せて揺れているのが半分だけ見えていた。窓から吹きこむそよ風は成長する生物の匂いを帯び、大自然の柔らかな叫びが音楽の背景音となってイズベルの耳に届いた。だが、耳を傾けているうちに、とうとう世界が長い魅惑の夢からさめて動きだすように思われてきた。流れが動きはじめ、物事がもはや今までどおりではありえなくなるようだった。……

イズベルの心《ハート》は深まった。今まで自分は人生を弄んできたのだが、ついに現実は情容赦なく自分をつかみ、今こそ自分の本領を発揮しなければならないのだと急に感じられた。まるで流れの強すぎる川で水浴びをしている人のようだった。下流のほうへ一歩一歩押し流され、足がかりを見つけようとしているうちに腰まで水につかってしまい、泳がないかぎり、溺れ死ぬより仕方がない――そんなふうだった。もはや以前の幸福はとり戻せない。絶望の目で眺めながらうしろへ押し戻されるか、それとも、安全地帯まで行きつく体力と勇気を信頼してこの新しい世界に果敢に突入して行くか――それは本人次第なのだ。もの心ついてからこれまで待ちつづけてきた瞬間が今なのだと悟った。……

音楽がやみ、イズベルは顔をくるりとジャッジのほうに向けたが、窓からは離れなかった。

「あれを聞くたびに妙に興奮しますね」静かに微笑んでジャッジが言う。「あの男はわたしたちを目にとめるつもりもなく、さりとてそっとしておいてくれるわけでもなさそうですね。ずいぶん感動なさっているようじゃありませんか」

「あなたは感動なさらないの?」

「あなたがそばにいるうちは、音楽も人生の飾りにしかなれません。あなたそのものがあの曲の中心で、心を乱すものなのです。また弾きはじめたら、あっちの部屋へ戻りましょう。ここにあるものはもう全部見てしまったのですから」

「あなたは、さっき打ち切ったところからまた始めようとなさっているのだけれど、そうは行かないと思うわ。……ヘンリー、あなたにはわからないの——このことすべてに意味があるのだということが？　わたしたちが高みへ高みへと押しあげられているのがわからないの？　たとえご自分のおっしゃったことを忘れていても、わたしは忘れていないのよ」

「なんのことなのですか」

「わたしたち、試験《テスト》のことを話したでしょう。あのときあなたはこうおっしゃった。愛をテストする一つの方法は自分を犠牲にする気持があるかどうかを調べてみることだ、と。あのときにはその意味がわからなかったんですけど、あの言葉は恐ろしいほど真実なのです。女が男を愛する場合、中途半端では済みません——なにもかも男に捧げたがるものなんです。もちろん、〈犠牲〉という言葉はこの場合は不適当です。こういう捧げ方は別になにかを犠牲にするわけではないのですから」

　ジャッジは自制心の強い男であるにもかかわらず、かすかに身をふるわせた。「どうしてそんなことをおっしゃるんです。わたくしはあなたから犠牲も奉仕も求めてはおりません。わかっておいでのはずです」

「でも、もしわたしがあなたにそれを差しだしたら?」

短い沈黙があった。

「あなたのお気持をわからせてください」とジャッジは言った。「ひょっとすると二人の考えが喰い違っているかもしれないからです。あなたが差しだそうとなさっているものはなんなのですか」

「わたし自身ですわ」低い声で答えた。

自分の大胆さにびっくりしてイズベルはジャッジの出方を待たずに再び背を向け、窓の外を見つめた。

見ると、いつのまにか奏者が立ちあがっていたので、イズベルははっとした。背中を真っすぐ伸ばした男は身の丈が高く、胸幅も広くて、派手やかな装いをしており、全身が見えたが、顔はまだこちらを向いていなかった。片方の手で楽器の首のところを握っており、どうやら丘のふもとへくだろうかと考えているらしかった。イズベルはすぐ頭をめぐらしてジャッジを見た。

「ヘンリー、あの人が立ちあがったわ」

ジャッジも窓辺に寄った。

「永久にあそこで坐っているのかと思ったわ」とイズベル。「風景の一部になりきっているみたいだったんですもの。今度こそこちらを向くかしら」

「まったく不思議なことだ」とジャッジは呟いた。「あの男は目の錯覚じゃなくて実在しているんだけど、いったい、あんな服装をしている人間なんてこの世にいるだろうか」

「あんな音楽を弾く人間も本当にいるかしら。……あの男が去ろうとしているのだとしたら、わたしたち、急いだほうがいいような気がするわ。行ってしまったら、がらりと変わってしまうんですもの。あの人の注意を惹いたほうがいいのか、わたしにはわからないわ」

ジャッジは黙々と男を見つめつづけた。陽は輝き、空は相変わらず晴れあがって雲が少なく、樹の梢は前よりもさわがしくざわめき、揺れ動いて、小さな旋風《つむじかぜ》がたえず吹きよせて室内はすがすがしく、外の鎧戸が前後に動くたびに蝶番が甲高い音楽的な音をあげてきしんだ。

「おりる道はないのかしら」しばらくしてからイズベルが訊いた。「これがまだ続いているあいだずっとこの箱みたいな部屋に閉じこめられているのはたまらないわ。……あの森をつっきってどこまでも歩きつづけたら、いったいどこへ行きつくのかしら」

ジャッジは溜息をついた。「あなたの言うとおりです。わたくしたちのいるべき場所は、下のあそこなのだ、すがすがしい自然の空気の中に出るべきなのです。……でも、あの男が一度もこちらを見ないのはまったく不思議だ。自分のうしろに家があることをあの男がまったく気づかないでいるなんて、そんなことがありうるだろうか」

「いいえ、あの人はちゃんと知っているのよ。……それより、わたしはあの人の顔が見たいの——今が駄目なら、このつぎにでも……ごらんなさい！　出かけて行くわ……」

奏者は足元をしっかりさせるために草地に深く踵をくいこませながら小股で急な斜面をくだりはじめた。うっとりとそのうしろ姿を見守っているうちに奏者は斜面の底まで行き、そのまま真っすぐ反対側の丘に登らずに小川に沿って左のほうへ向かった。男の動作はのんびりしていたが、一度も立ちどまったり振り向いたりしなかったので、一定の目的地をめざしていることは間違いなかった。あと数分もすれば、峡谷の曲がり角の向こうに姿が見えなくなってしまうだろう。

「今からではもう遅すぎるけど、どうしてもう一度声をかけてみなかったの？」とイズベルは訊いた。「声をかけてみて頂戴と頼まなかったのは、あなたがどうするのか見たかったからなのよ」

「そんなにあの男のことを重大視しているんですか」

「あの人がわたしたちを結びつけたのですもの。ランヒル・コート館に初めて来たときに聞いたのもあの人の音楽だったし——あの人がすべてに一役買っていることは明らかだわ。恩人に会いたいと思うのは人情でしょ」

ジャッジが先に立って部屋の奥へ行き、再び二人は面と向き合った。イズベルは目を伏せ、両腕をだらりとさげていた。

「あなたの身が心配だったのですよ、イズベル」

「でも、そういう心配はして戴きたくないの」

「どうしてほしいと言うんですか」

「わたしの感じていることをあなたにも感じて戴きたいの。あなたがわたしと一緒にいるかぎり、この世のどんなものもわたしたちを傷つけることはできないのだと感じてほしいのよ。冷静さは心配や不安から生まれるものなのよ。でも、あなたは情熱家にはなれないんでしょうね……さもなかったら、こんなふうにわたしの捧げものをせせら笑ったりしないはずだわ」

「せせら笑っていると思ってるんですか」

「そう思っているんじゃなくて、事実、そうなんです。そうでなかったら、受けとってくださったはずですもの」

「いや、受けとったんですよ。それがすぐおわかりにならなかったのはあなたが迂闊だったからです」

イズベルはさっと目をあげてジャッジの顔を見た。「わたしの愛をそっくり全部受けてくださるの？」

「ええ、そっくり全部、戴きます」顎を固くしてジャッジは言った。「わたくしたちが支払っている代償にふさわしいことはそれ以外にありません。これでいいのです！……でも、わたくしはこのうえなく謙虚な気持でそれを頂戴します――この贈り物はあまりにも尊く、それに値するようなことをわたくしはなにもしていないからです。……のこりの生涯をあなたへの奉仕に捧げなくてはなりません」

イズベルはしっかりしない足どりでジャッジに近づいた。

「奉仕ではこういう贈り物に報いることができないのよ、それをわかってください。情熱に対するお返しはひとつしかないんです、情熱がそれですわ。情熱を与えてくださらないのなら、なにもほしくありません」

「情熱ならたっぷり差しあげます」ジャッジは答えた。

そして、進みでて相手を抱擁しようとした。

そのとき、だしぬけに太陽が隠れ、風がやみ、外の物音がはたととまり、あたかも衝立が立ちはだかったかのようになった。明るかった室内がたそがれ時《どき》のように薄暗くなり、肌に感じられるほど空気が冷えこみ、同時に饐《す》えた匂いを放ちはじめた。もちあげられていたジャッジの腕がゆっくりと垂れさがり、彼は反射的に尻ごみした。二人とも、何事かと探るように顔を窓のほうに向けた。ほとんど気が進まぬといった様子でイズベルが窓辺にあゆみより、外を見た。

「ヘンリー、早くここへ来て！……」

すでにジャッジはかたわらに立っていた。二人の目にうつる風景はもはや同じではなかった。二人の真下にはあの見慣れたランヒル・コート館の敷地があり、白亜の丘は高さが減じて斜面を成す芝生と化し、あのピクニックの日に通って行った原っぱの延長となっていた。遠くのほうを見ると、数知れぬ畑や野原があって、道路や小径が通り、山荘が立っていた。切れ目なく続くみずみずしい緑の大森林は散在するいくつかの林となり、しかもその葉色はあずき色が圧倒的だった。陽は没し、田園は霞んだ夕闇に包まれていた。奏者の姿はどこにもなかった。

二人は驚愕のまなざしで見つめ合い、そのあいだに興奮がすばやく消え去った。

「今が夢なのかしら、さっきが夢だったのかしら」ジャッジの腕に手を置きながらイズベルは熱っぽく訊いた。

「とにかく、これを疑うわけにはいきません」

「だとすると、さっきのは現実じゃなかったの？　二人とも錯覚していたのかしら」

「そうとしか思えませんね」

「なにもかもがいつわりだったと言うの？」

ジャッジはむっつりと首を振ったが、すぐには答えなかった。

「いずれにしろ、危ないところで間に合ったのです。害があったとしても、蓋をして忘れてしまうことのできる害だけです。小さな恵みに感謝しなくては」

イズベルは火のように赤くなった。「ほんとにまたそういうことになってしまったの?」

「少なくとも、あなただって一役買っていたのですから、わたくしが故意に悪さをしたのではないことを認めて戴けるでしょう。さっきの精神状態を再現しようとしても無駄だと思います。いくら考えたところで、なにが起こったのかもわからないでしょう。なにか不愉快な力が作用していたのです」

二人はまた部屋の奥へ戻った。

「では、わたしを愛していないのね?」静かにイズベルは問うた。

「いいえ、愛してます」

「たとえわたしたちが正気に戻ったとしても、あの指環は戻らない——そのことがわかっていらっしゃるの?」

「わかりすぎるほどわかっています」

「それでもまだわたしを愛するの?」

「それでも愛します」ジャッジはむすっとしていると言ってもいいような顔つきで答えた。

「またあなたの気前の良さが舞い戻ってきたというわけ?」

二人はたがいに目をそむけながら長いあいだ立ちつくした。やがてイズベルは死んだ心で手袋をはめはじめた。

「階下《した》へおりたほうがいいわ」

ジャッジはいかめしくお辞儀をすると、すぐドアの前まで行き、扉をあけてイズベルを先に通させた。彼女は控えの間を真っすぐつっきって階段のところまで行った。振り向いてジャッジがついて来ているかどうかを見ようとは一度もしなかった。

下におりると、大広間は夕闇に包まれていた。腕時計を見ると、まもなく五時になるところだった。ここ一時間半のあいだに起こったことはなにひとつ想いだせなかったが、はたしてジャッジが階上《うえ》にあがっていたかどうかさえもわからなかったのに、なぜか、あの人はいったいどうして一緒に階段をおりてこなかったのだろうかと、混濁した頭の中で不思議に思いながら、ぼんやりと周囲を見まわしていた。

17　たそがれの中で

階段は消え、館は静まり返り、夕暮が迫り、同行者たちはどこにもいなかった。心臓が重い動悸を打ち、気分が悪く、気力もなかったが、ほかの二人を捜しに階上《うえ》へあがってみなくてはと思った。ジャッジがわたしを置いたまま帰ってしまうはずはないのだ。真っすぐ〈イースト・ルーム〉まで行ってみるに越したことはあるまいと判断した。

こんなに遅い時刻に館のあそこまで出かけて行くかと思うとあまりいい気持はしなかったが、どんなことでもこの気味の悪い大広間でただ待っているよりはましだった。どうしてこんなに長く待たされるのか、まったく不思議だと思いながらゆっくり階段を昇り、六段あがるたびに立ちどまって、物音がしないかと耳を澄ませたが、あたりは墓のように静まり返っていた。最上階にある真夜中のような廊下を手探りで進むうちに、知り合いの人たちはみな〈イースト・ルーム〉を見ているらしいのに自分だけはまだあの部屋を一度も見ていないのだということに初めて気づき、そういう自分をさげすむようにひとり笑いをした。そう、あの部屋を見れば、この館での経験がひととおり完了するのだ！〈イースト・ルーム〉の扉は大きくあけ放たれていた。中は薄暗く、あまりたいした部屋だとは思えなかった。小さな正方形の部屋で、向こう側に窓がひとつだけついていて、家具も貧弱だった。だが、戸口に立って中を覗いているうちに、部屋そのものに対する彼女の関心をすべて独占してしまうものがすぐ目にとまった。ミセス・リッチボロウが床に長々と倒れ、そのかたわらにジャッジが跪いているのだ！

やにわにイズベルは踏みこんだ。「どうしたの、ジャッジさん。病気なの？」

ポケット瓶の中味でミセス・リッチボロウのひたいと唇をしめらせていたジャッジが目をあげた。

「気絶なんですよ、それもかなりひどいやつでしてね。どうしても離れられなくて、あなたのところへ降りていくことが出来なかったんです」

「どうして気絶したんです」

「わかりません。上からおりてみると、倒れていたんです」

イズベルは失神している女からあわてて目を離し、ジャッジの顔を見た。「上に行っていたんですの？」

「ええ。あなたは？」

「やはり行っていたんですけど、なにも想いだせないんです。もちろん、あなたも同じでしょ？」

「ええ、なにも憶えていません」こう言いながらもミセス・リッチボロウのひたいを拭く手は休めなかった。

「そんなことをしていてもしようがないんじゃないかしら。階下《した》へ運んだほうがいいと思うけど」

「脈搏が強くなっているので、まもなく意識を回復するはずです。こういう辺鄙なところでは医者を呼ぶわけにもいきませんしね。車に乗せさえすれば、ワージングまで運べます。きっとなにかにたまげて気絶したんでしょう」

「でも、どうやってここまであがって来たのかしら」

「わたくしを見つけようとしてそこらじゅうを捜していたんでしょう。……それより、あそこになにか落ちているのがさっきから見えているんですけど、あれがなんなのか調べに行くことができずにいたところなんです。見たところ、指環かブローチのようですけど。この女《ひと》が倒れるときに落したのかもしれませんね」

イズベルはジャッジの指が示している方角を見て、その品物を目にとめ、拾いあげた。それは婦人用のダイヤの指環だった。

「たしかに指環だわ。それもかなり上等な品よ。わたしのにそっくりだわ」

こう言いおわらぬうちにイズベルは反射的に手袋をとおして自分の婚約指環にさわろうとしてみた……。が、なんの手ごたえもない！　ぎくりとして手袋をぬぐと、薬指に指環がはまっていないではないか。

拾いあげた指環がぴったり薬指に合った。

「わたしのだわ！」イズベルはこう言ったが、平静を保とうと必死の努力をしたにもかかわらず、声がちょっとつまるのを防ぐことはできなかった。

「なんですって！　思い違いでしょう」

「わたしの婚約指環に間違いありません。この指にはまっていなければならなかったものなのです」

二人はまじまじと顔を見合せた。

「ほんとですか」

「ええ、間違いありません」

「だとしたら、どうしてこんなところに落ちていたんでしょう、ミス・ロウメント？　さっぱりわかりませんね。この部屋に入ったことがあるんですか」

「これまで一度も入ったことがないんです。それに、きょうだってお昼を食べたときには、はめていましたわ」

イズベルは指環を抜かないで、また手袋をはめた。と、ちょうどそのときミセス・リッチボロウの顔と首が不安定に動き、瞼がまたたいた。ジャッジは床に膝をついたままだった。

「これはいったいどういうことなのかしら」深まりゆく闇の中で、だいぶたってからイズベルは言った。

「ミス・ロウメント、わたくしの心にもないことを言うつもりはなく、さりとて、思っていることを言うわけにも参りません」

「わかるわ、なにをおっしゃろうとしているのか。それはまったく恐ろしいこと！ そんなはずは……」イズベルの顔が急に赤く染まった。全身が火に包まれているような気持だった。「でも、なにをおっしゃろうとしているのか、やっぱりわかっていないのかもしれません。いったいどういう意味ですの」

「それは言えません。ですけど、ひとことご忠告申しあげることはできます。きょう、あなたはひとつの謎を解決するためにここへいらしたのに、もっとひどい謎を開始させてしまったのです。こんなふうにいつまでも続けるわけにはいきません。ですから、今回を最後にもう二度とこの館へはいらっしゃらないようになさることを強くお勧めします。あなたの知らないうちになにかが起きてしまったのはもうこれで二回目なのですから」

「ひどく恐ろしいのは、なにが起こったのか、はっきりしないことなのです。……どうにかできないのでしょうか。ジャッジさん、あなたには自分から進んで事を解決しようとする意思がないのですか。男なんでしょ?」

「もうそろそろ道を引き返してもいい頃です。すでに遠くまで来すぎてしまったのですから。いちばんいいのは、この館を完全に閉鎖してしまうことだと思います。ほんとにそうするつもりです」

ジャッジはブランデーでミセス・リッチボロウの唇をしめらせる仕事に専念した。ミセス・リッチボロウの手足がおちつきなく動きはじめ、意識が回復しかかっていることは疑う余地がなかった。しばらくするとジャッジはまた目をあげた。

「きょう、あなたをここにお連れしたことを心から悔やんでいるとしか申しあげようがありません、ミス・ロウメント。もちろん、お連れしてはいけなかったのです。申し訳ありません。ただひとつの言い訳は、あなたとご同様にわたくしにもなにがなんだかよくわかっていなかったということだけなのです」

イズベルは返事をしなかった。

ミセス・リッチボロウがやっと目をあけた。ジャッジが低く上体をかがめてブランデーをひと口すすらせると、すぐに効き目があらわれ、ミセス・リッチボロウはジャッジの腕に支えられて上半身を起こし、弱々しく微笑んだ。

「ここはどこですの。なにがあったんですか」

「わたくしですよ、ジャッジです。それからこちらはミス・ロウメント。気絶なさったんですよ、リッチボロウさん」

「まあ、お恥ずかしい！」

もうひと口、ブランデーを飲ませると、頬の血色がよくなった。

「一分か二分もすれば元気になります。階下《した》へお連れして車に乗せ、楽にさせてあげて、すぐホテルまでお送りしましょう。もう気分がよくなっているんじゃありませんか」

「でも、おかしなほどがたついているわ！……あっ、想いだしました。急にこわくなったんです。あんまり恐ろしくて、ひとりぼっちだったものですから」

「その話はあとで聞きましょう。今のところはなにも考えないようにしてください」

イズベルの手を借りてジャッジはミセス・リッチボロウを立たせ、椅子に坐らせた。イズベルが衣服の乱れを直してやっているあいだにミセス・リッチボロウはそわそわと床を見まわしはじめた。

「どこかその辺に指環が落ちているはずですけど。見えませんか」

「拾いましたわ」言葉少なくイズベルが答えた。

「まあ！」

「わたしのだったんです。あれがどうしてこの部屋にあったのか、おわかりになります？」

「壁から落ちてきたんです。あなたのだとは知らなかったわ」

ジャッジとイズベルは目を見かわした。

「〈壁から落ちてきた〉っていうのはどういうことなんです」

「おかしくお思いでしょうが、そのとおりだったんです。だからたまげてしまったのよ。どこからともなくこの床の真ん中に落ちてきたんです」

「でも、壁から落ちてきたとおっしゃったでしょ。どの壁ですの」

ミセス・リッチボロウは坐ったまま、弱々しく振り返って、うしろを指さした。「あの壁です。前に階段があったところだわ。指環が床の上にころがりこんできたので、拾いあげようとしたとき、気絶してしまったんでしょう」

「階段だなんて、なんのことをおっしゃっているんです」とジャッジ。

ミセス・リッチボロウはにっこりして目をつむり、しばらく黙っていた。

「どう説明したらいいかしら。まったく信じられない話ですけど、あの壁の真ん中から階段が上に延びているのが見えたんです。それればかりか、自分でそれを昇りさえしました。それとも、あれは夢だったのかしら。きょうのわたしときたら、まったくどうかしているんです、頭の中がすっかり狂っちゃって」

イズベルは空咳をして腕時計をちらと見た。ジャッジはもう一度ポケット瓶を未亡人の口にあてがった。

「もう結構です、せっかくですけど。あんまり強い刺戟を受けられる状態じゃないんですよ、今のわたしの心臓は。手を貸してくだされば、階下《した》へおりられると思います。そうするのがいちばんいいことでしょ、だれにとっても」

ジャッジが未亡人に腕を貸し、部屋の外に出ると、ドアを締めて鍵をかけ、ポケットに鍵をしまった。

「ミス・ロウメント、あなたが先導してください。この懐中電灯をどうぞ」

たびたび休みながらゆっくりと三人は廊下を通りぬけ、階段をおりて大広間に出た。ジャッジが大広間から外へ出ようとすると、ミセス・リッチボロウはちょっと休ませてくれと頼んだ。

「いったいお二人ともどこへ行ってらしたの」と彼女はしばらくすると訊いた。「なにがあったのか、さっぱりわからないんです」

「あなたのいらしたところへ行っていたのかもしれませんわ、ミセス・リッチボロウ」冷ややかにイズベルが答えた。

「まあ!……本気でそうおっしゃるの? あなたもあの不思議な階段を見たと言い張るおつもり?」

「あなたの空想ではなかったのだとしたら、わたしたちにも見えたって不思議はないでしょ。実を言うと、ジャッジさんのことはわかりませんが、わたしはあの階段を見て、昇って行ったんです」

「わたくしもですよ」とジャッジ。

「だとすると、三人とも狂っているのか、なにかとても不思議なことが起こったのか、どちらかだわ。あの階段の上になにがあったのか、教えて戴けないかしら」

「駄目なんです、おりてくるまでの記憶がまったく消えていて」

「それじゃ、あなたは——ジャッジさん？」

「やはりなにも憶えていないんですよ」

ミセス・リッチボロウは急に蒼ざめ、呼吸が困難になった。必死にこらえて彼女は常態に復した。

「お二人ともわたしより先に上へあがり、わたしより後におりて来たんですわ、きっと。でも、どうしてあんたの指環が壁から落ちて来たりしたのかしら。指環がひとりでに指から抜けるなんてことはありえないんですもの」

「その謎にはわたしも答えられません」イズベルの顔は岩のようにこわばっていた。

「もしわたしが婚約中の娘だったら、こんなことが起こるなんて、面白くないことだわ。どうしてこんなことになったのか、心あたりは全然ないの？」

「ありません」

「なんだかすごくおかしいことだわ」ミセス・リッチボロウは笑い声を放った。「まったく気ちがいじみた話だけど、あなたたち、あの指環で投げっこをしていたんじゃないかしら――そうとしか考えられないくらいだわ」

イズベルは唇まで白くなったが、なにも言わなかった。

「ずいぶんおちつき払っているのね」と未亡人は言葉を続けた。「ストークスさんがこのことを知っても……」

「口を慎んでください、ミセス・リッチボロウ！ これはあなたとなんの関係もないことです。あれがあの人から貰った指環だとあなたに話したこともないんですよ。あなたは勝手にいろいろなことを想像なさっているんだわ」

「お昼の席でひとつしか指環をはめていなかったじゃありませんか、それもちゃんと左手の薬指にはめていらしたのよ」

「それなら、いいわ、たしかにあれはわたしのエンゲージ・リングでした。でも、それがどうしたと言うの。偶然、失くしてしまう前にいちいちあなたの許可を得なくちゃいけないのかしら」

「あなたがたの問題に嘴を入れるつもりは少しもありませんけど、ときには年上の女の忠告だって……」

「忠告ですって!……いったいなにを忠告してくださるの」

「この事件をもっと調べてみるのが分別に叶ったことだと思うわ。かりにあれが超自然現象だったとすると……」意地悪そうな薄笑いをうかべて目をあげ――「それとも、なにかほかに説明がつくとでも?」

「わたしには説明できませんて、もう申しあげましたわ。なにか役に立つお考えがあるのなら、さっさとおっしゃってください」

「あすの朝もう一度ここへ三人で来て、調べてみようじゃありませんか。それ以外にできることがあるとは思えないわ」

「指環が謎めかしく紛失したあげくに見つかったからといって、なぜわざわざまたここへこなくちゃならないなどとおっしゃるの?」

「どうしてもそうしたいからですよ」ミセス・リッチボロウは冷静に答えた。

「もしわたしがお断わりしたら?……」

「わたしと付合うのを快からず思っているのだと判断するわ」

「そうしてどうなさるの」

「そうして、その判断に従って行動するわ」

イズベルはハンドバッグの口をあけてハンケチをとりだそうとした。すると、バッグに入っているさまざまな品の中に妙な封筒がまじっているのに気づいた。大広間の中の光は急速に薄れていたが、それでもまだ文字を読めるくらいの明るさはのこっていたので、イズベルは封筒をとりだして眺めてみた。

その宛名はミセス・リッチボロウだった。

イズベルは怪訝そうに封筒をためつすがめつ調べた。「これはあなたのものらしいわ。どうしてわたしのバッグに入っていたのか、さっぱりわからないけど」

未亡人がひったくるようにして封筒をとった。

「たしかにわたしのだわ。手紙は入っていない――まさかあんたのバッグに入ってるんじゃないでしょうね」こう言ってあわてて自分のバッグの中を覗きこむ。「ああ、よかった――あったわ。ご免なさいね。でも、いったいこの封筒をあんたはどうするつもりだったのかしら」

「なにか書いてあるんじゃないですかね、ひょっとしたら」とジャッジが思慮を働かせて言った。

ミセス・リッチボロウが封筒をひっくり返して裏側を見た。

「書いてありますわ。どうしてそれがわかったの」

「見てもよろしいですか――もしお差支えなかったら」

「ちんぷんかんぷんですわ。音譜なんですよ」こう言って封筒をジャッジに渡す。ジャッジはおちつかなげに反芻するようにしてしばらく封筒を見つめた。イズベルも肩越しに覗きこんだ。

「その手紙はけさ届いたんですから、そこに書いてある音譜はそれ以後に書かれたとしか考えられないですわ。だれが書いたのかしら」

イズベルは冷たく微笑した。「三人とも、うさん臭そうにじろじろ眺め合う必要はありませんわ。もう疑問の余地はないんですもの。ミセス・リッチボロウ、あなたがご自分でこれを書いたのよ、階上でね――そうしてわたしが拾って階下へ持って来たんだわ」

「ほんとにそう思うの？」

「間違いないと思うわ」

「だとすると、三人とも夢の国に入っていたのだとしか言いようがないわね！」……封筒の裏側を見つめながらミセス・リッチボロウは走り書きの音譜どおりの節《ふし》でそっと口笛を吹きはじめた。ほかの二人はじっと耳を傾けた。なんの曲だかわからなかったが、妙に心をかき乱す調べだった。と、途中で曲は急に終った。それ以上、音譜が書いてないのだ。三人はたがいに問いかけるようなまなざしでそれぞれの顔を盗み見た。

大広間の夕闇が深まった。……と、だしぬけに、ミセス・リッチボロウが口笛で吹いたあの曲の断片が遠くから聞こえてきた。それを奏でている絃楽器は、空気をふるわす音色とコントラバスを想わせる深い音域を有しているようだった。演奏はそのまま曲の終りまで続いた。その音は明瞭だが、ごくかすかだったので、遥か彼方から響いてくるようで、三人のずっと上で鳴っている感じなのに、それでもやはりこの館の中から聞こえてくるらしかった。……音楽は一分あまり続き、そのあと、再びあたりは静まり返った。

ジャッジはなにが起こったのかまだ解《げ》せないといった面持ちで立ちつくし、イズベルは蒼白な顔に妙な笑みをうかべていたが、ミセス・リッチボロウは速く深呼吸をして、もう一度気絶するのを防がなくてはならなかった。背中を真っすぐに伸ばして、椅子の肘掛けにしがみついていた。

「今のはなんだ」やっとジャッジが言った。

「また始まったんだわ」

「それ、どういう意味なんです」

「わたしたちをほうっておいてくれないのよ。元に戻ることは許されないんだわ、だから、このまま続けるしかないのよ。それでいいんだわ！　わたしは満足よ」

「わからないな、おっしゃることが」

「わかっているはずだわ。でも、そんなことはどうでもいいの」

「もっとはっきりおっしゃってください、ミス・ロウメント」

「わたしの言うことやすることは問題じゃないの――わたしたちのことがなにものかによって決められているんだわ。ミセス・リッチボロウの言ったとおりなのよ――またあすここにこなくてはいけないんだわ」

「お願いだから外へ連れて行って頂戴」弱々しい声で未亡人が呟いた。すぐにジャッジが近づいて手を貸そうとしたが、イズベルが二人のあいだに割って入った。

「ちょっと待って!」ジャッジと向き合って――「このままで終ると思うの? あなたには男らしい強さがないの? いったいこれはどういうことなのだとあなたは思っているの?」

「ミス・ロウメント、この館にもう一度あなたをお招きする責任をとるわけには参りません」しっかりした口調で喋ろうとしているのに、声がふるえていた。「あなたの言うようにこのまま続けて行ったら、不愉快なことが起こるだけです。それは疑う余地がありません。差しあたって、できるだけ早くホテルへ帰る必要があります。この人はひどく加減が悪いんです」

ミセス・リッチボロウの顔色は本当に悪かった。ジャッジが急いでポケット瓶をとりだすと、今度はミセス・リッチボロウも拒まなかった。ブランデーをひと口すると、気分がよくなった。

「あしたの朝には元気になりますわ、ジャッジさん」どうにかこう呟くことができた。「もう一度ここへ来ても、楽しいことはないでしょうけど、三人とも果さなくてはならない義務があるんです。ミス・ロウメントの将来の幸福にかかわってくるかもしれないのよ」

ジャッジは厳しいまなざしで未亡人を見やった。「どうしてそんなことをおっしゃるのです」

「わたしはあなたほど頭も良くないし、知識もないのだから、自分の言ったことを説明する必要などまったくないんです。あすの朝、もう一度ここへ来ましょうよ、どうしてもね」

「どうしても来たいとおっしゃるのですか」

「ええ。今のように問題をあやふやなままにしておくことには反対です。わたしだって、ある程度はかかわり合いがあるのよ。あなたがあくまでも拒むなら、わたしとしても、今後、自分の果すべき義務がどの辺にあるのか、考えてみなくちゃなりません」

「ミセス・リッチボロウの言っていることは意味深長だけれど、しごくはっきりしていると思うわ、ジャッジさん」とイズベルは感情をこめずに淡々と言った。「拒まないほうがいいわ。そのほうが少しはましですもの――どっちにころんでも、いいことはないにしてもね」

ジャッジはイズベルの顔を見たが、返事はしなかった。腕をミセス・リッチボロウに差し出すと、彼女はやっと椅子から立ちあがった。

大広間を出ると女二人は車に乗りこみ、ジャッジは玄関のドアに鍵をかけてからイズベルに近づき、どこでおろして差しあげましょうかと尋ねた。イズベルの頼みに応じて時刻表を開いたジャッジは、手頃な汽車のショアハム発の時刻を調べ、ショアハム駅であまり長く待たずに乗れる列車があるのを見つけた。結局、イズベルはショアハムでおりることに手筈が決まった。

ジャッジがイズベルの側を離れ、運転席に乗りこもうとすると、イズベルが彼の袖をそっと引いた。

「今、どんなお気持?」小声で訊く。

「おわかりのはずですけど」

「ひとつだけ教えて頂戴。わたしに対する気持に変わりはないんでしょうね」

「ええ、変わってなどいません」

「さっきからとっても冷たいんですもの。まさか打ち切るつもりじゃないんでしょうね……わたしたちの友達付合いを?」

ジャッジは顎を動かし、口をすぼめて目をそむけた。

「交際をやめるなんて、そんなことはしたくありませんが、そうしなくてはならなくなるかも……」

「あなたの心は石のようなのね。でも、あしたわたしはここへくるわ」

「いいですよ――三人の都合がつけばね。ミセス・リッチボロウが元気になるかどうか怪しいものです」

「もし元気にならなかったら?……」

「その答は口に出して言うまでもないでしょう、ミス・ロウメント」

「とにかく、きょうと同じ汽車でワージングまで行きますわ。そのつもりでいてください。……まさかこういうわたしをさげすんでいるんじゃないでしょうね、ジャッジさん」

「しっ!」ミセス・リッチボロウのほうを顎でしゃくって見せてから――「あなたをさげすむなんて、そんなことができるわけがありますか」

「大丈夫よ、聞こえていないわ。目をつむってますもの。じゃあ、あす待っていてくださるのね?」

「ええ」

「たとえこの人が一緒でなくても、行かなくちゃ……なにかほかにおっしゃりたいことはもうないの?」

「ありません」

「ほんとに?」

「ほんとです」

イズベルは溜息をついて座席の背にもたれた。二分後、三人を乗せた車は庭内路を進みはじめた。

18 破局

夜どおし熱にうかされたようにみじめな気持で寝返りばかり打っていたイズベルは、明け方になってからやっと眠った。八時に目がさめると、すぐに起きあがったが、身体がだるく、頭が冴えず、迅速に身動きすることもできず、目が顔の奥に半ば埋まってしまったような気持だった。血のめぐりがひどく鈍く、ふとなにかが目にとまると、そのままいつまでも視線がそれに釘づけになってしまい、そのくせ実はそのものを少しも見てはいないという状態が続いた。挙げ句の果てに、烈しく歯が痛んだ。すっかり気分がふさぎこんだ。

ジャッジのことは考えたくなかったが、朝食が済んだらすぐにワージングへ出かけることを唯一の目的としてすべての準備が行なわれた。行ったらどうなるのか、その結果はわからなかった。別になにも起こらないかもしれないが、ことによると、きょう起こることが新しい人生の始まりとなるかもしれないのだ。

着替えを済ませると、階下へおりる前、しばらく窓辺に立った。灰色にとざされた静かな朝で、うっとうしく、霧が小糠雨になりそうな空模様だった。寒くはなかったが、温かいというほどでもなかった。指にはめたままのエンゲージ・リングを眺め、いじりながら、妙な笑みを洩らした。この指環は綺麗な装身具で、友達はみんなあたしがこれを指にはめているのをとても喜んでくれているのだが、もしもうこれをはめなくなる定めがあたしを待っているとしたら？　きょうという日がなにをもたらすことになっているのかはだれにもわからないのだ。いい結果になるのか、悪い結果になるのか。あたしの血管に流れているのは薔薇香水ではなくて濃厚な赤い血だったのだとわかったら、友人たちはどんなにびっくりして不思議がることだろう！

自分の感じているのがなんであるのか、自分にもわからないのだ！　それは情熱ではありえない。興奮やスリルは感じられず、むしろ逆に、すっかり冷静で、退屈し、滅入っている。だが、それだからと言って、無理にお芝居をしているわけでもない。なにかがあたしを呼んでいて、その無言の声にさからうことはできないのだ。あの館にあるなにかがあたしを呼んでいる。……まるで麻薬に惹かれているみたいだ。あたしは麻薬中毒なのだ。でも、なぜジャッジが相手なのか。なぜきのう指環があいうことになったのか。やはり情熱なのだろうか。……燃えあがってはまた下火になってしまう情熱なのか。

あの人から離れていることが日一日と難しくなるばかりだ。それはあの人の容姿のせいでも、知性のせいでも、人柄のせいでもないし、うまが合うためでもない。……では、なぜなのか。ますます強くなってゆくこの微妙な力――あたしを惹きつける魔力――はいったいなんなのか。容姿や知性や人柄の陰に、なにかほかのものがあるのか。表面に出てくることはないが、あたし自身の中にあるなにかほかのものにだけその姿をあらわす特別なものがあるのか。愛というものはすべてこういうものなのか、それともこれは例外で、並はずれた愛なのか。……

だれに訊けば答えて貰えるのだろう。近頃、愛する人などいないのではないか。婚約したり結婚したりする人なら、まわりじゅうにいくらでもいるけど、それはお金のためでなければ、性的に惚れこんだための結婚であり婚約なのだ。それ以外の結びつきは見られない。あたしをあの人に惹きつけているあのひそかな不可解な衝動のほうが、俗っぽい男女のいやしい肉体的なのぼせよりも愛の名に値するものなのではないか。……

十時になるとホテルを出て、入口の前でタクシーを拾い、十五分ほどのちには、ホーヴ駅の切符売場に立っていた。

メトロポール・ホテルの正面石段を登ったときは、まだ十一時半になっていなかった。回転ドアを通りぬけると、受付に近づき、威丈高なふうを装いながらも、それとは裏腹に手をふるわせてハンドバッグの中を捜して名刺入れを見つけた。名刺をとりだしてカウンター越しに受付嬢に渡した。

「ミセス・リッチボロウにお渡ししてください」

受付係は名刺を見てから、イズベルの顔を見た。そして、そのままなにも言わずに、こちらからは見えない人のところへ相談しに行った。二人のかわす囁き声が聞こえた。まもなく受付係が戻り、受付の隣にある部屋までお越しくださいとイズベルに言った。そのとおりにすると、お掛けくださいと言われて、ひとりきりにされ、ドアが締まった。なんだかものものしく、謎めいた応待ぶりだった。

一分ほどすると、身なりの立派な中年の男が入って来た。血色のよい、ドイツ人のような顔で、ひたいが禿げあがり、モールつきのズボンをはき、一点の非の打ちどころもないフロックコートをきちっと着ていた。ホテルの支配人だなとイズベルは思った。

「あなたがミス・ロウメントでいらっしゃいますか」手にした名刺を見つめて男はもの柔らかだが厳粛な口調で訊いた。

そうだとイズベルは答えた。

「ミセス・リッチボロウを訪ねてこられたのですね」

イズベルは立ちあがっていた。

「ええ、お会いしたいんです」

「ご親類の方ではないのですね」

「ちがいますわ。どうしてですの」

「申しあげにくいことですが、職務上お伝えしておかねばなりません。ミセス・リッチボロウは昨夜お部屋で急に加減が悪くなり、まもなくお亡くなりになりました。さいわい、お医者様がそばについて見とって差しあげました」

「まあ、なんてことでしょう！……」イズベルはよろけないように椅子の背につかまった。

「正確な時間は九時十五分でした。急の出来事で、まったく悲しいことです。……言うまでもありませんが、ほかの泊り客にこのことが知れ渡らないようにわたくしどもは気を使っております。その点、あなたにも気をつけて戴けるものと期待しておりますので、なにとぞよろしく」

「なんて悲しい出来事なんでしょう！……でも、ジャッジさんには知らせてあるんでしょ？」

「ええ、あの方はご存じです」

「ジャッジさんとちょっと話がしたいんですけど。名刺をあの方に届けて戴けません？」

「残念ながら、それができないんです。ジャッジさんはけさここをお発ちになりました」

イズベルは顔面蒼白になった。

「ここを発った？……というと、すっかり引き払ってしまったということですの？」

「ええ、ロンドンにお戻りになられました」

「でも――持物まで持って行ったのですか。こちらへはもう戻りませんの？」

「ええ、もういらっしゃいません。……あ、ちょっと待ってください」男は手に持った名刺を見た。「受付にあなた宛の手紙を置いて行かれたはずです。ちょっと失礼させて戴ければ、行って調べて参ります」

イズベルは礼を言うこともできなかった。まるで屋根が頭の上に落ちて来たような気分で腰をおろした。大変なことが起こったのだとわかっていたが、それが最終的になにを意味するのかは、いくら考えてもわからなかった。

しばらくすると受付係が手紙を持って来た。愛想よく微笑んで手紙を渡すと、すぐに退室した。イズベルはそそくさとぶきっちょに封を切った。文面はつぎのとおりだった。

親愛なミス・ロウメント

悲しい知らせですが、ミセス・リッチボロウがゆうべ心臓発作で急死されました。晩のうちに診察をした医者に寝るように言われて、ミセス・リッチボロウはお休みになったのですが、しばらくすると、急ぎの手紙を書くためだと言って、メードの制止も聞かずに起きあがり、そればかりか、その手紙を自分の手でホテル内のポストに投函するのだと言って聞かず、そのとおりにしたのだそうです。ただでさえ体力が衰えていたところへ余分なストレスが加わったためでしょう、それから三十分後にお部屋で虫の息になって寝ているところを人が見つけたのです。もちろん、病死なので検屍審問はありません。

こういう悲しいことになってしまったので、事情が事情であるだけにわたくしたちが会うのは穏当を欠くと思いますし、その点はあなたもご異存がないはずです。したがいまして、すぐにわたくしはロンドンに戻る手筈を整え、あなたが約束どおりワージングまでいらしてこの手紙をお受けとりになる頃には、すでに上京の途についていることになるでしょう。

わたくしの考えでは、かなりの日数がたってからでなければおたがいに会うのは差し控えたほうがいいのではないかと思います。これまでのわたくしたちの行動は世間的な常識に反するほど衝動的なものだったと言うほかなく、しばらく反省をして冷静に事態を見きわめる冷却期間を置くのも悪くはないと思います。ここ数日のあいだに起こった不幸な出来事の責任はあなたよりもわたくしのほうが重いのだと小生が自責の念に駆られていることは申しあげるまでもないでしょう。

あなたがわたくしにこの手紙の返事を出したいとお思いになられる場合を考慮しまして、ロンドン市内のわたくしの住所をホテルの人に託しておきます。ですが、ぜひご返事を戴きたいとは無理にお願い致しません。

お別れの挨拶は申しあげません。いつか将来に再びしばしばお会いできるようになることを心から望んでいるからです。

親愛なるミス・ロウメント、どうか信じてください——わたくしがいつまでもあなたのお仕合せを祈りつづける良き友であることを。

ヘンリー・ジャッジ

初めから終りまで一気に目を通して文意をつかんでしまうとイズベルは手から便箋を放し、目をつむって椅子の背にもたれた。……しばらくしてからまた便箋を拾うと、一語ずつ丁寧に二度読み直した。そのあいだ、胸が大きく波打ち、血が頭にのぼりつづけ、一度ならず笑い声を洩らしもした。

封筒と便箋をハンドバッグに押しこむと、怒ったようにぴしゃりと留め金を締めた。

これで終ってしまったのだ！……

支配人が正面入口までついて来てくれた。石段をおりたところで、これからなにをして、どこへ行けばよいのかさっぱりわからずに立ちどまったとき、ふと、高価な毛皮の上品な身なりをした婦人がわずか五ヤードたらずのところで箱型の車に乗ろうとしているのが見えた。運転手は座席につく前に婦人から行先などの指示を受けていた。婦人はこちらに背を向けていたが、その姿にはなんとなく見憶えがあった。

「……でも、とにかく初めはランヒル・コートへ願いますよ」とその婦人は身をかがめて車に乗りこみながら言った。

イズベルは茫然となった。感覚が麻痺し、夢を見ているような気持になったのは、婦人の告げた目的地がランヒル・コートだったからではなく――もちろん、それは尋常ではない目的地にはちがいなかったが――それよりも、ランヒル・コートと言ったときの婦人の声の抑揚のせいだった。ああいう甘たるい低い囁き声を出す女の人は、イズベルの知り合いにはひとりしかいなかったし、そもそもこの世にああいう声で喋る人がほかにいるとも考えられなかった。それはミセス・リッチボロウの声だったのだ。……

車が動きだすと、婦人の顔がちらと見えた。ミセス・リッチボロウは死んでしまったのだから、あの人がミセス・リッチボロウであるわけがない。とすれば、あの人はミセス・リッチボロウの双子の姉か妹でなくてはならない。それほどそっくりなのだ。気味が悪いくらいよく似ている。時が時だけに、姉か妹がここにやって来ても不思議はないのだが、それにしても一体全体ランヒル・コート館になんの用があると言うのか。それが解せない。なにか謎めいたことが行なわれているのだ。……

ジャッジが故人に関する用件でその姉か妹と会う手筈を整えたのだろうか。だが、そうだとしたら、話し合わなければならないどんな用件があると言うのか。だいたい、あんな辺鄙な場所で会うというのもおかしい。いったいこれはどういうことなのか。……

立って車を見送っていたスマートなドアボーイのほうに向いてイズベルはこう訊いた。「あの方はどなたですの」

「レイディ・ブルックです」

「お亡くなりになったミセス・リッチボロウの親類なのかしら――ご存じ?」

「お二人が一緒にいらっしゃるところを見たことがないので、親戚ではないんじゃないでしょうか。レイディ・ブルックはとても選り好みの烈しい方なんです」

「今、ランヒル・コートへ行ってくれって運転手に言ってましたね、そうでしょ?」

「いいえ、ちがいますよ――お行先はアランデルです」びっくりした声でドアボーイは答えた。

イズベルは不審に思ったが、これ以上詮索するのはまずいと判断し、最寄りのタクシー営業所を教えて貰った。

あたしもランヒルへ行かなくてはならないのだという考えがすでに頭にうかんでいたのである。が、出かけて行ったところでどうなるものやら、見当もつかなかった。……あのドアボーイはなにか言い含められていたか、あるいは、イズベルの言った婦人を他の人と間違えていたか、どちらかにちがいない。あれはミセス・リッチボロウその人か、さもなければ双子の妹なのだ。そうとしか考えられない。あの女の言った行先も「ランヒル・コート」に間違いないのだ。何事が起こっているのか、あの女のあとを追って確かめに行くことが絶対に必要なのだ。……もちろん、ジャッジさんが向こうであの女を待っているにちがいない。なにもかもが嘘だったのだ、まったくひどい嘘、嘘、嘘！……

さいわい、すぐにランドー型のハイヤーを借りきることができた。この際、金額などは問題でなく、要求された料金をイズベルはためらわずに承知して、五分後にはもうランヒルへ向かう車中の人となっていた。

車のスプリングが悪かったので、ひどく揺れ、クッションもオイル臭く、おまけに歯までまた痛みだした。雨こそ降ってはいなかったが、空はどんよりしていて、不気味で、なにもかもが湿気でしっとり濡れているようだった。樹から雫がしたたり、路面がすべすべしていて、たえず車がスリップした。空には吉兆となるような輝きがどこにも見えなかった。イズベルは座席の隅にちぢこまって目をつむった。

ステイニングを過ぎた頃、目をあけた。運転手は薄のろらしく、年中この地方で車を乗りまわしているはずなのに、たえず停車しては道順を聞いていた。イズベルはわかっているかぎり詳しく順路を教えてやった。……このいやなドライヴはいったいいつになったら終るのだろう。……

やっと車はランヒル・コート館の番人小屋の前を通る道にさしかかった。ここで道路は二手に分れ、ひとつは番人小屋の前を通り、もう一本はイズベルの知らない道だったが、真北に向かって伸び、館の敷地の西側をかすめているらしかった。このY字路で運転手がまた車をとめたので、真っすぐ進んでくださいとイズベルが言おうとしたそのとき、流行の先端を行く毛皮の衣装を着た女が動作こそ優美だが足早に真北への道を歩いて行くのが急に見えた。車から二十ヤードほどのところを歩いていて、ひとりきりだった。……あの女に間違いない。やっぱりあれは嘘だったのだ、あのドアボーイ！……だが、それにしてもなんとよくミセス・リッチボロウに似ていることか！　まったく恐ろしいくらいそっくりだ。あの歩き方なら、何千という人の中でも見分けられる。……ミセス・リッチボロウは死んではいなかったのだ。なにもかも計略で、あたしがその陰謀の対象になっているのだ。ジャッジはとうとうあの女の餌食になってしまい、二人はひそかにあたしを邪魔者扱いして避けているのだ。ホテルの支配人も買収されていたのだろう。それ以外に説明のしようがない。……

「ここでいいわ。おりますから」こう言ってイズベルはそのとおりにした。

運転手は不満げな顔をした。「待つんですか」

「いいえ、帰っていいわ。料金はあなたに払うの？　それとも営業所にお払いすればいいの？」

臨時の借りきりだったので、その場で払わなくてはならなかった。料金に見合うだけの札をそそくさと渡すと、釣り銭もとらず、運転手のそれ以後の行動にも注意を払わずにすぐ背を向けて道を足早に歩きはじめた。謎の女はこの頃には曲がり角の向こうに見えなくなっていた。

イズベルも曲がり角まで来た。去ってゆく車との距離が広がるにつれてその不愉快な音が次第にかすかになって、ついには自然の物音しか聞こえなくなった。周囲にあるものすべてが湿っぽく、雫をしたたらせていて、むすっとすねているようだった。……ミセス・リッチボロウであることがもはやほとんど疑う余地なく確かになったあの女性との距離はまだかなりあった。二人とも急ぎ足で歩いていたので、追いつくことができないのだ。どこへ行くところなのか、イズベルにはわからなかったが、こちら側にも館の敷地に入る道があるのかもしれない。あるとすれば、番人小屋の前を通らなくても済むわけだ。……が、それなら、あの女はどうやってこの裏道のことを知ったのだろう？　それに、いったいあの女の乗って来た車はどこに消えてしまったのか。……歩いているあいだイズベルはいろいろ疑問を抱いたが、ひとつも解くことができなかった。

道の右側には、敷地の境界をしるす大昔の赤煉瓦の塀がどこまでも伸びていた。塀の奥は荘園で、こういう曇り空の日には、灰色にくすんで殺風景に見えた。濡れた草が膝の高さまで伸び、そよと風がひと吹きするたびに、茶色くなった樹の葉から雫がたれた。初めのうち、荘園は道から傾斜してくだっていたが、やがて平らになった。影のようにぼうっとかすんで前方の右側に見える濃い灰色のものが館の母屋らしく、それは見た感じよりも近くにあるようだったが、なにしろあたりが薄暗いので、しかとはわからなかった。……と、真っすぐに伸びている道のちょうど中間地点で女の姿がだしぬけに消えてしまった。

イズベルは、女の姿を最後に見た地点を見失うまいとして、そこに目を釘づけにした。そこに、敷地内への入口があるはずなのだ。

その地点まで行ってみると、案の定だった。小さな鉄製のくぐり戸があって、荘園に入れるようになっていたのだ。くぐり戸の門は閉じられていたが、閂《かんぬき》はかかっていなかった。二人の人がやっと並んで歩ける程度の細い砂利道が樹陰の草地のあいだを通って、今では館の母屋であることがはっきりわかるようになっていた建物まで伸びていた。いくらか登り坂ぎみだった。ためらうことなくイズベルはくぐり戸をぬけた。

五分ほど足早に歩くと、また女の姿が見えた。相変わらず距離はちぢまっていなかった。館から急勾配でさがっている芝生のはずれのところまで女はすでに行っていて、そこで急に左に折れた。左へ行けば、館の北東側へ出ることになる。といっても、前には正面からしか来たことのなかったミセス・リッチボロウがなぜこんなに道順をよく知っているのか、イズベルには合点が行かなかった。このあたりまでくると館はぐんと近くなり、灰色の霧の中に高くそびえているその姿は、シルエットとしてしか見えなかったせいでなおさら途方もなく巨きな妖しい建立物のようだった、イズベルのほうに面しているのは館の裏側らしく、食堂のフランス窓や、最上階の寝室などが見えた。……が、今しがた女が左に曲がって行った芝生のはずれまでくると、またもや女の姿は消えていた。イズベルもそこで左折した。

小径は曲線を描いていて、二分ほど歩くと館の北東面の全貌が見えてきた。この側では傾斜のいっそうきつい芝生が本格的な山の斜面さながらにぼうっとかすんでそそり立っており、そのてっぺんに館がその影のような巨大な厳しい姿を見せていた。あの破風も辛うじて見分けられた。あの下にあるのが〈イースト・ルーム〉の窓なのだ。

立ちどまって見あげているうちに、女がすぐ横に立っているのに気づいた。とたんに、まさかという疑いがことごとく晴れた。やっぱりミセス・リッチボロウなのだ！……だが、女の姿にはなにかしら無気味な、怪異なところがあった。……立っている姿勢が異様だったのかもしれない。両手ともなにも持っておらず、組み合わされていたが、その位置は胸の上ではなく、下半身の部分で、肘が真っすぐ伸びていた。背もぴんと伸ばしていて、身動きひとつしない。装飾つきのヴェールをかぶった顔は蒼白で笑みをうかべていたが、そう見えたのは錯覚だったのかもしれない。それほどあたりが薄暗かった。イズベルは奇妙な胸騒ぎをおぼえた。

「ホテルでお聞きしたんですけど、あなたの身に……なにか大変なことが起こったのですって？」

「ええ、そうよ、死んだのよ」囁き声が返ってきた。「ゆうべ死んだの」

このときイズベルは相手の目が閉じているのに気づいた。あたしのすぐ前に立っているこのもの、、は、流行を追うハイカラ女性の服装と身のこなしをしているというのに、ほかの人たちと同じには世界を見ていないのだ！……

舌が麻痺し、頭のてっぺんから爪先まで全身がわなないた。

あやしい女の姿が忽然と消えた。

19 日のひらめき

霧が濃くなり、服も顔も湿気で濡れていたが、気がすっかり転倒していたので雨宿りをしようという考えさえ起きなかった。上のほうの芝生が灰色の空を背景に濃い影となって見えていたが、館そのものは視野の外にあった。

立ちどまったまま心の動揺を鎮めようとしているうちに、なにかが耳に響いてきた。それは音というよりは重々しい鼓動のようなもので、頭の中ががんがん鳴り、しまいには気が狂うのではないかと思うほどだった。と、だしぬけにその鼓動はやんだ。

五分後、霧の中から男の姿が朦朧と現われ、近づいて来た。ジャッジだった。イズベルは毛皮をきつく咽喉に押しあて、顔をそむけた。

「あなただったの!」

これに答えるジャッジの声は低く抑えられていながら豊かな活力に満ちていて、いつにないその印象にイズベルはすぐ注意を惹かれた。

「うん、わたしだ」

「それじゃ、あれは嘘だったの？　ロンドンへお帰りになったのではないのね」

「帰る途中で立ちよってみたんです」

「お手紙は受けとりましたわ。付合いを断つというお便りを頂戴していながらあなたを追うようにしてここへ来たのはなぜなのか、不審に思っていらっしゃるはずですけど、別にあなたを求めているわけではありません、なぜここへ来たのか、自分にもわからないくらいなんですもの。ミセス・リッチボロウのあとをつけて来たら、ここへ来てしまったんです。あの人が死んだことはわかっていますけど、それなのに、見たんですよ、あの人を——言葉も交しましたわ」

ジャッジはイズベルの話を聞いていなかったらしく、別のことを尋ねた。

「わたしの演奏を聞きましたか」

「あなたの演奏？」

「ええ」……不審そうな目でイズベルを見やる。「様子がいつもと違いますね。自分がどこにいるのかわかっていないんではありませんか。目がさめているのか、眠っているのか、どっちなんです」

「ちゃんとさめています、ここがどこなのかもわかっていますわ、ジャッジさん。あなたの土地に無断で入っているわけですけど、もう、すぐに出ます。帰ろうとしていたところですから」

「家へは行ってみなかったんですか」

「家って、あなたの館のこと？　たぶん行かなかったと思います」

ジャッジが一歩近づき、ここで初めてイズベルは相手が帽子をかぶっていないことに気づいた。

「ここはどこなのだと思っているんですか」

「それはもう言いましたわ。おかしいのはあなたのほうじゃありませんか、ジャッジさん。お加減でも悪いんじゃありません」

「聞いてください！　今ここでわたしはあなたと話をしている、わたしのいるここは、きのう二人がいたいと望んだあの場所なのです。あなたにはそうだと思えないんですか」

「おっしゃっていることがわかりませんわ。きのうわたしたち、いったいどこへ行きたいと思ったとおっしゃるんです」

ジャッジはまた探るような一瞥を投げた。「ほんとにあなたにはものがわたしとは違って見えているんですね。きょうはあの階段を昇らなかったんでしょ？」

「館の中には一歩も入ってないんです、本当に。あなた、正気を失っているんじゃありませんの？」

「そんなことはありません。でも、きょうあの階段を昇りはしましたよ、しかもまだ降りて来てはないんです」

「まあ！」イズベルは静かに驚きの声をあげた。

「とてもみじめな気持だったので、館から離れていることができなかったんです。館にはわたしの記憶が全部含まれている。あの階段もちゃんとあった。だから昇ったんです。真っすぐ奥の部屋に入るとわたしは窓を通りぬけ、無事に地面まで辿りつくことができました、苦労しましたけどね」

怯えきった目でイズベルは相手を凝視した。「で、あなたはどこに?」

「広びろとした田園であなたの前に立っているんです、陽の光にすっかり包まれて——今は春なんですよ、秋じゃなく」

「そんなこと、信じてはいけません。そうではないのだということをご自分の目でしっかり見定めなくては——わたしにさわってみてください、小糠雨で濡れているんですよ」

だが、相手はそれ以上近づかなかった。

「あの男は眠っています、あの楽器を見て頭に考えがひらめきました。あなたの姿は見えなかったけれど、どこか近くにいる気配がした。だから、あなたに聞かせようとして弾いてみたんです……」

「あの男って?」

「きのう窓から見えた男ですよ」

ぎごちない沈黙があった。

「でも——ひどいじゃありませんか!……わたしを煙に巻こうとなさっているんでしょ、ジャッジさん。さもなかったら……」

「いや、本当のことを話しているんですよ、イズベル。気など狂っていません」

イズベルの顔に血が昇った。「わたしをイズベルと呼んでいい権利などまだないんですよ、ジャッジさん」

「わかってないんですね――でも、わからせてあげますよ、きっと」

「これからどちらへ?」

すでに立ち去りかけていたジャッジがこの質問で足をとめた。

「もう一度弾いてみます」

「でも、これは正気の沙汰じゃありませんわ」

「ゆうべ大広間であの音楽を聞いたときには、あなただってそうは思わなかったのに」

イズベルは黙っていた。

「行かせてください」静かにジャッジは語りつづけた。「お願いです、五分間だけ判断を差し控え、ここで待っていてくれませんか。五分たってもあなたの目を開かせることができなかったら、なんなりとお好きなようにわたしのことを判断なさって結構です。それまで待ってみてください、お願いします」

イズベルが不審そうに顔をしかめてうしろ姿を見つめているうちにジャッジは斜面を昇り、濡れた長い草むらをつっきって行った。十歩も進まぬうちにその姿が霧の灰色に溶けこんで消え去った。聞こえるのは、濡れた樹から落ちる雫の音ばかりだった。

この不思議な出来事の結果がどうなるのか、心臓を激しく鼓動させながら待っているうちに、また先ほどと同じ感覚が耳を襲った。それは音として聴こえることのない鼓動で、非常にはっきりとしていたので無視するわけにはいかなかったが、なんとも判断しかねるものだったので、それが体内から響いてくるものか、外界に原因があるのかさえわからなかった。二分ほど続いてから、始まったときと同じ唐突さで、はたとやんだ。と、ほとんど同時に、あたりがみるみるまに明るんでくるのに気づいて、はっとなった。空が明るくなり、霧が薄れ、刻一刻と視界がひろがった。ジャッジが立ち去ってから五分もたたぬうちに、太陽が雲間から現われていた。青空が見えてきて、地面から立ち昇る蒸気が消え、あたり一帯の田園が見えてきた。この変化があまり急だったので、イズベルはそれをどう解釈していいのかわからないほどだった。なにもかもが暗鬱と湿気と朦朧の状態から、ほとんど一気に初夏の日中の輝きと熱気に急変したのだった。風が吹き起こり、周囲の変化にイズベルがまだすっかり慣れないうちに、空にはもう一片の雲もなかった。毛皮の肩掛けを彼女はゆるめた。

同じ姿勢のまま、立って館のほうを見あげていると、だしぬけにショックが全身を貫いた。館がなくなっているではないか！　跡かたもなく消えてしまったのだ。館ばかりか、イズベルの立っていた芝生も含めて敷地全体が消えていた。……今、立っている場所は草の生い茂る丘の急斜面で、草地のあいだから、むきだしの白亜が見えていた。丘のてっぺんまでは少し距離があったが、そこに建物などありはしないことはもはや疑う余地がなかった。丘の稜線が端から端まで空と接していた。……まったくこれは奇跡だった！

うしろはどうなっているのかと急いで振り向くと、きのうジャッジと一緒にあの窓から見たのと同じ光景が出現していて、度肝をぬかれた。イズベルの立っている丘の斜面は、奇異な身なりをしたあの男がいたところだった。大よその地形と、周囲との位置関係からそれがすぐにわかった。なめらかな急斜面があの小さな峡谷のところまでくだっていて、峡谷にはあの小川が流れ、その先には、やはり別の丘があって、森林が跡切れることなく地平線まで伸びている。……

しばらく見つめてから、イズベルは手を目に押し当てて、叫び声を放った。どうなっているのか、訳がわからず、発狂するのではないかと不安になった。だが、もう一度見なおしても、見えるものは細部に至るまで同じで、なにもかもが鮮明な色彩を帯び、あくまでもどっしりと現実らしく見えたので、イズベルとしても、この光景を実在のものと認めないわけにはいかなかった。……しかも、その美しさ！　森の樹々はみずみずしい緑の葉をつけ、下方の峡谷に生える小さな樹には白い花が咲き乱れ、歌鳥が囀り、山鳩が柔らかに咽喉を鳴らし、遠くで二羽の郭公がたがいに呼びかわし、遥か頭上で雲雀が羽ばたき唄っていた。心地よく肌をかすめる風があたり一帯の豊かな湿った香りを運んでくる。……そう、もう間違いない、今は春なのだ！

イズベルはいっさいを想いだした。ランヒル・コート館のあの特別な部屋を三たび訪れたときのことが細部に至るまで驚くほど鮮やかに甦り、これまでそれを忘れていたことが嘘のようだった。そればかりか、ヘンリーとの関係が、その私的な面も公的な面もことごとくひっくるめて、急に明らかとなった。ヘンリーの場合は世間的な常識が、そしてイズベル自身の場合は怒り狂ったプライドが、二人の幸福をほとんど台なしにしてしまうところだったのだ。そういう事態が生じたのは、二人のいずれの性格上の欠点によるものでも、愛の不足のためでもなく、ひとえに事実を知らなかったためなのだ。二人とも自分が相手のものであることを知らずにきたのだ。……

上のほうからヘンリーが近づいてくるのを見たイズベルの心臓は唄うように高鳴った。ヘンリーはすぐ近くまで来ていた。そのうしろには、少し離れて、派手な身なりの奏者の姿がちらと見えた。奏者は頭の先を丘の頂きのほうに向け、背をこちらに向けて脇腹を下にして寝ており、どうやら眠っている様子だった。ヴァイオリンのような形の楽器がかたわらに置いてある。イズベルは無言で奏者を歓び迎えたが、その一瞬には、ヘンリーのほうがすばらしい映像《ヴィジョン》であった。イズベルはヘンリーにしか目がなかった。

二人はたがいに両手を差し伸べて急ぎ足で近づいた。

「今度はぼくの〝声〟が聞こえたんだね」イズベルを抱きしめ、相手の目にじっと見いりながらヘンリーは笑った。

「耳が鼓動したわ――あれはあなただったの？……おお、ヘンリー、わたしたちなんて危ないところだったんでしょう！　どうしてあんなに気ちがいじみたことができたのかしら。伊達や酔狂であの指環を投げ棄てたのではないのだということがわたしたちにはわかっていたはずなんだわ」

「優しい運命の神がぼくらを見守っていてくださるのだ。ぼくたちの愚かしさがそれに値するかどうかは別問題だ。……だけど、きみだってもうわかったはずだ、きみが思っていたほどぼくは狂ってはいないということが」

「ここは天国なのだと思うわ。でも、現実なのかしら。……館はどこへ行ってしまったの？」

「ここが館の中なんだよ」

話しているうちにも、日蝕のときのように急速に日中の明るさが薄れ、陽が霧にかすみ、空の青さが次第に淡くなり、再び薄霧が低地に這いでて来た。風が凪ぎ、あたり一帯がしいんと静まり、鳥の歌声はたまに聞こえるだけとなった。

「暗くなってきたわ」不安そうに毛皮をぴちっと身体に寄せながら、かすかにふるえる声でイズベルが囁いた。

「いや、そんなことはない。そんな可能性は認めちゃいけないよ。もう変わるはずがないんだ」ヘンリーの逞しい面貌がイズベルをかばうように微笑みかけた。

「そうであってほしいわ。……どういう意味なの、〈ここが館の中だ〉っていうのは？」

「ぼくは外から館に入ったんだけど、まだ外へは出ていないんだ、だから今も館の中にいるわけで、きみだってぼくと一緒にいるんだ。どうしてそうなのか、わかってはいないけれど、とにかく、そうなのさ、そうとしか考えられないんだ」

霧がめっきり濃くなり、峡谷の向こう側の樹々がはっきり見分けられなくなった。陽は消え、空は白っぽい灰色にとざされ、空気は冷えびえとして、湿っぽかった。

「ヘンリー、ああ、わたしはもう行ってしまうところなんだわ！」そっと彼の抱擁から身を引き離しながら言った。……「また、元どおりになってきているのよ、なにもかもが」

ヘンリーはぎくりとしてうつむいた。「どうしたんだ。きみはいったいどうなっているんだ」

「また、以前の状態に戻ろうとしているのよ、わたしたち。陽も隠れたし、霧が出て寒くなってきたわ。……あなたにはそれが見えないの？」

「うん、見えないんだ。なにも変わってはいない——相変わらずすばらしい昼が続いている。……意志を使いたまえ！……」

「心の中までがごっちゃになっていくわ。ものを把握する力がなくなっていくようなの。……きのうのことさえろくに想いだせないのよ」

「かわいそうなきみ！　努力をするんだ。本当はそうではないのだと強く自分の心に言い聞かせれば、なにもかもが違って見えてくる」

「残念なことに、事実を変えることはだれにもできはしないのよ。ああ、あ、わたしは戻って行く——それでいいんだわ。今度のは束の間の夢だったのね——でも、なんの意味もありはしないのだわ」

ジャッジは動揺して爪を噛んだ。「どうしたらいいのか。なにかしなくては。どうすればいいか考えださなくては……」

「あなたのほうがわたしより関心が深いのね、そうにちがいないわ」にっこりして答えた。「あの人を起こしたほうがいいわ。今でもまだ寝ているの？　わたしには見えないのよ」

「あの男を起こせだって？」

「あんまり恐ろしくて起こせないと言うの？」

「顔を腕の中に埋めているよ」

「あの人なら助けてくれるんじゃないかしら。前には助けてくれたんですもの。でも、急いで！　手おくれになってしまうわ」

「よし、起こしに行こう。うまく行くといいんだが！　あの男の様子がすごく異常なんだ」

この頃には、丘の頂きも下方の峡谷も霧にとざされていた。自分の周囲数フィートしか見ることができず、霧は横なぐりの小糠雨のようだったが、それでも、肌に感じられないくせに手際よくいっさいを蔽い隠していた。

イズベルは手で合図をしてジャッジを立ちどまらせ、しばらく見つめてから、眉を寄せてこう言った。

「考えの糸筋を見失ってしまったみたい。わたしたち、だれのことを話しているの？」

「あの男のことだよ。ヴァイオル弾きのことさ」

「あの男って？　ヴァイオル弾きって、なんのことなの」

「イズベル！……」

「ジャッジさん」静かな口調だった。「頭の中がすっかり混乱していて、なんのことを喋っていたのか想いだせないんですけど、ひとつだけ憶えています。ちょっと前にあなたにお願いしましたわね

――お知り合いのほかのご婦人に対するのと同じ礼儀正しさでわたしに話しかけてくださいって」

ジャッジは蒼ざめ、お辞儀をした。

「何分か前にあなたはわたしから離れて行ったのですけど」とイズベルは語りつづけた――「どうやらまた戻っていらしたようですのね。この話をこのまま続けてもしようがないんじゃありません?」

「今のあなたにわかって戴けるような説明をして差しあげることはできません。もう一度、失礼させて戴きましょう。もうしばらくここでお待ちください、お願いします。あなたになにもかもはっきりさせることができるとわたくしは確信しています」

ジャッジの顔にうかんでいる熱意と卑下の表情にイズベルはかえって苛立つだけだった。

「いいえ、わたしはもう帰ります。ジャッジさん、昨日以来のあなたの行ないがわたしにはさっぱり解しかねるのですが、でも、精一杯好意的にそれを解釈することにして、ひとことご忠告させて戴きます。できるだけ早くロンドンへお帰りくださいませ、そうして一刻も無駄にしないですぐお医者様に診て戴きなさい」

ジャッジはまたお辞儀をした。

「もう二度とお会いすることはないでしょう」イズベルは続けた。「この機会にお別れの挨拶を申しておきます。さようなら。わたしたちのお付合いは、とっても……痛ましいものでしたわ」

相手の言葉を待たずにゆっくりと芝生を昇りはじめたイズベルには、ブライトンへ帰るためのはっきりした予定はなかったが、まず館に行けば、そこを基点として方位を定めることができるだろうという気持があった。先ほどやって来た道を逆に辿れる自信がなかった。うねる白い濃霧が牢獄のように彼女を包みこんでいた。……ジャッジは、燦然とした陽の光と、いっさいをくっきり色鮮やかに描きだす大気の中にあって、イズベルの姿を見ていたが、つぎの瞬間にはそれが見えなくなった。目の前から消えてしまったのだ。うろたえたしぐさをひとつしてからジャッジは大急ぎで丘の斜面をなめに登りはじめた。——眠っている奏者のほうに向かって。

イズベルの耳に、こすれるような低い音が長く聞こえてきた。深い音調のヴァイオルの低音弦を弓でゆっくり弾いているような音だった。続いて静寂が訪れた。

この頃には館に近づいて、顔を館のほうに向けていたイズベルは、自分がどこに来たのかわからなかった。館はこれまで見慣れていたのと同じ建物ではなかった。霧をすかして見分けられるかぎりでは、上から下まで全体が彩色されていない木づくりの家で、屋根は平らで破風がなく、階は四つあるらしかった。と、霧がまた館を隠した。

奇妙な温かさが全身を駆けめぐっていた。それ以外のすべての感覚は、自分は女なのだという記憶の中に溶けこんでいるようだった。……空気が高熱を帯び、イズベルの血が次第に熱くなった。……楽音が再び響いたが、今度は音が低く、荒々しく情熱的で、人間が意に反してあげる深い愛の苦痛の叫びにそっくりだった。……

なにもかもが一瞬のうちに起こった。霧と暗鬱の時期の合間に、ひらめくように夏の陽光が訪れた。それは発作のようにまったく不意にイズベルを襲い、自分がどこにいてどうなっているのか悟るまもないうちに離れ去って、イズベルは茫然として恐怖におののいていた。その間、彼女に見えていたのはつぎのような光景であるらしかった。樹一本も生えていない丘で日光を浴びて立ち、峡谷の向こうに森があり、空には雲ひとつなく、丘の頂きがすぐ近くにあって、館は消えている。……いっさいを想いだせたが、心の焦点が定まらず、名状しがたい興奮と向こう見ずな大胆さの気分に包まれ、自分が息をひそめて笑い、かつ啜り泣いているように思われた。……

ヘンリーとあの男は丘の中腹でたがいに向かい合っていた。二人のいるところは、イズベルの位置より少し低かったが、男は背が高く、がっしりしていて、派手やかな色の古代の衣服をまとっているその姿は異様だった。楽器を胸に当てがい、ちょうど弓を引いている最中で、イズベルの聞いたあの音色はまだ鳴りつづけ、終ってはいなかった。背をこちらに向けていたので顔を見ることはできなかったが、その向こうに直立不動で立って男の顔をまともに覗きこんでいるヘンリーの表情から察すると、それはまことに驚愕すべき相貌であるらしかった！……イズベルは悲鳴をあげて走りより、ヘンリーの名を呼んだ。だが、三歩も進まぬうちに、奏者は弓を握っている手に全力をこめ、同時にイズベルは激しいショックを受けて棒立ちになった。これほど鋭くて荒々しい熱情が音によって表現されたのをかつて一度も彼女は聞いたことがなかった。……陽の光が急に暑く暗くなり、風景全体がみるみるうちに自分を包み、迫ってくるようだった。なにか大変なことが起ころうとしていて、体内の血が煮えたぎり、同時に凍りついていった。……

その刹那、向こうに見えるあの異様な男を中心として風景の中のあらゆるものが動いているように思われた。自分イズベルもあの男の見ている夢でしかないのだ、と！……

にわかにヘンリーの顔が曇って、急病に襲われたような表情になり、皮膚の色が変わり、かすかな呻き声が聞こえたかと思うとその直後にヘンリーはなす術もなく地面に崩折れ、そのままぐったりと横たわった。……イズベルは全身が麻痺した状態で立ちつくし、恐怖のまなこで見つめていた。……

とたんに陽光が消え、すべてが再び灰色と化して冷たくなり、空はどんよりとして、横なぐりの霧雨しか見えなかった。……指の関節で目をこすり、いったいなにが起きたのだろうかといぶかった。なぜ自分はここに立っているのか――まるで夢の中のようではないか。なぜこんなに気分が悪く、不安なのか。……

そのまま彼女は静かに失神した。

20　マーシャルの旅

同じ日の朝、十時にマーシャルがロイド保険会社に出勤すると、机の上に載っていた手紙の束の中に、大きさも型も商用便のものではないタイプ書きの封筒がまじっていた。なんとなく好奇心に駆られて、まずそれから開いてみると、小さな女性用の便箋に通信文がタイプで記されていて、宛名も署名もなかった。匿名の手紙なのだ。文面を読む前にもう一度、封筒に注意を向け、消印を調べてみた。発信地はワージング局だった。マーシャルが思いつくことのできる人でワージングに滞在しているのはジャッジだけだった。

文面はつぎのとおりであった――

ストークスさんのいないあいだにミスLがなにをして時を過ごしているかをお知りになりたければ、ランヒル・コート館を調べてみるのが一番でしょう。あす（金曜日）のお午前《ひるまえ》にミスLはランヒル・コート館に出かけます。そう考えていい理由がたっぷりあり、しかも、彼女がそこへ出かけるのは、あすで今週に入ってからもう三回目になるのです。ストークスさんがあすのお午前にランヒル・コート館へ出向いても少しもおかしくないほど事は重大なのだとお考えになっていいわけです。もし昼食前でなかったら、食後かもしれません。あの館には、見つけることの難しい部屋がいくつかあると言われております。

マーシャルは丁寧に手紙を畳み、ポケット・ケースに収めてから、椅子の背にもたれ、ゆっくりと手を目とひたいに走らせた。

最初に思ったのは、この問題を頭から無視し、手紙を焼き棄て、イズベルにはもちろん、ほかのだれにも黙っていようということだった。当然ひとことも信じられない非難が当っているかどうかを確かめてみるのは、その非難が真実であるかもしれないと認めることにほかならず、それはそのままイズベルに対するひどい侮辱となるのだ。……

だが、中傷が行なわれているのだと思うと、ほうっておくわけにはいかなかった。意地の悪い人――たぶん女性――がなにか悪事を企んでいるのは確実で、対抗策を講じないと、どこまでつけこんでくるか、わかったものではない。なによりもまず手紙の送り主をつきとめることが肝腎なのだ。警察に届けるのはもってのほかで、私立探偵に頼むのも、あまりいい手ではない。私立探偵たちがイズベルの名前を口に出して調査を行なうのは好ましいことではないのだ。この一件を解明する手がかりを与えてくれるのはイズベル当人だけである。きょうの夕方、ブライトンに出かけたときにこの手紙を彼女に見せよう。これほど犯罪的なことをするような人間がどこからともなくひょっこり出て来たなどとはとうてい考えられない。イズベルなら、それがだれであるか大よその見当ぐらいつくはずだ。なぜその人がこんなことをしたのかもわかっているにちがいない。……

もちろん、恨みが動機なのだ。が、どうもよくわからないのは、非難の内容が甚だあからさまだということだ。あの手紙を読んで、勧められたとおりの行動を自分マーシャルがすれば、文面が嘘八百だったことがばれてしまうとわかっていながら、なぜ手紙の主は正確な時刻と場所を書いてよこしたのか、どうも解せない。低劣な奸策なのかもしれない。マーシャルが手紙を読んでもなんの行動にも出ず、そのままくよくよしつづけるだろうとでも考えたのだろう。どうもそうらしい。だとすれば、マーシャルがするはずはないと謎の人物が思っている行動を逆に行なうほうが上策なのではないか。もちろん、ランヒル・コート館に出向いて事を確かめる前にブライトンに立ちよってイズベルと会い、一緒に出かけることにしよう。

マーシャルは自分の留守中の業務をあわただしく部下に託して、すぐさまヴィクトリア駅へ向かった。

ホテル・ゴンディについたのは、正午を過ぎて間もなくだった。マーシャルの姿を見るとミセス・

ムーアは驚きの叫びをあげた。

「まあ、マーシャル！　どういうことなの、これは?」

ある男と会う用事ができたのだとマーシャルは嘘を言った。……「イズベルはどこなんです」すぐにこう訊いた。

どうやらイズベルは二時間前から外出していて、どこに行っているのかはミセス・ムーアには見当もつかないらしかった。

ひどくおちつかぬ様子でマーシャルは、きょうじゅうにまたここへ参りますからと呟くと、礼を失するほどだしぬけに立ち去った。ミセス・ムーアは、マーシャルがどうかしてしまったのではないかと首をひねった。きっと商売上の悩みごとでも抱えているのだろう。……

当のマーシャルは、刻々と顔つきをけわしくしながら、ホテルのガレージで自分の車を捜した。車を出して貰っているあいだ、葉巻をとり出して火をつけた。自分の気持はおちついていて、これからランヒルへ出かけるのはなんの特別な意味もないまったく正常なことであり、必要な通常業務の一環なのだとわが心を安心させたかった。ひとりの女性の名誉をテストしてみるのは当り前の仕事ではない大変なことなのだとは気づかなかったのか、気づきたくなかったのだ。

車に乗りこむと、防水コートの襟を立て、ソフト帽をまぶかにかぶり、発車した。一時十五分前だった。ショアハムまではかなり慎重に運転したが、家並みが切れると、いわば手綱を放して全速で車を走らせ……三十分あまりでランヒル・コート館の番人小屋についた。

プライデイが出て来た。

マーシャルはもう車からおりていた。……「こんにちは！ どなたか館に来ていますか」こう話しかけると、マーシャルは吸いかけの葉巻をまたくわえた。

「ご主人が来てますよ」

「ジャッジさんが？」

「ええ」

「だれか、ご一緒なんですか」無頓着を装った口ぶりとは裏腹に、ちらと横から相手を見る目が鋭く光った。

「いいえ、おひとりですよ。お見えになってから、まだ三十分もたってません」

マーシャルは一分ほど黙ったままだった。

「歩いて会いに行くとしようかな」

「門をあけましょうか」

「いや、結構、歩いて行くと言ったんですよ。車はあそこに置いておけばいい。どうもご苦労さん、プライデイ」

葉巻を投げ棄て、通用門を通りぬけると、頭をさげてゆっくり庭内路を進みはじめた。プライデイはしばらくそのうしろ姿を見つめていてから、小屋の中に入った。なにもかもじっとり濡れてしまうこの憂鬱な霧では、外に出ている手はなかった。

館に近づいたマーシャルの目に、正面玄関の前に小型の車がとまっているのが見えた。ジャッジの車にちがいない。車のそばまでくると、吾ながら恥ずかしいことだったが、かがみこんで座席と床を慎重に調べた。そこにあってほしくないものがなんであるか、自分の心にも認めたくなかった。イズベルの名誉を傷つけるような品がなにも見えなかったので心からほっとした。館まで歩いていくと、大広間の扉には鍵がかかってなかったので、それをあけ、すっと中に入った。

大広間は灰色にとざされ、陰気で、静まり返っていた。館のどこを捜せばジャッジを見つける見込みがいちばん大きいだろうかとマーシャルは思案した。……十中八九まで、お気に入りの場所である〈イースト・ルーム〉にいる可能性がある。まずあそこへ行ってみるのがいいだろう。……あのいまいましい手紙に、見つけにくい部屋があると書かれてあったが、いったいそれはどういう意味なのか。……ああ、なんてことだ！　イズベルがここにいるはずなどありはしないのだ。ジャッジのほかにはだれもいないとプライデイが言っていたのではないか。……一体全体、なんだっておれはこの大広間で貴重な時間を無駄にしているのか――とっくに三階へあがっていればよかったのだ。……マーシャルは主階段にあゆみよって、三段ずつひとまたぎに登りはじめた。踊り場で休むこともなくすぐに二階から三階へ向かい、一分もたたぬうちに三階の真っ暗な廊下を手探りで進んでいた。〈イースト・ルーム〉の扉があけ放しになっているのにすぐ気づいた。さらに近づくと、もうひとつほかのこともわかった。壁の近くの床に男が身体を縮めた格好で、まったく動かぬまま倒れているのだ。それがジャッジであることは特に頭を働かさなくても見当のつくことだったが、いったいどうしたというのか。眠っているのか、気絶したのか、泥酔しているのか。……走りよって男の顔を手前に向けると……マーシャルはぎくりとして手を放してしまった。死んでいるのだ！……

息絶えていることは疑う余地がなく、死因についても疑いはほとんどなかった。変色した顔を見れば、それは明瞭だった。脳溢血なのだ！……念のために心臓に手を当ててみた。少なくとも五分間そこにしゃがんでジャッジのはだけた胸に手を当てているうちに、こうしていても無駄だとわかった。いくら待っても、心臓がことりとも鼓動しないのだ。

早急に施すべき処置をすべて済ますと、マーシャルは急いで部屋を出、階段をおりて助けを求めに行った。

意外な凶事の発生でマーシャル自身の問題はすっかり失念していた。イズベルがこの館とつながりをもっていることはおろか、しばらくは、イズベルが存在していることまでも忘れてしまっていた。これからどうしようかと夢中になって考えていたので、周囲にあるものも目に入らなかった。そうでなかったら、主階段をおりきったところですぐに、大広間の向こうはずれにイズベルが椅子に坐っているのが真っすぐ目の前に見えたはずだった。実際には、ぶつかりそうになるほど近づいてからやっとマーシャルはぎくりとしてあとずさった。……イズベルの顔は蒼白で、目は閉じられ、服は濡れ、泥がしみついているらしく、ぐったりした姿勢が疲労のほどを物語っていた。

「イズベル！　これはどういうことなんだ？……」ほとんど彼女の上にかがみこむ恰好になるまでマーシャルは再び近づいた。イズベルはゆっくり目をあけ、どうでもいいでしょと言うようにもの憂げに見あげ、マーシャルが目の前に来ていることに対してなんの驚きも示さず、まったく感情をあらわさなかった。

「どうやってここへ来たの」と訊いただけだった。

「ぼくのことなど、どうでもいい。きみこそどうしてここにいるんだ」

「外で気を失ったので、いったんここへ休みに来たのよ、これから帰るところだわ」

「外でだって？　いったい、外でなにをしていたんだ。そもそもこんなところへなにをしに来たんだ」

何秒かたってやっとイズベルは答えた。

「辛くあたらないで、マーシャル。今は説明できないの……告白したいことがあるんだけど、今はできないわ」

マーシャルはポケットケースからあの匿名の手紙をとりだし、イズベルに渡した。「読んでみたまえ」

イズベルが手紙を読むのをマーシャルはじっと見守った。手紙を読んでも驚きも憤慨も示さないイズベルの態度にマーシャルは心が沈んだ。イズベルは無関心そのものの様子で二度読んでから、ひとことも言わずに手紙を返した。

「どうなんだ？……」マーシャルが問うた。

「だれが書いたのか、わかっているわ。それがお知りになりたいの？」

「だれが書いたのかはどうでもいい。ここに書いてあることは本当なのかね」

「本当だとは言えないでしょうね。でも、書いた人は大真面目だったのよ。けさわたしはジャッジさんとここへくるつもりだったのだけど、あの人、約束をすっぽかしたんです」

「なるほど……いったいなぜきみは……？」ここまでしか言うことができなかった。

「なぜあの人とここに来たかったのかと言うんでしょ？……」イズベルは苦笑した。「どうせ信じて貰えない説明を無理にさせないで頂戴」

死んだような沈黙。

「それじゃ、きょう彼とは会わなかったんだね」とマーシャル。

「それがなんとも言えないの——わからないのよ。だれと会ったのか、だれと会わなかったのか、わたしにもわからないんだわ。気を失ってしまったんですもの。なにもわからないのよ」

「今あの人がどこにいるのかも知らないんだろうね?」

「ええ、誓ってもいいわ、マーシャル。ほんの今しがた館の中に入って来たばかりなんですもの」

「それじゃ、教えてあげよう。上の〈イースト・ルーム〉にいるんだ」……イズベルが言葉と態度であらわしているとおりあの変事を本当に知らずにいるのかどうかを確かめようとマーシャルは相手の顔を覗きこんだが、イズベルは関心をさえ示さなかった。

「死んでるんだよ」いきなり冷酷に言い添えた。

イズベルは椅子から腰をうかし、顔色がひどく蒼ざめたので、また気絶するのではないかとマーシャルは思った。が、助けの手を差しのべることはしなかった。イズベルはぐっとこらえて常態に復した。

「あなたが殺したの?」静かに訊く。

「ちがう。私事《わたくしごと》で人を暗殺するようなまねはぼくの主義に反するんだ。なにか発作を起こしたんだ。だから、これからプライデイに知らせに行って医者を呼んでくる。……このしごく面白い話し合いはあとでやり直したほうがいい。ひとつお勧めしておきたいんだが――たぶん検屍審問が行なわれるはずだから、きみが証人のひとりとして人前に出るのがいやならば、ぐずぐずしないでここから出るに越したことはないな。ジャッジのほかに、きみがここに来ているのを知っている人はいるのかね」

「いないわ」

「じゃ、どうやって入って来たんだ」

「裏門からよ」

「とにかくぼくの忠告どおりにしたまえ、来たときと同じ道を通って帰るんだ。ステイニング街道へ出る道順がわかるかね」

「わかると思うわ」

「それなら行きたまえ、ここから離れたところで車に乗せてあげよう。医者を呼びに行かなくちゃならないから、きみも早くここを離れてぼくと落ち合ってくれ……さあ、行くんだ。時間を無駄にしないで」

イズベルは坐ったままだった。

「マーシャル！……」

「なんだね」

「死んでからどのくらいたつの？」

「プライデイの話だと、館に入ったのが三十分前だそうだから、十五分くらい前に死んだんだろう。長い時間はたっていないはずだ。なぜそんなことを訊くんだ」

「気を失って倒れたあとで、わたしの心の中でなにかがぷつんと切れてしまったの。そのときにあの人が死んだんだわ、きっと。……上へあがってあの人を見たいと言いださないのは変だとお思いになっているんじゃやないの？」

「まことに申し訳ないけれど、イズベル、きみの気持の中にまで入ることはできないんだ。もちろん、きみが上へあがる必要など少しもありゃしないし、ぼくとしてもあがらないほうがいいと思う」

イズベルは憐れむような笑顔を向けた。「元の状態にはもう戻れないとわかっているわ。戻りたいと思ってさえいないのよ、誤解しないで頂戴。ただ、言っておきたいのは、あの人に対するわたしの気持があなたの考えているようなものではまったくなかったということなの。わたしは……」

「でも、ここへ来たのは彼と会うためだったんだろう？」

イズベルは衝動的にハンドバッグに手をつっこんだ。「マーシャル、あなたはわたしに手紙を見せたわ。今度はわたしがお見せしましょう。……これを読んで頂戴」

マーシャルは気乗り薄に手紙を受けとり、ざっと目を通した。

「ここに書いてあるミセス・リッチボロウというのはだれなんだね」

「あなた宛の手紙を書いた人よ」

「どっちを向いても命とりの事件だったようだな。ところで、ジャッジの手紙はカムフラージュなのか、それとも、ほんとにこれだけの関係でしかなかったのか」

「信じてほしいの――ジャッジさんは名誉を重んじる立派な方でした……それだけよ。もう行くわ。わたしのためにあなたにまでこんな巻添えを食わせて申し訳ありませんなどと言っても、あなたを侮辱することになるだけだから、黙っているわ。……いつもあなたはわたしにとってもよくしてくださったのに、わたしときたら、まったくひどいお返ししかできなかったんだわ。……さようなら、当分のあいだは！」

イズベルは立ちあがり、戸口のほうによろよろと歩きかけた。

「さっき言ったところまで歩ける自信があるのか」妙な口調でマーシャルが訊いた。

イズベルは立ちどまって肩ごしに振り返った。「いやでもそうする以外に道はないようね」

「そのとおりだ。ついて行くわけにはいかない、この恐ろしい事件のあと始末をしなくちゃならないんだから。裏門からだと敷地の外へ出るまでどのくらいかかるのかね」

「さあ、よくわからないけど——十分ぐらいかしら」

「ぼくは十分間だけここで待って、それから番人小屋まで行くとするよ。ステイニングの方角へ歩いて行きたまえ、向こうへつくまでのあいだにぼくが車で追いつかなかったら、駅で待っていてくれ。わかったね」

「ええ、マーシャル」

「それはそうと、なんに乗ってここへ来たんだね」

「ワージングからハイヤーで来たの。だけど、館につく前に車をおりて、帰らせたわ」

「そうか、それならいい。さあ、もう行ったほうがいい」

マーシャルはイズベルが坐っていた椅子に腰をおろし、懐中時計をとりだした。イズベルはさらになにか言いたそうなそぶりでちょっとまごまごしていたが、自分の弱さに対する怒りが突然、湧き起こったらしく、急に胸を張って真っすぐ戸口に歩いて行った。

十分後、マーシャルは立ちあがり、館を出ると、番人小屋めざして庭内路を進んだ。

ホテル・ゴンディへイズベルと一緒に戻ったときには四時近くになっていた。イズベルはすぐ自分の部屋にあがってしまい、マーシャルはミセス・ムーアを見つけると、単刀直入に、双方の合意で婚約を解消した旨を通告し、ことの次第はイズベルに説明して貰ってくださいと告げた。ミセス・ムーアはひどくうろたえたが、よく事情もわからないのにその場でマーシャルの決意をひるがえさせようとするような非常識なまねはしなかった。これからもお達者でと別れの挨拶を述べ、少なくともまだ将来に話し合う余地をのこしておいてくださいませと涙ながらに訴えた。が、マーシャルは確言を避けて約束を拒み、ミセス・ムーアと話し合うことすらも承知しなかった。……夜はホテルに泊ったが、夕食は外でとり、早めに部屋にひきこもってしまった。翌朝、手荷物をまとめて勘定を済ませると、ミセス・ムーアに別れの挨拶もせずに車でロンドンへ引きあげた。

検屍審問は火曜日に行なわれた。死体発見の模様について証言するためにマーシャルも喚問されたが、審問は形式だけのもので、医師が死因は脳内出血であった旨を証言し、陪審員もそのとおりの評決をだした。イズベルは出席しなかった。

その週の中頃にイズベルとミセス・ムーアは予定どおりケンジントンに戻った。イズベルは伯母とつっ込んだ話をするのを拒み、友人と会おうともしなかった。ブランチは大いに気を利かせて、イズベルに手紙も出さず電話もかけてこなかったが、ミセス・ムーアを通じて花束や優しいことづけを送りつづけ、イズベルのほうも感謝を惜しまなかった。……数週間後に伯母とその姪のイズベルはリヴィエラへ渡った。

友であるイズベルとの文通を再開するには今がうってつけだとブランチは考え、イズベルも同意はしたが、特に嬉しそうなそぶりは見せなかった。最初の数通はまったく杓子定規な内容だったが、時のたつにつれ、ブランチからの手紙にマーシャルの名がしばしば出てくるようになった。初めイズベルは、これはブランチがうっかり常軌を逸して悪趣味なことを書いているのだろうぐらいにしか考えなかったが、まもなく、打ちこまれた楔の先が、いかに細いものであれ、もはや抜きとることが容易でないほどしっかりと固定されてしまっていることに気づいた。マーシャルのことが手紙に出てくるたびにイズベルは黙ってそれをやり過ごした。

そのうちにイギリスへ帰国する時が来た。三月だった。「……ビリー、わたしたち夫婦はどういう役回りを演じたらよいのか知りたいのよ」とブランチは書いてよこした。「近頃、ちょくちょくマーシャルと会っているんだけど、もしあなたがわたしの家でばったりあの人と会ったら、ちゃんと礼儀正しくあの人と応待してくれるんでしょうね?……」

イズベルは返事にこう書いた。「……もしマーシャルがわたしと同席することに耐えられるのなら、わたしだってあの人と一緒にいることに耐えられるはずです。……」

この返事をブランチが受けとった日の夕方、彼女はマーシャル当人にこの文面を見せた。マーシャルはひどく顔を赤らめた。

「どうなの——どういう返事をすればいいのかしら、わたしとしては」とブランチは迫った。

「ぼくだって野蛮人じゃないんだと書いてくれたまえ」

「それだけ?」

「一度に一段ずつ事を進めたほうがいいはずだけどな」

ブランチはにっこりして、急にマーシャルの手首を握りしめた。

訳者あとがき

作者のデイヴィッド・リンゼイについては、本邦でその作品の訳書がすでに出版されているのは『アルクトゥールスへの旅』（サンリオＳＦ文庫）だけであるほとんど未紹介の埋もれた天才的作家である。『憑かれた女』が発表されたのは一九二二年のことだ。この事実は、リンゼイのこの小説を正しく理解し鑑賞するうえで重要である。一九二二年といえば、第一次大戦が終って間もなくの頃で、リンゼイの国であるイギリスとても二十世紀的な意味での〝現代〟にはまだ入っていなかった。英国で史上初めての労働党内閣が成立したのは一九二四年のことである。当時の英国人の実質的な気風は、十九世紀ヴィクトリア時代のいわゆる〝猫かぶり的上品さ〟をそのまま受け継いでいたと言ってよい。少なくともその名ごりが色濃く残っていたことは確かである。

そういう時代に書かれた『憑かれた女』は見たところ古めかしい衣裳をまとっている。ヴィクトリア時代的な〝しかつめらしさ〟を作品の一つの基調としているのだ。ヒロインであるイズベルの日常の言動といい、その〝恐るべき伯母〟といい、少なくとも〝下界〟ではイズベルの真実の恋の邪魔をするミセス・リッチボロウといい、さてはイギリス的堅実さの典型のようなマーシャルまでもが、大なり小なりこの旧時代的雰囲気を反映している。

大体、各人物の語るせりふが妙に改まって固苦しいことからして、飾らずにものを言うことを美徳と考えるようになっている私たち現代人に違和感をおぼえさせる。第一、許婚者がいるのに別の男と交際することに日常のイズベルがうしろめたさを感じるという設定自体が旧時代的なのだ。

そういう偽善的道徳性の虚妄を機知あふれる諷刺と逆説によって断罪したのは十九世紀末のデカダン耽美派オスカー・ワイルドであったが、リンゼイの『憑かれた女』でも、たとえばイズベルとその友人夫婦やジャッジがランヒル・コート館の敷地内でピクニックをするくだりに展開される男女の機知合戦は、明らかにワイルド的である。この小説の中で作者はヴィクトリア時代風の因襲をいわば風習喜劇の手法によって批判・諷刺していたのだと見ることもできる。

一方には真実の恋を追求するイズベルとジャッジ、他方には因襲と慣習の中でしか生きていない人たち。両者の対比が二十世紀初頭の英国社会という枠の中でくっきりと描かれていると言える。だが、『憑かれた女』がそういう時代背景の中でしか意味をもちえない単なる風俗小説であったなら、私はこの作品を訳さなかったかもしれない。実際には、『憑かれた女』は時代の制約を超えて私たちの心に強く迫ってくる力を有している。それはなぜか。

便宜上、私はイズベルとジャッジを真実探求派と称しておいたが、実は両人とも、一面では凡人であり、現実家であり、時代の子なのだ。ところが、あの幻の階段を昇って上の世界に入ると、とたんに現実の制約がすべて乗り越えられ、別の面が顔を覗かせる。彼らはそこで最高の自己を垣間見、お互いに真情を吐露し合い、現実の世界では想像もできなかった心の交流を実現させるのだ。

私たち人間は自分が一つの自己から成り立っているものと日頃思いこんでいる。だが、実は私たちは幾つもの自己から成り立っている多層体なのだ。その最上層と最下層との間には巨大な距離があり、しかもその間をたえず私たちは揺れ動いている。

もし、その最上層での経験をしっかり掌握し、記憶のスレートに深く刻みつけ、いつまでも人格の一部として心の中にとどめておくことができたならば、私たちはけっして後退することはあるまい。そうなった暁には、人類の前途はまさに洋々たるもので、破竹の前進あるのみとなるであろう。だが、私たちは弱い生物なのだ。最上レヴェルの自己を、一生の間はもちろんのこと、一日間でも持続させるのは難しい。これが原罪である。

イズベルやジャッジが人類の代表であるゆえんはまさにここにある。彼らは、幻の階段を昇った上の世界で経験したことを下界ではなにひとつ想い出せないのだ。ああ、悲しいかな、これが人間の前進を妨げる健忘症なのである。

だが、一回、ただの一回だけ、上の世界と下の世界が交錯する瞬間がある。それは、イズベルが死んだはずのミセス・リッチボロウを追ってランヒル・コート館に行き、その庭でヘンリー・ジャッジと会う時だ。その時、ジャッジは、幻の階段を昇ったところにある〃第二室〃（不思議な男のうしろ姿が見え、その奏でる音楽が聞こえてくるあの部屋）の窓から初めて外に出ていたのであり、その外とは、二十世紀のランヒル・コート館の庭ではなく、歴史を超えた太古の、そして永遠の春に包まれている燦然たる白昼の大地なのである。

だが、そのジャッジと会うイズベルのほうは、この時は幻の階段を通って〃そこ〃へ来ているのではない。二人は互いに別世界に入ったままで邂逅するのだ。

実在と現実の衝突がそこで起こる。知と無知、光と闇、永遠と時間、それがヘンリーとイズベルという形でぶつかり合う。

一瞬、この交錯は、ヘンリーの奏でる音楽によって完璧に成就し、実在が現実に打ち勝ってそれを吸収しつくす。が、それも束の間で、その楽の音《ね》で目覚めた〃奏者〃が音楽を弾くとたちまちヘンリーは死に、イズベルは通常世界につき戻され、日常的現実に直面しなければならなくなる。

実在と現実、上層界と下層界——それらを一つに結びつけようとする強引な企ては、かくして一瞬の成功しか収めずに頓座する。そう、それが私たち人間の条件なのであり、多くの場合、この企ては私たちに狂気をもたらす。

現実の側にいる人間がそのままの状態で彼岸の実在を垣間見るとどうなるか、それを『憑かれた女』のクライマックス部分は教えているのである。エリオットの詩句の如く、人間はあまりの実在には耐えられぬのだ。

『憑かれた女』の結末とモラルは悲劇的である。だが、私たちはこの作品から希望と勇気づけを得ることもできる。ジャッジが最後にイズベルと会ってあの交錯が一時成就した直後、彼にはまだうららかな春であるのに彼女にはまた霧がかかりはじめる。その時、ジャッジがイズベルに告げる言葉を想い起こして戴きたい。

「意志を使いたまえ！……努力をするんだ。本当はそうではないのだと強く自分の心に言い聞かせれば、なにもかもが違って見えてくる」

これまで私は、「現実」と「実在」という二つの言葉を使ってきた。だが、英語ではこの二つの概念は同じ reality という一語によって表現される。

『憑かれた女』は、まさしく reality とはなにかという問題をめぐって展開された両義的な文学作品なのである。

『憑かれた女』を読んで私が連想したSFの最近作はクリストファー・プリーストの『ドリーム・マシン』（原題『ウェセックスの夢』――創元推理文庫）であった。

『ドリーム・マシン』は二十世紀末の現代から二十一世紀の未来へ身も心も投射された人物たちが、未来の世界では現代の自己を想起することができず、現代に帰還すると、未来世界で生きている自分を想い出すことができるという設定になっている。要するに、『憑かれた女』の場合とは反対に、〃夢〃の世界にいるときには〃現実〃の自分を想い出せないという設定になっている。ことによるとプリーストはリンゼイのこの作品からヒントを得て、『ドリーム・マシン』を構想したのかもしれない。『ドリーム・マシン』の登場人物たちにとっては未来世界に生きる自分が夢の中の人であり、現代世界に暮らす自分が現実なのだが、真のrealityはいずれの世界にあるのか、むしろ、夢のように思える未来世界のほうにこそそれはあるのではないか、とプリーストは問うているように思われる。

　プリーストより六十年近くも前に『憑かれた女』を書いたリンゼイは、夢と現実の関係についてプリーストより徹底的に考えぬいていたとしか思えない。リンゼイは、最後には現実が夢を打ち砕くことをいやというほど知っていたのだ。それにもかかわらず彼はこう告げているかのようである。

　いかに儚く、いかに日常的自己には悲劇をもたらそうとも、夢もまた現実なのだ、と。

　ここでもはや、いわゆる「現実」と「実在」という区分が完全に消滅してしまっていることは言うまでもない。

※「訳者あとがき」は一九八一年刊のサンリオSF文庫版に掲載されたものを抄録しました。

訳者略歴

中村保男

1931年、東京生まれ。東京大学文学部卒業。訳書に、J・G・バラード『結晶世界』（創元SF文庫）、アンソニー・バージェス『1985年』（サンリオ）などがある。

＊今日の人権意識に照らして不適切と思われる語句や表現については、
時代的背景と作品の価値をかんがみ、そのままとしました。

憑かれた女

2013年7月1日初版第一刷発行

著者：デイヴィッド・リンゼイ

訳者：中村保男

発行者：山田健一

発行所：株式会社文遊社

東京都文京区本郷4-9-1-402　〒113-0033

TEL: 03-3815-7740　FAX: 03-3815-8716

郵便振替：00170-6-173020

書容設計：羽良多平吉 heiQuiti HARATA@EDiX+hQh, Pix-El Dorado

本文基本使用書体：本明朝小がな Pr5N-BOOK

印刷：シナノ印刷

乱丁本、落丁本は、お取り替えいたします。

定価は、カバーに表示してあります。

The Haunted Woman by David Lindsay

Originally published by Methuen, 1922

ISBN 978-4-89257-085-8